FRANZISKA ERHARD

Beschwipste Früchtchen

UND ANDERE WEIHNACHTS-KATASTROPHEN

Beschwipste Früchtchen

und andere Weihnachtskatastrophen

1. Auflage Oktober 2020

Korrektorat: Doris Eichhorn-Zeller, www.perfekte-texte-coburg.de
Cover / Umschlaggestaltung: Buchgewand | www.buch-gewand.de

Ich freue mich über jede Rückmeldung. Schreibt an franziska.erhard@gmx.de
Oder besucht mich auf Facebook: Franziska.Erhard.Autorin

Kapitel 1

Cara

Was kann man mit dem Feierabend Besseres anfangen, als ihn mit einem Glas Wein zu feiern? Nun, vermutlich einiges, aber in Ermangelung anderer Alternativen goss ich mir ein Glas Merlot ein und ließ mich auf mein Sofa plumpsen. Leider verpuffte die erhoffte entspannende Wirkung des ersten Schluckes im Nichts, als dabei das auf alt und schäbig getrimmte Blechschild in meinen Blick geriet. Es hing erst seit ein paar Wochen an meiner Wand. *Old enough to know better, young enough to do it anyway* stand darauf und ich nickte langsam, als ich die mittlerweile vertrauten Worte las. Oh ja, das könnte ich vermutlich gerade als mein Lebensmotto ausrufen. Ich *war* definitiv alt genug, um es besser zu wissen. Und ich hatte es dennoch getan, wieder einmal. Und nun tat ich es erneut. Was war nur los mit mir? Normalerweise war ich doch die Meisterin darin, solche Begegnungen an mir abprallen zu lassen.

Dann schüttelte ich entschieden den Kopf. Sollte ich mir wirklich den Abend von einem Kerl wie Alfie McAllis verderben lassen? Sollte ich mir noch einmal sein selbstgefälliges Gesicht vor Augen führen und sein allzu glattes, vertrauliches Grinsen? Seine blöden Sprüche darüber, wie *reizend* es wäre, mich mal wieder zu sehen, und wie *großartig* ich aussah? Und dabei immer noch genau wissen, dass es alles nur spöttisch gemeint war? Dass es einzig darauf hinzielte, dass ich seinem zweifelhaften Charme verfiele wie jede andere meiner Kolleginnen? Ganz bestimmt nicht. Und ganz bestimmt würde ich ihm den Triumph nicht gönnen, dass er mich auch noch in meiner Freizeit ärgern konnte. Ich nahm einen weiteren Schluck des dunklen, samtigen Weines und griff nach meinem Buch. Ein unterhaltsamer Krimi, in dem ein selbstverliebter kleiner Schnösel gerade recht unsanft aus dem Leben befördert wurde. Ich überlas, dass der unglückselige Mann blond war, und stattete ihn gedanklich mit dem dunklen Haar meines Kollegen aus. Kindisch, ich weiß. Aber sehr befriedigend.

Vielleicht sollte ich mich an dieser Stelle erst einmal kurz vorstellen. Ich bin Cara und arbeite in einer großen Firma hier in London, die Überwachungstechniken und Riesenbildschirme herstellt. Wir statten alles Mögliche aus, hauptsächlich Schaltzentralen. Auf unseren Screens können die verschiedensten Abläufe, Anzeigen und Ansichten dargestellt werden und sie kommen, wie gesagt, in den Kontrollzentren diverser Firmen und Ämter zum Einsatz. Die Polizei nutzt unsere Technik ebenso wie Stromanbieter und Kliniken. Und ja, es ist genauso langweilig, wie es sich anhört, deshalb sollte das genügen als Information. Mein Job dabei ist das Personalwesen, genauer gesagt die Leitung der Personalabteilung, und somit habe ich glücklicherweise mit dem ganzen technischen Kram nicht viel zu tun. Nur mit den Kollegen, die ihn verkaufen. Und genau das ist mein Problem.

»Du bist nicht vielleicht ein klitzekleines bisschen paranoid, liebe Cara?«, hatte meine Freundin Eliza erst neulich gefragt und gelacht, als ich mich bei ihr über Alfie ausgelassen hatte. »Ernsthaft, ich kenne niemanden, der misstrauischer ist als du. Was ist dein Problem?«

»Ich bin nicht paranoid, nur realistisch«, hatte ich geantwortet.

»Vielleicht will er einfach nur flirten? Vielleicht findet er dich wirklich nett und attraktiv? Und ja, das könnte sein«, hatte sie schnell und recht streng weitergemacht, als ich schon den Mund öffnete. »Du bist eine attraktive und kluge Frau. Weshalb sollte ihm das nicht auffallen?«

Ich hatte nicht geantwortet. Weil Typen wie der auf junge Dinger stehen, nicht auf Frauen, die bereits stramm auf die vierzig zugehen? Weil sie auf die niedlichen Mädels abfahren, die wissen, wie das geht mit dem Flirten? Weil sie es doch in Wirklichkeit nur deshalb tun, um sich selbst zu bestätigen, dass sie die tollsten Hechte in Gottes großem Gartenteich waren?

Die ehrlichste Antwort wäre natürlich gewesen, dass ich mir sicher war, dass er es nur machte, um mich aus der Reserve zu locken und vor allen anderen zum Gespött zu machen. Er wollte mich dazu bringen, dass ich ebenfalls errötete und kicherte, wenn er den Raum betrat. Dass ich ihm und seinem zweifelhaften Charme verfiel und mich wie die anderen liebeskranken Hühner für einen einzigen seiner Blicke total zum Affen machte. Und das, so habe ich mir geschworen, wird er nie erreichen.

Nicht dass das falsch ankommt, ich habe generell nichts gegen Flirts. Nur dass ich es eben nicht mache. Ich kann das einfach nicht. Es gab eine Zeit, in der ich mich bemühte, bei diesem Spiel mitzumischen, aber es endete wie erwartet in einer einzigen Katastrophe. Und ich beschloss, dass ich mir das nicht mehr antun musste.

Ich für meinen Teil komme sehr gut alleine zurecht und vermutlich ist es die beste Entscheidung meines Lebens gewesen, mit diesem ganzen Getändel aufzuhören. Keine Erwartungen, die ich wieder einmal enttäusche, und keine Hoffnungen, die ich mir abschminken muss. Und wenn ich ganz ehrlich bin, dann hat Eliza ein wenig recht: Ich bin eine misstrauische Person. Ich habe einfach schon zu viel erlebt, um jedem ungefragt zu glauben, was er sagt. Menschen machen nichts einfach so. Es ist wie auf dem Markt, du gibst etwas, weil du etwas dafür bekommst. Nichts Verwerfliches, meiner Meinung nach, sondern eine gut durchdachte Sache. Und wie auf dem Markt muss man sich handelseinig werden. Und ich habe eben beschlossen, bei diesem Handel nicht länger mitzumachen.

Mir ist natürlich klar, dass ich mit meinem Wesen oft anecke. Viele, zu viele Menschen machen sich nicht die Mühe, mich näher kennenzulernen. Sie riskieren nur einen Blick und stecken mich dann in eine Schublade, auf der *schwierig* steht oder *kühl.* Auch damit konnte ich bisher ganz gut leben. Ich möchte die Schuld dafür nicht anderen zuweisen, aber das ist eben die Art, wie ich erzogen und geformt wurde. Meine Mutter hat mir beigebracht, dass Menschen nicht immer das sind, was sie scheinen, und dass jeder sich selbst der Nächste ist. Und ich habe es geglaubt und zu meinem Credo gemacht. Bis ich eines Besseren belehrt wurde.

Lange Zeit war meine Familie sehr klein und überschaubar. Es gab zwar ein paar wenige Onkel und Tanten, aber zu denen hatten wir kaum Kontakt. Familie bedeutete bei uns meine Mutter, meine Schwester Elaine und ich. *Euer Blut, diejenigen, denen ihr vertrauen könnt*, bekamen wir als Kinder immer zu hören. Dass unser Blut auch in ihren Geschwistern floss, hat sie dabei tunlichst übersehen.

Und dann habe ich vorletztes Jahr Tante Ada kennengelernt. Ich kannte sie natürlich schon zuvor, aber eben nicht richtig. Eigentlich kannte ich nur die Version von ihr, die uns meine Mutter erlaubte zu kennen, und in dieser kam Tante Ada nicht allzu gut weg. Dann jedoch hatte sie einen Unfall und ich, als einzige Verwandte in London, musste mich um sie kümmern. Und lernte zu meinem großen Erstaunen eine völlig andere Frau kennen als die, die unsere Mutter in ihr sah. Und im Zusammenhang damit begegnete ich auch erstmals Eliza. Es war alles recht kompliziert, aber am Ende dieser ganzen Geschichte stand ich plötzlich da und musste einiges überdenken, an das ich bisher fest geglaubt hatte. Zum Beispiel die Tatsache, dass es eben doch Menschen gibt, die Sachen machen, die ich mir nie vorstellen konnte. Damit kam ich klar, irgendwie. Aber diese ganze Angelegenheit hat noch etwas anderes mit mir gemacht, was ich erst viel später realisieren sollte. Sie hat dafür gesorgt, dass ich Risse bekam. Kleine, feine Risse in meinem Panzer, die ich lange nicht wahrnahm. So lange, bis es zu spät war für Reparaturen. Und die letztendlich dafür sorgten, dass ich gerade auf dem Weg war, in eine Geschichte zu rutschen, wie ich sie mir nie hätte vorstellen können. Eine, in der es um Liebe, Flirts und die Leichtigkeit des Lebens ging. Eine, in der ich in den Mittelpunkt geriet und plötzlich Sachen machte, die ich noch nie in Erwägung gezogen hatte. Und eine, die mein Leben nachhaltig ändern sollte. Ich warne Sie jetzt also: Wenn Sie weiter zuhören, dann lassen Sie sich genau auf diese Geschichte ein. Cara goes crazy. Und zwar so richtig.

Rückblickend kann ich gar nicht sagen, wann es losging. Aber ich glaube, jener Sommerabend ist zeitlich betrachtet eine recht gute Markierung. Bis dahin war ich einfach Cara, eine erfolgreiche, selbstständige Frau, die einen Plan im Leben hatte. Und dieser Plan sah vor, dass ich Karriere machen wollte, was ich auch einigermaßen geschafft hatte, und ansonsten eher mein Ding durchzog. Um nicht lange darum herumzureden: Ich hatte liebestechnisch keine großen Erwartungen mehr an das Leben. Die Liebe und ich, das sind zwei Themen, die einfach nicht zueinander passen wollten. Mein letzter Freund hatte mir zum Abschied noch einmal recht deutlich gesagt, dass ich einfach keine Person sei, die man lieben könne. Aber ganz ehrlich, wenn ich mich dazu ständig so verbiegen musste, wie er es erwartete, dann hatte er wohl recht und ich war alleine wirklich besser dran.

Zu diesem Zeitpunkt allerdings, etwa anderthalb Jahre, nachdem Tante Ada in mein Leben getreten war, hatten die bereits erwähnten Risse genug Zeit gehabt, sich ganz heimlich auszubreiten und zu vergrößern, und Elizas Worte konnten ungehindert eindringen und sie langsam zu wahren Kratern aufsprengen.

»Dafür, dass du diesen Alfie nicht magst, redest du ganz schön viel von ihm«, hatte Eliza gesagt und mich frech angegrinst.

»Was soll das heißen? Natürlich mag ich ihn nicht.«

»Klar.« Sie hatte weiter gegrinst und mich in die Seite gestupst.

»Alfie, der in Wahrheit *Alfred* heißt, sich aber einen jugendlicheren Namen verpasst hat, weil es cooler ist und besser geeignet zum Abschleppen. Ich bitte dich. Und außerdem bin ich mir sicher, dass er hintenrum ganz anders über mich redet.«

»Ja?«

»Komm schon, Eliza, diese Typen kennt man doch. *Die braucht doch nur mal einen richtigen Mann, einen, der es ihr so richtig besorgt*. So einer ist das.«

»Und? Brauchst du mal einen richtigen Mann?«, quiekte Eliza und duckte sich vorsorglich lachend weg, als ich mich empört aufrichtete.

»Nein!«

»Nun, es ist ganz nett, einen richtigen Mann zu haben.« Sie lachte, dann wurde sie ernst. »Echt jetzt, vermisst du das nicht manchmal? Jemanden zu haben, der dich liebt?«

»Das eine hat mit dem anderen nichts zu tun. Und nein, ich vermisse nichts.«

»Das hat sehr wohl etwas miteinander zu tun.«

»Das, was Alfie vorschwebt …«, ich hob den Blick und sah Eliza in die Augen. »Dazu brauche ich keinen Mann, nur Batterien.«

Sie fiel vor Lachen fast vom Stuhl. »Du bist so krass, ernsthaft. Du willst das doch nicht gleichsetzen? Wenn das so ist, dann behaupte ich jetzt mal, dass du noch nie mit einem Mann geschlafen hast, den du über alles liebst. Oder auch nur über alles begehrst.«

»Ich denke nicht, dass wir das diskutieren müssen.«

»Gut, dann reden wir von etwas anderem. Dieser Alfie …«

»Kein gutes Thema, wenn du mir meinen Feierabend nicht verderben willst.«

»Wenn er dich so nervt, dann sollten wir …«

»… ihn weiterhin ignorieren.« Ich schnaubte ein wenig.

»Nein. Das ist nämlich genau der falsche Weg. Das reizt die doch noch mehr.«

Ich schnaubte dieses Mal ein wenig deutlicher.

»Ernsthaft jetzt. Versuche es doch mal anders. Gehe darauf ein. Flirte mit ihm. Selbst wenn«, sie sprach rasch weiter, um meinen Einwand gar nicht erst hören zu müssen, »selbst wenn du kein Interesse hast. Was verlierst du denn? Und unter uns, es kann doch auch ganz nett sein, so ein unverbindlicher Flirt.«

»Ich verliere meinen Ruf. Mein Ansehen.«

»Quatsch. Du wärst ein wenig nahbarer, na und? Gönn dir den Spaß.«

»Nur um zu sehen, dass er panikartig wegläuft, wenn ich darauf eingehe?«

»Davor hast du also Angst?«, fragte sie mit listigem Ton.

»Ich habe keine Angst. Nur keine Lust …«

»Keine Lust, dich länger darüber zu ärgern«, schloss sie schnell und hatte anscheinend überhaupt kein schlechtes Gewissen, weil sie mir einfach ins Wort fiel, wieder einmal. »Aber du würdest wenigstens etwas tun und es nicht nur hinnehmen.«

Und damit hatte sie mich. Noch nicht in diesem Moment oder mir war das in diesem Moment noch nicht klar, aber ich denke, damit hatte sie mich. In meinem Kopf, ganz hinten, in dem Bereich, wo dein Gehirn abseits deiner bewussten Kontrolle Pläne schmiedet und sich Verrücktheiten ausdenkt, setzte sich der Gedanke fest und begann, zarte Wurzeln zu schlagen.

Kapitel 2

Nathan

An Tagen wie diesen, wenn die Sonne warm und hell auf mich herab schien, war es nicht schwer zu wissen, dass ich mich richtig entschieden hatte. Dass es die richtige Entscheidung gewesen war, mein vermeintlich tolles Leben endgültig hinter mir zu lassen, auch wenn das niemand meiner alten Bekannten jemals verstehen würde. Sie hielten es für eine romantische Spinnerei oder aber für ein Zeichen von Schwäche. Vielleicht war es sogar beides, wer weiß. Doch ganz unter uns, das war mir mittlerweile egal. Denn das Einzige, was zählte, war, dass es mein Weg war in ein Leben, das diesen Namen endlich wieder verdiente.

Dass ich damit alle Brücken abgerissen hatte und meine alten Bekannten nun nicht einmal das mehr waren, bedauerte ich nicht. Ich hatte endlich erkannt, dass es andere Werte waren, die zählten. Nicht das Geld, nicht der Erfolg. Beides hatte ich und beides hat mich beinahe kaputt gemacht.

Nun führte ich ein anderes Leben. Eines, das lebenswert war und diesen Namen wieder verdiente. Nicht unbedingt ein leichtes Leben, aber das war mein altes auch nicht gewesen. Aber eines, in dem ich wieder lernen konnte, mir in die Augen zu sehen, und das war leider bitter nötig. Und eines, das ich sogar an den Tagen liebte, an denen es kalt und ungemütlich war – und das war wohl der beste Beweis dafür, dass ich endlich einmal alles richtig gemacht hatte und dass hier mein Platz war.

Hier ist übrigens auf dem berühmten Portobello-Market in Notting Hill. Seit gut zwei Jahren habe ich auf diesem Markt meinen Obst- und Gemüsestand, bei Wind und Wetter, von montags bis samstags. Und auch wenn oft, besonders am Wochenende, ein unglaublicher Trubel herrscht, ist es mittlerweile zu meinem zweiten Zuhause geworden. Ich habe viele Stammkunden und mit den anderen Marktbetreibern lebe ich hier in einem vertrauten Miteinander. Wir sind keine Freunde, aber man kennt sich, schätzt sich und achtet auf sich.

Viele denken beim Portobello-Market zuerst an den Antiquitätenmarkt. Aber der macht nur den kleinsten Teil aus, wenn auch den berühmtesten, denn diese Händler sind nur am Freitag und Samstag hier. Aber die Obst- und Gemüsestände, die Trödelanbieter, die Klamottenhändler und die Essensstände sind jeden Tag da. Wir sind ein Teil des Lebens und für die Bewohner des Viertels ein Teil der täglichen Routine. Und im Umkehrschluss sind sie es auch für mich. Manche mehr und manche weniger, doch mit vielen Kunden entwickelt sich eine ganz eigene Art der Vertrautheit. Ich werde in ihr Leben eingebunden, bekomme von ihren kleinen Erfolgen erzählt, von den Schicksalsschlägen, die sie ereilen, lerne neue Familienmitglieder kennen. Die Menschen wollen erzählen und ich höre ihnen gerne zu. Und einige schleichen sich dabei ganz heimlich in mein Herz, auch wenn das nicht der Plan war.

Eine ganz besondere Kundin ist zweifelsohne Eliza Grey. Sie führt hier in Notting Hill eine kleine Buchhandlung und ist eine recht verrückte, aber liebenswerte junge Frau. Leider ist sie auch eine ziemlich neugierige Person und sie lässt keinen Versuch aus, mich nach meinem früheren Leben auszufragen. Natürlich ohne Erfolg, was sie akzeptiert, wenn auch widerwillig. Doch das ist etwas, worüber ich nicht rede. Sie setzt darauf, dass sie es irgendwann schaffen wird, mir meine Vergangenheit zu entlocken, und ich lasse sie in dem Glauben. Aber abgesehen von ihrer Neugierde mag ich sie mehr, als es vermutlich gut ist. Nicht dass ich auf sie stehe, das ganz sicher nicht, aber ich fürchte manchmal, sie ist wirklich drauf und dran, mich zu knacken, und ich weiß nicht, ob ich dafür bereit bin. Oder ob ich jemals wieder dafür bereit sein kann, Menschen in mein Privatleben zu lassen. Eliza jedenfalls hat kein Problem damit, mich an ihrem Leben teilhaben zu lassen, und lässt keinen Versuch aus, mich zu einem Part davon zu machen. Und an jenem Tag, einem strahlenden Frühsommervormittag im vergangenen Jahr, schien sie mich in einer schwachen

Stunde erwischt zu haben und somit einen gewaltigen Schritt nach vorne zu machen.

»Nathan«, rief sie mir entgegen und strahlte wie immer.

»Eliza Grey«, gab ich mit einem Lächeln zurück. »Was darf es denn heute sein?«

»Erdbeeren, vier Äpfel und deine Zusage, dass du am Samstag mein Gast bei meiner Geburtstagsparty sein wirst.«

»Du hast Geburtstag?«

»Ja, und ich schmeiße eine Party. Nun ja, um ehrlich zu sein, nur eine kleine Einladung. Kate und Allie werden kommen, natürlich mit Ethan und Damian. Und Ada, du weißt doch. Ich habe dir so viel von ihr erzählt, du musst sie unbedingt kennenlernen.«

»Muss ich?«, gab ich zurück und reichte ihr das Obst.

»Unbedingt. Ihr alle seid ein Teil meines Lebens und ich erzähle ihnen ständig von dir und dir von ihnen …« Sie machte eine kleine Pause, um Luft zu holen. »Ihr müsst euch endlich kennenlernen.«

Ich sagte nichts und Eliza begann, sich auf das Betteln zu verlegen. »Bitte. Du gehörst doch dazu. Du bist mein Freund, hast du gesagt.«

»Das bin ich.«

»Dann kann ich meinen Geburtstag auch nicht ohne dich feiern. Mum kann nicht kommen und mein Bruder Edward ist im Urlaub. Bitte, bitte, bitte. Es würde mir wirklich viel bedeuten. Du musst auch kein Geschenk mitbringen. Nur dich.« Sie zog kurz die Unterlippe zwischen die Zähne und sah mich mit ihren großen, hellblauen Augen flehend an. Und ohne es zu wollen, nickte ich langsam.

»Ernsthaft? Du kommst? Super.« Sie machte ein paar völlig übertriebene Tanzschritte und grinste wie eine Bekloppte. Dann zog sie einen Zettel mit ihrer Adresse aus der Tasche und reichte ihn mir. »Ich freu mich total. Bis dann, Nathan.«

Ich sah ihr nach, wie sie durch die Menge verschwand, und grinste ebenfalls. Vielleicht hatte sie recht. Vielleicht war es an der Zeit, wieder eine Art gesellschaftliches Leben aufzunehmen. Und wenn ich das richtig verstanden hatte, dann waren außer mir und

Ada nur Paare eingeladen. Und selbst Eliza käme wohl nicht auf die Idee, mich mit dieser berühmten Ada verkuppeln zu wollen, einer Frau in den Siebzigern. Das ist nämlich ihr eigentlicher Antrieb, fürchte ich. In ihrer Buchhandlung gibt es nur Bücher, die mit Liebe zu tun haben, und überhaupt scheint sich alles bei ihr nur darum zu drehen. Sie ist fest davon überzeugt, dass ein Leben ohne Liebe kein Leben ist, und folgerichtig versucht sie, seit wir uns kennen, vergeblich, mich an die Frau zu bringen. Anfangs befürchtete ich, sie könne sich selbst in den Ring werfen. Das hätte mir sehr leidgetan, denn so gerne ich sie mag, so wenig wäre sie etwas für mich. Und noch weniger bin ich etwas für sie. Eliza ist viel zu gut, zu rein und zu idealistisch für einen Kerl wie mich. Sie ist definitiv die romantischste Frau, die ich kenne. Obwohl ich in dieser Hinsicht wenig Vergleichswerte habe. Nicht, was Frauen angeht, aber diese spezielle Sorte. Meine bisherigen Erfahrungen beruhten doch eher auf etwas weniger gefühlsbetonten Exemplaren.

Ich schüttelte langsam den Kopf und arrangierte die Salatköpfe neu. Wie sich das anhörte. *Weniger gefühlsbetonte Exemplare.* Vermutlich hatte Eliza recht, es war an der Zeit, wieder mehr Kontakte zu pflegen, ehe ich zu einem dieser seltsamen Typen wurde, die nur noch das Leben der anderen mitlebten. Auch wenn sie mit der anderen Sache unrecht hatte. Es gibt durchaus Liebe in meinem Leben. Ich liebe meinen Job und ich liebe Menschen. Auf meine Art pflege ich viele Liebesbeziehungen und es würde sie vermutlich ein wenig überraschen, dass auch sie eine davon ist. Weil meine Art der Liebe anders ist und sich auf andere Art zeigt als ihre. Liebe ist für sie eine Sache, die sich zwischen einem Mann und einer Frau abspielt. Oder zwischen zwei Männern oder zwei Frauen. Aber auf alle Fälle mit viel Körpereinsatz und dem Austausch von Körperflüssigkeiten. Und diese Art der Liebe habe ich für mich als erledigt abgehakt. Ich habe es damit versucht und das Ergebnis war eine Katastrophe. Und deshalb habe ich beschlossen, das niemandem mehr anzutun. Eine Zeitlang dachte ich, es wäre möglich, diese ganze Liebes-Sache ein wenig umzudefinieren. Den Austausch der Körperflüssigkeiten beizubehalten und nur den

Rest mit dem Herzen und den Gefühlen wegzulassen, aber ich merkte schnell, dass mich das weder befriedigte noch glücklich machte. Das ist ebenso wenig meins, wie es die Sache mit dem vertrauten Zusammengehören ist. So blieb als letzte Konsequenz nur, darauf komplett zu verzichten. Das geht, und zwar besser, als man denkt. Und wenn es dann doch einmal nicht geht, muss ich nur zurückdenken. Dann spätestens weiß ich wieder, was meine Pflicht ist. Meine Sühne. Was ich mir schuldig bin und jeder anständigen Frau, die mir zu nahe kommt.

Kapitel 3

Cara

Als ich das nächste Mal auf den wunderbaren Alfie traf, hatte ich eben seine Spesenabrechnung kontrolliert und seufzend fünf Posten markiert. Echt, die probierten es immer. Ich war mir sicher, dass diese speziellen Abendessen nicht mit einem potenziellen Kunden gewesen waren, sondern eher mit einem potenziellen Betthäschen. Es gibt Lokale, in denen isst man nicht mit einem Menschen, dem man eine neue Anlage verkaufen will.

»Das *Spice House* in Hereford«, ich deutete auf die entsprechende Zeile, »und das *Red Horse* in Shrewsbury«. Ich sah ihn streng an. »Soll ich weitermachen oder wollen Sie diese Liste vielleicht noch einmal überarbeiten?«

Er lachte. »Mrs Goodfellow. *Mia Cara.*« Er ließ das »R« bedeutungsschwer rollen, damit ich ja merken sollte, dass das nun italienisch war und damit eine ganz eigene Bedeutung bekam.

»Kein Grund, allzu vertraulich zu werden, Mr McAllis.« Ich hatte nicht vor, mich von ihm einwickeln zu lassen, und ich war weder *seine Cara* noch, was um einiges dreister war, *sein Liebling*, wie sich *Mia Cara* ebenfalls übersetzen ließ. Nicht zum ersten Mal verfluchte ich meine Mutter, dass sie, die nüchternste Frau, die ich kannte, ausgerechnet mir den bedeutungsschweren und interpretationsreichen Namen Cara geben musste.

Er seufzte übertrieben. »Natürlich. Auch wenn es zu schade ist.«

»Also, diese Lokale ...«

»Beide ganz bezaubernd. Sie würden es lieben. Ein großer offener Kamin in Hereford und verschwiegene kleine Nischen in Shrewsbury.«

»Ich weiß.« Ich lächelte ihn nett an. »Und in Herford waren Sie dort mit«, ich raschelte ein wenig in meinen Unterlagen. »Mit Mr Thomsen von der örtlichen Polizei. Und in Shrewsbury speisten Sie ganz intim mit Mr Ralish vom städtischen Elektrizitätswerk.« Ich nahm mir Zeit, ihn ein wenig anzustarren, ehe ich mein Lächeln noch etwas breiter werden ließ. »Ich wusste ja gar nicht, dass Sie darauf stehen, mit Herren in verschwiegenen Restaurants zu speisen. Oder ist das einfach unglaublicher Arbeitseinsatz? Alles geben für die Firma und den persönlichen Bonus?«

Alfie sah mich einen Moment an, dann lachte er laut heraus. »Mia Cara, du bist ein Teufel in der Gestalt eines zauberhaften Engels.« Er machte eine kurze, entschuldigende Geste, als er meine hochschnellenden Augenbrauen sah angesichts dieser vertraulichen Anrede. »Es könnte vielleicht sein, dass ich da ein paar Belege durcheinandergebracht habe. Es war hektisch letzten Monat und die Abrechnung musste pünktlich eingereicht werden.« Er griff nach den Blättern, die vor mir auf dem Tisch lagen. »Wenn Sie es gestatten, werde ich natürlich noch einmal einen Blick darauf werfen.«

Ich nickte gnädig. »Wir werden eine Ausnahme machen, Mr McAllis. Weil ich weiß, dass Sie letzten Monat einiges zu tun hatten.« Ich wusste auch, dass er einige neue Aufträge an Land gezogen hatte und im Moment geradezu im Wohlwollen der hohen Tiere badete. Er war der beste Mann draußen, wie ich immer wieder zu hören bekam. Einer, auf den man nicht verzichten konnte. Und dem man dadurch eine gewisse Narrenfreiheit zusprach. Nun, nicht bei mir. Bei mir sind alle gleich – und leider alle dieselben Gauner.

»Waren Sie schon einmal in Hereford, liebste Mrs Goodfellow?«, fragte er, als er bereits die Tür erreicht hatte.

»Nein, leider nicht. Und genauso wenig in Shrewsbury.«

Er nickte langsam und ich konnte förmlich sehen, wie es in seinem Kopf ratterte.

»Sind Sie immer so gründlich?«

»Ich fürchte, ja.« Ich wandte mich wieder meinem Bildschirm zu. »Einen guten Tag noch, Mr McAllis.«

»Er wäre noch besser, wenn Sie heute Abend mit mir essen gehen würden.«

Ich ließ mir einen Augenblick Zeit mit der Antwort. Zeit, die er dazu nutzte, auf eine Art seine Augenbrauen hochzuziehen, die er ohne Zweifel lange vor dem Spiegel geprobt und perfektioniert hatte.

»Ganz sicher nicht. Sonst finde ich mich selbst nächsten Monat auf dieser Liste und muss Sie dafür erneut herbestellen.«

»Was ein weiterer guter Grund wäre, meine Einladung anzunehmen.« Er grinste frech, dann machte er eine kleine Verbeugung. »Einen schönen Tag. Ich werde die überarbeitete Liste schnellstmöglich einreichen.«

»Wieso gehst du nicht mit ihm essen? Also ich hätte sofort Ja gesagt, wenn er mich gefragt hätte.« Martha, meine Kollegin, wartete kaum, bis die Tür hinter Alfie zu war, ehe sie loslegte.

Ich seufzte. »Das glaube ich sofort.«

»Er sieht einfach zu gut aus.« Jetzt war sie es, die seufzte und dabei das Kinn auf ihrer aufgestützten Hand ablegte.

Ich schüttelte den Kopf. Das Mädchen war einfach zu naiv. Sie war deutlich jünger als ich, gerade mal Anfang zwanzig, und hatte die Ausbildung noch nicht lange abgeschlossen. Ihr schmutzig blondes Haar und die großen blauen Augen sahen recht niedlich aus, aber ihre Menschenkenntnis war leider nicht besonders ausgeprägt.

»Wenn er nur mit mir so reden würde. Ich würde ihn nicht abweisen.« Wieder seufzte sie mit Hundeaugen.

»Keine Angst. Bestimmt kommst du auch noch dran. Jede kommt einmal dran bei ihm, so viel ist sicher.«

»Meinst du?« Ihre Augen leuchteten auf.

»Echt jetzt? Martha, bitte, sei dir doch einmal für etwas zu schade. Willst du unbedingt eine Nummer auf seiner Liste sein?«

»Du bist immer so zynisch. Vielleicht wäre ich keine Nummer. Vielleicht würde er merken, dass ich die eine bin.«

»Ja«, murmelte ich. »Und vielleicht wachen wir morgen früh auf und wie durch ein Wunder hat sich unser Planet erholt, das Eis an den Polarkappen ist wieder im Originalzustand und die ganzen Umweltprobleme haben sich in Wohlgefallen aufgelöst.«

Sie hatte mich nicht gehört oder aber nicht hören wollen. »Alfie ist einfach … cool. Wenn er mich anlächelt, dann klopft mein Herz schneller. Und wenn er hier im Büro ist, dann ist es wie in einem Film, in dem ein wahnsinnig gut aussehender Mann mitspielt und man die ganze Zeit hofft, dass er endlich merkt, dass seine Traumfrau schon längst auf ihn wartet und er nur zugreifen muss.«

»Und natürlich bist du diese Traumfrau. Mensch, Martha, vielleicht musst du auch mal die Augen aufmachen. Und die Ohren. Der Kerl bringt nur Ärger.«

»Und jede Menge Aufregung. Wie James Bond, genau so ist er.«

»Richtig. In jeder Folge eine neue Frau. Oder zwei oder drei, falls eine zu früh stirbt.«

»Aber eine Frau gibt es, die immer da ist.« Sie sah mich abwartend an. »Na, ist doch klar. Moneypenny.«

»Oh.« Ich war einen Moment sprachlos. »Und die bist du?«

»Ich wär sie sofort.«

»Aber dir ist klar, dass diese Dame nur hoffnungslos hinter ihm herschmachtet und ihn nie bekommt?«

»Doch. In der letzten Folge.«

»Wie bitte?« Ich dachte kurz nach. Diese Bond-Filme sind nicht unbedingt meine bevorzugte Unterhaltung. »Da hat sie ihn bekommen? Im Ernst?«

»Nein.« Martha lachte leise. »Der Letzte ist noch gar nicht gedreht. Aber wenn sie es tun, dann wird sie ihn bekommen.«

»Ach Martha. Diesen Film werden Sie nie drehen. Und diese Moneypenny wird bis zur letzten Sekunde hoffen und ihn doch nie bekommen. Was besser ist für sie, ohne Frage. Und für dich ist es auch besser, wenn du unseren Mr Bond nie bekommst. Such dir einen netten Mann und lass die Finger von ihm.«

»Weil du ihn willst?«, fragte sie und klang ungewohnt forsch.

»Weil er dich nur unglücklich machen würde. Und jetzt«, ich straffte mich und wandte mich einmal mehr meinem PC zu, »hat uns Mr McAllis lange genug von der Arbeit abgehalten. Ich hätte deine aktualisierte Auflistung der Überstunden gerne bis zum Abend, wenn das möglich ist.«

»Natürlich.« Sie seufzte ein letztes Mal. »Und dennoch würde ich nicht so dumm sein und Nein sagen«, konnte sie sich nicht verkneifen nachzuschieben.

Ich beschloss, nicht mehr darauf einzugehen. Das war es nicht wert. Martha war nicht in Gefahr, sie war viel zu wenig eine Herausforderung, als dass unser Firmencasanova sie beachten würde. Was sie nicht daran hinderte, weiter zu träumen und sich selbst damit Schmerz zuzufügen. Martha war nett und als Mitarbeiterin zuverlässig, aber viel zu romantisch veranlagt. Früher hatte mich das wahnsinnig gemacht, heute jedoch rang es mir nur ein Kopfschütteln ab. Der Umgang mit Eliza hatte mich, was das anging, etwas verändert. Dieses Gespräch hätte genauso mit ihr stattfinden können. Der Gedanke an Eliza sorgte dafür, dass ich kurz lächeln musste. Vielleicht sollte ich ihren Vorschlag, wie ich diese Situation in den Griff bekommen konnte, doch einmal genauer durchdenken.

Kapitel 4

Nathan

Als ich hier meinen Stand zum ersten Mal befüllte, hatte ich ziemlich klare Vorstellungen davon, wie mein restliches Leben ablaufen sollte. Der Markt lag in einer völlig anderen Gegend als die, in der sich mein bisheriges Leben abgespielt hatte. Die Gefahr, hier Leute aus meinem alten Umfeld zu treffen war sehr gering, denn die hatten keine Zeit, um über einen Markt zu schlendern. Ich könnte wieder unter Menschen sein und dennoch von ihnen distanziert.

Der Plan ging auf. Ich brauchte nicht lange, um zu merken, dass ich zum ersten Mal seit einer gefühlten Ewigkeit wieder das Gefühl hatte, mit mir selbst ins reine zu kommen. Und dann tauchte Eliza auf. Und ich unterschätzte sie leider. Wie oft hatte ich in den letzten Monaten darüber nachgedacht, was passiert wäre, hätte ich die Einladung zu ihrer Geburtstagsfeier nicht angenommen. Ich hätte sie enttäuscht, aber wahrscheinlich hätte ich damit auch ihre Erwartungen erfüllt. Aber ich sagte zu, aus einer spontanen Schwäche heraus, und weil ich nicht absehen konnte, was sich aus diesem einen Tag alles entwickeln sollte. Denn es war nicht einfach nur eine kleine Party, wie sie gesagt hatte. Es war der Aufbruch in einen neuen Lebensabschnitt, auf den ich nicht vorbereitet war. Es war der Beginn einer Zeit, in der ich wieder ernsthaft Kontakte zu pflegen begann und Menschen in mein Leben ließ, die nicht nur Kunden waren, sondern zu Freunden wurden.

»Nathan! Wie schön, dass du da bist! Komm rein. Los, komm mit.« Eliza war bestens gelaunt gewesen, als sie mir an diesem schicksalhaften Samstagabend die Tür öffnete.

»Danke. Happy Birthday.« Ich reichte ihr das kleine Päckchen und ließ zu, dass sie mich dafür begeistert auf die Wange küsste. »Es ist nur eine Kleinigkeit.«

»Dankeschön. Ich werde es lieben, da bin ich mir sicher. Und jetzt komm schon.« Sie nahm umstandslos meine Hand und zog mich hinter sich die steile Treppe hoch. Oben in ihrer Wohnung war schon eine muntere Unterhaltung zu hören.

»Nathan ist da«, verkündete sie überflüssigerweise und schob mich in den Raum.

Kate winkte grinsend herüber, und der Mann neben ihr, der ihr Freund Ethan sein musste, nickte mir zu. Mein Blick fiel auf die ältere Dame, die drüben am Fenster stand. Das konnte nur die berühmte Ada sein.

»Du musst Ada kennenlernen«, bestätigte Eliza meinen Verdacht und zog mich schon wieder hinter sich her. Auf dem kurzen Weg bis zum Fenster kamen wir an ihrem Freund Charlie vorbei, der mir auf die Schulter schlug.

»Schön, dass du da bist. Das bedeutet ihr sehr viel.«

»Danke.« Mehr Zeit war nicht, denn Eliza zog mich unerbittlich weiter, was ihn zum Lachen brachte.

»Ada, das ist Nathan. Ich habe, glaub ich, schon von ihm erzählt.«

»Hallo Nathan.« Die alte Dame reichte mir ihre Hand und lächelte freundlich. Ich mochte sie sofort. »Sie hat Sie ab und an erwähnt«, sagte sie und zwinkerte, was sie fast wie ein junges Mädchen aussehen ließ.

Ich lachte. »Hallo Ada. Es freut mich, Sie endlich kennenzulernen. Eliza spricht viel von Ihnen.«

»Ja, sie ist ein wunderbares Mädchen.« Sie wandte den Blick zu unserer Freundin, die strahlend dastand und den Stolz einer Mutter ausströmte, die dabei zusah, wie vorbildlich sich ihr Nachwuchs verhielt.

»Das ist sie in der Tat.« Ich bemerkte den Stock in der Hand der alten Dame. »Wie geht es Ihnen? Ich habe von Ihrem Unfall gehört.«

Ada seufzte. »Es ist nicht mehr wie früher, aber ich will nicht klagen. Es ging mir weitaus schlechter und wer weiß, ob ich heute noch hier wäre, wenn es all diese zauberhaften Mädchen nicht gegeben hätte. Ah, und da ist eines davon. Nathan, das ist meine Nichte Cara.« Sie deutete auf eine Frau, die eben in das Zimmer kam und schnurstracks auf uns zuhielt.

»Hallo«, sagte sie knapp und lächelte verhalten. »Schön, dich kennenzulernen.«

»Ebenfalls.« Ich sah sie wohl etwas zu aufmerksam an, denn sie blickte an sich herab und dann zu mir. »Ist etwas?«

»Nein.« Ich lachte. »Alles bestens.«

»Ich hatte schon befürchtet, dass ich mich nass gespritzt hätte oder so. Beim Händewaschen«, fügte sie an und verzog kurz ihren Mund.

Und ich befürchte, dass mich Eliza hereingelegt hat, dachte ich und schüttelte beschwichtigend meinen Kopf. Diese Cara hatte sie nicht erwähnt und im Gegensatz zu ihrer Tante war sie durchaus in einem Alter, das Gefahr bot, sie als Kandidatin im *Verkuppelt-Nathan*-Spiel zu qualifizieren. Älter als Eliza, aber ganz sicher nicht älter als ich selbst. Und eine attraktive Frau, ganz ohne Zweifel, mit einem gut proportionierten Körper und einer ziemlich beeindruckenden Oberweite.

Sie strich sich die hellbraunen, schulterlangen Haare aus dem Gesicht und wandte sich ihrer Tante zu. »Willst du dich setzen?«

Ich registrierte, wie sich ihre Stimme bei diesen Worten verändert hatte. Sie klang nun nicht mehr forsch, sondern liebevoll und besorgt. Warm und ehrlich und sehr angenehm.

»Das wäre wahrscheinlich nicht schlecht. Nein, lass, ich nehme den Sessel hier. Ich will nicht wie ein Kind am Tisch sitzen, das es nicht erwarten kann, bis das Essen endlich aufgetragen wird.«

Sie ließ sich in dem Ohrensessel ein paar Meter weiter nieder. Ich sah an ihrem Gesicht, dass ihr die Bewegung nicht ganz mühelos gelang. Doch Ada lächelte es weg und begann ein Gespräch mit Eliza, die es sich umstandslos auf der Armlehne des Sessels bequem gemacht hatte, kaum dass die alte Dame saß.

»Eliza spricht viel von dir.« Cara wandte endlich den Blick von ihrer Tante und sah mich an. »Sie hält dich für eine Art Gott.«

»Tut sie das? Nun, ich fürchte, da kann ich nur enttäuschen.«

Sie musterte mich. »Eliza ist zwar ein wenig überschwänglich und lässt sich massiv von ihrem Herzen leiten, aber ich denke, sie verfügt dennoch über eine gute Einschätzungsgabe.« Sie stockte kurz. »Sie sieht mehr in den Menschen als andere. Sie blickt tiefer. Und sie lässt sich nicht so schnell ins Bockshorn jagen. Sie hat Biss, das mag ich.«

»Den hat sie und einen langen Atem noch dazu.«

Sie lachte und ich war überrascht, wie sich ihr Gesicht dabei veränderte. Es war ein schönes Gesicht, das allerdings nicht verhehlte, dass sie ein vorsichtiger Mensch war und sich nicht so einfach einwickeln lassen würde. Ich sehe viele Gesichter und ich kann sie mittlerweile ganz gut einschätzen. Ihres war keines von denen, die vorschnell vertrauten. Eine gesunde Wachsamkeit schien sie zu umgeben. Nun jedoch begann es zu strahlen und sich zu öffnen, eine Wandlung, die mich faszinierte.

»Allerdings.« Sie beugte sich zu mir vor. »Sollte ich dich warnen? Sie ist fest entschlossen, dein Geheimnis zu lüften und dich der großen Liebe zuzuführen und einem glücklichen, allumfassenden Ende.«

»Ach ja?«, sagte ich und spürte, dass ich wachsam wurde. Da waren wir ja schnell beim Thema angekommen.

»Ja«, bekräftigte sie und sah wieder hinüber zu den beiden Frauen im Sessel. »Ich kenne die Anzeichen. Leider. Sie versucht es bei mir ebenfalls«, sagte sie und straffte sich. »Sie hört einfach nicht zu, wenn man ihr sagt, dass man kein Interesse hat. *Was gibt es Schöneres, als seinen Seelenpartner zu finden?*, fragt sie ständig.« Sie sah mich einen Moment an. »Nun, ein gut gekühltes Glas Wein am Abend vielleicht, antworte ich dann.«

Ich musste lachen. »Nicht ganz die Antwort, die sie hören will.«

»Nein, aber dafür die Wahrheit.« Noch einmal schien sie sich zu straffen, während sie mich musterte. »Ich bin mir nicht ganz sicher, ob es einen Grund hat, dass wir beide heute hier sind. Vermutlich liegt es daran, dass wir ihre Freunde sind. Aber falls es nicht nur das ist, würde ich gerne gleich etwas klarstellen: Ich bin nicht interessiert. Also nicht falsch verstehen, du scheinst ein netter Kerl zu sein und bist sicherlich ein Hauptgewinn für jede

Frau, die dich bekommt. Aber ich habe nicht vor, mich verkuppeln zu lassen, nicht einmal von Eliza. Nur dass wir das direkt geklärt hätten. Man weiß ja nie, wie weit sie ihre Liste potenzieller Kandidatinnen schon abgearbeitet hat und welche verzweifelten Versuche sie nun unternimmt.«

Ich musste lachen. Die Dame nötigte mir Respekt ab, das musste ich zugeben. Gleichzeitig mochte ich ihre direkte Art. Sie war erstaunlich erfrischend und vor allem sehr ehrlich.

»Wenn ich auf der Suche wäre, dann würde ich dich nicht als verzweifelten Versuch bezeichnen.«

Sie sah tatsächlich empört aus, dann entspannte sich ihre Miene langsam. Sie kniff leicht ein Auge zu, während sie mich taxierte und anscheinend ihr Urteil fällte. Dann nickte sie und verzog die schön geschwungenen Lippen zu einem Lächeln. »Ich denke, wir beide werden miteinander auskommen, Nathan.«

Der restliche Abend war damit gerettet. Ich wusste nicht, ob Eliza tatsächlich Hintergedanken gehabt hatte, als sie mich zu dieser Feier einlud, oder nicht. Falls sie welche hatte, dann hielt sie sich ziemlich zurück mit irgendwelchen Versuchen, uns einander näherzubringen. Zum Glück, denn ich hätte ihr nur ungern einen Dämpfer verpasst, zumal das schon andere taten. Allie und ihr damaliger Freund Damian sorgten für einen kleinen Schreckmoment, als sie urplötzlich in Streit gerieten, und Kate goss zusätzlich Öl ins Feuer und ließ die Situation beinahe komplett kippen. Ich sah es Eliza an, wie sehr sie sich bemühte, die Lage in den Griff zu bekommen, und dass sie unter dem Schlagabtausch ihrer Freunde litt. Und so konzentrierte ich mich darauf, ihr zu helfen, die Stimmung zu retten, und danach, Allie wieder aufzubauen, die doch recht angeschlagen war, nachdem ihr Freund die Feier abrupt verlassen hatte. Kurz gesagt, nach der Begrüßung blieb selbst bei bestem Willen nicht mehr allzu viel Zeit, um mit Cara zu reden. Dennoch verabschiedete sie sich mit einem echten Lächeln, als sie und Ada aufbrachen. Oder gerade deswegen. So wie ich sie einschätzte, war wenig Aufmerksamkeit genau das, was ihr zusagte. Zumindest, wenn besagte Aufmerksamkeit oder eben der Mangel davon von einem Mann kam.

Kapitel 5

Cara

Als mir der unsägliche Alfie McAllis drei Tage später die korrigierte Liste schickte, hatte er drei der fünf von mir verdächtigten Posten eliminiert. *Geht doch,* dachte ich grinsend. Die beiden anderen ließ ich ihm durchgehen, weil ich mir bei denen nicht ganz sicher war und auch kein Interesse hatte, dass er wieder hier im Büro auftauchte, um zu diskutieren. Oder am Ende zur Geschäftsleitung lief und rumheulte, damit die mich dann zurückpfiffen. Es war mir durchaus bewusst, dass diese Gefahr bestand. Wie gesagt, standen die Jungs der Akquise, also die, die draußen Klinken putzten und versuchten, unsere Produkte an den Mann zu bringen, unter einer Art Welpenschutz. Es war nicht leicht, fähige Leute für diesen Part zu bekommen. Ich erinnerte mich an eine ganze Reihe Kollegen, die den Job kurzzeitig hatten und bald nicht mehr zum Team gehörten. Man brauchte dazu eine Menge Charme, Biss und nicht zuletzt Fachwissen und wenn einer gute Arbeit ablieferte, dann hatte er quasi eine krisensichere Anstellung. Die Wettbewerber taten einiges, um sich die Besten zu schnappen, und damit sie sich nicht schnappen ließen, taten wir ebenfalls so einiges. Ich konnte das, wie gesagt, auf der einen Seite nachvollziehen. Aber auf der anderen machte mich das auch regelmäßig wütend, wenn sie diese Umstände schamlos ausnutzten. Ich hatte erst letzten Monat drei Mitarbeiter aus der Produktion entlassen müssen, darunter eine alleinerziehende Mutter. Solche Gespräche sind nichts für schwache Nerven und gehen ganz schön an die Nieren. Ja, auch mir, selbst wenn ich nach außen hin immer so tough wirke. Aber die Zahlen stimmten nicht, hatte man mir mitgeteilt, und die entsprechenden Abteilungen waren umstrukturiert worden. Das Einzige, was ich tun konnte, war, der Frau ein gutes Zeugnis auszustellen. Ich hatte versucht, andere Namen für die Kündigungen ins Spiel zu bringen, aber natürlich war die Entscheidung längst gefallen.

Nein, dachte ich jetzt, das Einzige war nicht, ein gutes Zeugnis zu schreiben. Ich konnte auch dafür sorgen, dass wir das eingesparte Geld nicht an anderer Stelle sinnlos hinauswarfen. Zum Beispiel, um ein nettes kleines Abendessen eines Außendienstlers mit der ortsansässigen *Dame de Pläsier* zu bezahlen. Das kostete mich nur ein paar Minuten Recherchezeit, die ich dank meines außertariflichen Arbeitsvertrags sowieso nicht bezahlt bekam und somit, wenn man so will, aus eigener Tasche finanzierte. Ich musste nur ein wenig im Internet surfen und mir die Lokale ansehen, von denen die Spesenbelege stammten. Bei manchen sah man es sofort, dass dort niemand, der seine fünf Sinne beisammen hat, ein Geschäftsessen arrangieren würde. Nicht in diesen plüschigen, intimen Nischen und verschwiegenen Nebenzimmern.

Mittlerweile bin ich ganz gut darin. Als ich damit anfing, gab es noch ab und zu kleine Fehler im System. Ich erinnere mich äußerst ungern daran, dass ich einmal auf ein recht zweifelhaftes Etablissement stieß, in dem es Stangen zum Tanzen gab und jede Menge roter Samtsofas. Empört hatte ich den Ausdruck geschnappt und mich an einen Vorgesetzten gewandt. Nur um dann mit einem mitleidig-herablassenden Grinsen gesagt zu bekommen, dass es im vorliegenden Fall durchaus akzeptabel war, diese Art der Unterhaltung zu bieten, weil danach ein ganzer Kontrollraum angeschafft wurde und der spezielle Kunde ohne Frage genau das gewünscht habe. Aber natürlich ganz diskret und ohne dass das Ganze an die Öffentlichkeit geriet. Ich hatte überlegt, ob man eine Frau, die den entsprechenden Posten bekleidete und die Entscheidungsgewalt über eine neue Anlage hatte, dann zu den Chippendales einladen würde und mit ihr zusammen die Jungs anfeuerte, sich auch das letzte Stückchen Stoff vom Körper zu reißen, mir jedoch die Frage verkniffen. Im Gegensatz zu manch anderen bin ich nämlich nicht unersetzlich.

Aus diesen Gründen freute es mich jedes Mal ganz besonders, wenn ich zumindest einen kleinen Sieg erringen konnte. Nicht dass es mir irgendjemand dankte, dass ich so in Summe der Firma doch einen ordentlichen Batzen Geld eingespart hatte in den letzten Monaten. Nur mein Gewissen dankt es mir, und das ist Antrieb genug.

Es dauerte ein paar Wochen, bis ich Alfie McAllis wieder zu Gesicht bekommen sollte. Ein paar Wochen, die beinahe ausgereicht hätten, um alles zu vergessen, was mir Eliza in den Kopf gesetzt hatte. Wenn es nicht das Telefon gäbe. Mit eben jenem hatte mich der Kerl viel zu penetrant genervt, um heute entspannt zu sein, als er gelassen und mit einem fetten Grinsen im Gesicht in den Raum spaziert kam, in dem die ganze Firma versammelt war. Du lieber Himmel, er kam und sofort schien die Luft zu vibrieren. Ich schwöre, ich konnte es fühlen, wie die ganzen Kolleginnen augenblicklich in diese seltsame Stimmung gerieten und gackerten und ihr Haar zurückwarfen. Ich schnaubte und drehte mich ab. Das war nichts, bei dem ich zusehen musste.

»Wie reizend Sie heute wieder aussehen, liebste Mrs Goodfellow. Haben Sie eine neue Frisur?«

Er hatte es in Rekordzeit geschafft, den Raum zu durchqueren und bei mir anzukommen. Ich schloss kurz die Augen und atmete durch, ehe ich mich umdrehte.

»Mr McAllis.«

»Alfie, bitte.«

»Alfred?« Ich sah ihn mit spöttischer Miene an.

»Das gehört doch hoffentlich zu den vertraulichen Informationen, die nur der Personalabteilung zur Verfügung stehen. Meine Eltern hofften, einen Erbonkel gnädig zu stimmen, wenn sie mir seinen Namen geben«, raunte er an meinem Ohr.

»Und? Hat es funktioniert?« Ich zog meine Augenbrauen hoch und versuchte, möglichst desinteressiert zu klingen.

»Nein.« Er lachte. »Einige Jahre vor seinem Tod hat sich der betagte Knabe plötzlich in eine nicht einmal halb so alte Dame verliebt und sie vom Fleck weg geheiratet, anstatt wie ein braver Junge zu sterben und sein Vermögen in der Verwandtschaft zu verteilen. Und so gingen wir alle leer aus und die Dame lebt heute in Saus und Braus.«

»Tja, Pech gehabt. So ist das nun mal, wenn die Triebe mit einem durchgehen.«

Wieder lachte er. »Ich kann ihn verstehen. Sie sieht in der Tat sehr gut aus und der alte Knacker hat sich auf seine letzten Tage noch jede Menge Spaß mit ihr gegönnt, da bin ich mir sicher. Er war einer von der rüstigen Sorte und zweifelsohne noch in der Lage, seinen ehelichen Pflichten …«

»Zu viele Informationen, Alfred« unterbrach ich ihn barsch. »Es besteht kein Bedarf, genauer zu werden, ich kann es mir vorstellen. Scheint in der Familie zu liegen.«

»Dass wir in der Lage sind, Frauen zu beglücken? Nun, das würde ich jederzeit einer Prüfung unterziehen lassen. Zumindest wenn Sie sie durchführen, liebste Cara.«

»Nur weil ich Sie Alfred nenne …«

»Alfie, bitte.«

»Weil ich Sie Alfred nenne, heißt das noch lange nicht, dass Sie mich …«

»Weshalb nur«, unterbrach er mich und seine Stimme klang mit einem Mal viel rauer und tiefer. »Weshalb nur habe ich immer ein Bild im Kopf, in dem Sie eine Peitsche schwingen? Und mir damit ein wenig …«

»Davon«, ich richtete mich auf und holte tief Luft, »davon dürfen Sie maximal träumen, Alfred.«

Sein Gelächter begleitete mich bis zur Bar, wo ich mir ein weiteres Glas Champagner gönnte. Ich spürte, dass mir die Röte ins Gesicht gestiegen war, und trank den Kelch in einem Zug leer. Man sollte diese dumme Tradition der Firmenfeiern abschaffen. Ich winkte nach einem weiteren Glas und nahm auf dem Hocker Platz. Ich musste auf alle Fälle noch die Reden abwarten. Sobald der offizielle Teil durch war, konnte ich verschwinden, aber vorher zu gehen wäre nicht ratsam. Ich seufzte und orderte eben das dritte Glas, als sich Alfie neben mir auf einen Hocker schob.

»Cara«, begann er, doch ich winkte ab.

»Weshalb können Sie sich nicht mit einer der unzähligen Damen hier vergnügen, die sich nichts sehnlicher wünschen, als von Ihnen bemerkt zu werden? Weshalb müssen Sie mir auf den Geist gehen?«

»Auch das ist wohl eine Familientradition. Habe ich erwähnt, dass besagte Dame eine Zeitlang als Model für Furore sorgte, ehe sie keine Lust mehr auf den Zirkus hatte? Und dann, bevor sie meine Großtante wurde, ganz nebenbei ihren Abschluss in Soziologie machte?«

»Und?«, fragte ich und zog das Wort ziemlich in die Länge, um ihm meinen Unmut über die Fortsetzung unserer Unterhaltung deutlich zu machen.

»Wir haben nun mal eine Vorliebe für schöne und intelligente Frauen. Nicht entweder oder. Sondern Frauen, die beides verbinden.«

»Als ob es davon so wenige gäbe.«

»Nein, es gibt einige. Aber Sie, liebste Cara, Sie sind die Königin dieser Zunft.«

Ich versagte mir ein Schnauben. Oh nein, ich hatte noch einen Rest Würde, und der hinderte mich daran, darauf etwas zu sagen, was bedeuten würde, dass ich das infrage stellte. Das war es doch, was er wollte, oder? Dass ich mich selbst kleinmachte und er mir dann ein paar Almosen hinwerfen konnte.

»Das Problem mit uns schönen und intelligenten Frauen ist nur, dass wir im Gegenzug auch einiges verlangen. Denken Sie an ihren Großonkel; der hatte wenigstens ein prall gefülltes Konto vorzuweisen.«

Wieder lachte Alfie los, laut und gänzlich nicht getroffen. »Stimmt. Aber der hatte auch ein paar unschöne Warzen, die es nötig machten, den Einsatz zu erhöhen.« Er gab dem Barmann ein kleines Zeichen, uns mit einem weiteren Getränk zu versorgen. »Ich bin gemein«, sagte er dann plötzlich und sah beinahe reumütig aus. »Das hat er nicht verdient. Die Warzen waren winzig und Onkel Alfred war ein netter und sehr kluger Kerl. Der auch im hohen Alter noch gut aussah und überaus rüstig und agil war …«

»Das hatten wir bereits«, fuhr ich ihm ins Wort.

»Auf alle Fälle hatte er es nicht nötig, sich eine Frau zu kaufen, und ich glaube, dass sie sich auch nicht kaufen ließ. Ich denke, sie hat den alten Knaben wirklich geliebt.«

»Ernsthaft? Auch Frauen können in dieser Hinsicht berechnend sein.«

»Ja? Sind sie das? Und Sie, Cara? Sind Sie auch berechnend?«

»Weshalb sollte ich das sein?« Ich war tatsächlich einen Moment so verwirrt, dass ich vergaß, spöttisch zu klingen.

»Ganz genau, weshalb sollten Sie? Wenn es eine Frau gibt, die das nicht nötig hat, dann Sie, Mia Cara.«

»Und wenn es einen Mann gibt, den ich nicht nötig habe, dann Sie, McAllis. Ich weiß nicht, was Sie bezwecken, aber das ist mir auch egal. Lassen Sie es einfach bleiben. Spielen Sie in Zukunft mit wem auch immer, aber nicht mit mir. Sie würden sich dabei nur die Finger verbrennen.«

Kapitel 6

Nathan

»Cara. Wie geht es dir? Dass du dich bei dem Sauwetter hierher traust.« Ich musste grinsen, als ich sah, wie sie ihr Gesicht verzog.

»Du kannst mir glauben, dass ich jetzt lieber an jedem anderen Ort wäre als hier.«

»Danke. Das spricht ja nicht unbedingt für mich.«

Sie stockte kurz, ehe sie antwortete. »Okay. Dann kannst du mir glauben, dass es mir lieber wäre, wenn du nicht gerade auf dem Markt dein Gemüse verkaufst. Was spricht gegen einen netten kleinen Laden mit schönen soliden Wänden drumrum?«

»Zum Beispiel die Mietkosten, die in dieser Gegend exorbitant wären. Und dass ich es mag, draußen zu sein. Sogar bei diesem Wetter.«

Sie trat etwas näher an die Auslagen, um sich den maximalen Schutz zu sichern, den meine Planen boten. »Ich denke ja, du hast in deinem früheren Leben etwas verbrochen, für das du hier büßen musst«, sagte sie lapidar und betrachtete dabei genau das Angebot. »Es gibt sonst keinen Grund, sich das anzutun.«

Ich antwortete nicht. So könnte man das sehen. Aber ich liebte es wirklich und wenn man sich darauf einließ, dann kam man auch mit den Umständen gut zurecht. Zugegeben, heute war einer dieser Tage, die wirklich nicht besonders angenehm waren. Der Sommer ging definitiv dem Ende entgegen und so langsam war es an der Zeit, sich auf die kalte Jahreszeit einzustellen. Wir hatten dieses Jahr viel Glück gehabt und bis weit in den September waren wir mit milden Temperaturen verwöhnt worden. Nun, im vermeintlich goldenen Oktober, hatte es über Nacht umgeschlagen.

»Ich nehme einen Rotkohl. Und Äpfel, bitte«, sagte Cara und zeigte auf die gewünschten Früchte. »Und ich soll dich fragen, ob du schon Grünkohl hast.«

»Für den ist es noch ein wenig zu früh, aber in zwei Wochen sollte er verfügbar sein. Die Kürbisse sind frisch. Und die Kohlrabi sind vermutlich die letzten, die ich bekomme, da ist die Saison nahezu vorbei.«

»Dann pack mir davon zwei ein. Tante Ada liebt sie.« Sie besah sich die Kürbisse. »Weißt du, bisher habe ich mir nie so viele Gedanken darum gemacht, wann was Saison hat und was nicht«, gab sie mit der ihr eigenen Direktheit zu. »Ich meine, dass Erdbeeren im Winter nicht wirklich bei uns wachsen, war mir schon klar.« Sie verzog den Mund und ich musste lachen. »Aber ich mag es tatsächlich, bei dir einzukaufen und mich belehren zu lassen, was gerade Saison hat. Ich oute mich dabei zwar als typischen Großstädter, der keine Ahnung von Landwirtschaft hat, aber dafür habe ich jetzt ja dich.«

»Ganz genau. Dafür hast du mich«, wiederholte ich und lächelte. Ich kannte Cara jetzt seit mehr als einem Jahr und ich war Eliza mittlerweile richtig dankbar, dass sie mich damals genötigt hatte, zu ihrer Party zu kommen. Cara ist ein Mensch, der mich vom ersten Moment an faszinierte und mit dem sich ganz langsam eine zaghafte Freundschaft entwickelte. Auf den ersten Blick wirkte sie stark, selbstsicher und auch ein wenig kratzbürstig. Sie ist direkt und scheut sich nicht auszusprechen, was sie denkt, und zu ihrer Meinung zu stehen. In dieser Hinsicht ähnelte sie der guten Kate. Aber wie bei Kate spürte man auch bei Cara, dass da mehr war hinter der harten Schale. Wir hatten uns gelegentlich getroffen in den letzten Monaten, meist hier, wo sie in Begleitung ihrer Tante einkaufte, oder an Tagen wie heute, wenn die alte Dame das Haus nicht verlassen konnte und sie alleine für diese den Einkauf erledigte. Oder aber wenn wieder eine kleine Party bei Eliza oder einem ihrer Freunde anstand. Sie hatten mich mit der ihnen eigenen Art einfach aufgenommen in ihren Kreis und auch Cara war bei diesen Gelegenheiten oft zu Gast gewesen. Und dabei hatten wir uns allmählich besser kennengelernt. Ohne Zwang, ohne Fragen, die keiner von uns beantworten wollte. Wir ließen einfach zu, dass sich nach und nach eine gewisse Vertrautheit einstellte, und merkten beide überrascht, dass wir nichts dagegen hatten.

Ich muss zugeben, was mir besonders an ihr gefiel, war die Tatsache, dass sie von Anfang an für klare Verhältnisse gesorgt hatte. Es war nicht nur so dahergesagt, dass sie kein Interesse an mir hatte, das über mein Gemüse hinausging, und ich hatte meine Sorge, dass unsere Bekanntschaft ein ganz besonders raffiniert eingefädeltes Theater von Eliza sein könnte, ziemlich schnell abgelegt. Tatsächlich bin ich, was persönliche Kontakte angeht, vielleicht ein wenig zu misstrauisch, aber ich will meinen Sicherheitsabstand wahren können. Ich will nicht, dass die Menschen mir ebenso nahekommen wie ich ihnen, wenn sie mir von ihren Sorgen und Nöten berichten. Ich möchte verhindern, dass sie in mir mehr sehen als den netten Verkäufer auf dem Portobello-Market. Und vor allem möchte ich verhindern, dass sie Gefühle für mich entwickeln, die über die hinausgehen, die man für seinen Gemüsehändler haben sollte.

Bei Cara klappt das seit über einem Jahr hervorragend. Sie erzählt mir kaum etwas Persönliches und hat auch kein Interesse daran, mich nach meinem Privatleben auszufragen. Wenn sie, wie vorher, irgendeine Bemerkung dazu macht, dann immer reichlich trocken und ohne auf eine Reaktion zu warten. Und ich mag das. Zum ersten Mal seit Langem hatte ich das Gefühl, dass sich so etwas wie eine echte, tiefe Freundschaft entwickeln könnte. Selbst bei Eliza empfinde ich nicht so, weil ich bei ihr immer auf der Hut sein muss, um nicht irgendetwas zu verraten, was sie nichts angeht, oder mich von ihr in irgendeine Sache verwickeln zu lassen, in die ich nicht verwickelt werden will. Sie ist nicht nur einmal mit einer Freundin hier aufgetaucht, die sie *ganz zufällig* auf dem Markt getroffen hat und der sie unbedingt mein Obst empfehlen muss. Und es sind jedes Mal nette Frauen, hübsche Frauen, interessante Frauen. Sie sehen nett aus, sie sagen nette Dinge, sie lächeln nett. Und irgendwann lächeln sie hoffnungsvoll und dann weiß ich, dass ich wieder einen Traum zerschlagen muss, der nie hätte geträumt werden dürfen. Ich weiß, wie ich auf diese Frauen wirke, Eliza erzählt mir das oft genug. Aber soll ich ihr sagen, dass dieses Bild trügt? Dass ich der bin, den sie sieht, und gleichzeitig auch ein ganz anderer? Jeder Mensch hat verschiedene Facetten, aber nicht jeder hat welche, die er unter Verschluss halten muss. Cara zum Beispiel ist eine Frau mit vielen Seiten. Und sie zeigt sie recht ungeniert, selbst wenn sie weiß, dass sie damit nicht wirklich Sympathiepunkte sammelt. Vielleicht ist es das, was mich an ihr so fasziniert? Diese Möglichkeit, die sie gefunden hat, damit umzugehen. Es zu wagen, den Menschen beide Gesichter zu präsentieren. Vielleicht spüre ich nach all dieser Zeit immer mehr, dass es nicht gut ist, wenn man eine Seite an sich so unterdrücken muss. Ich hoffe zwar, dass ich diese dunkle Seite im Griff habe und dass ich in Zukunft widerstehen kann. Aber sie ist und bleibt ein Teil meines Lebens und ich muss lernen, sie nicht nur zu bekämpfen, sondern auch zu akzeptieren. Denn nur so, hat man mir gesagt, werde ich irgendwann wirklich Ruhe finden und vielleicht auch wieder in der Lage sein, mich den Menschen zu öffnen.

»Du solltest übrigens wachsam sein«, holte mich Cara aus meinen Gedanken.

»Weshalb?«

»Eliza spricht in letzter Zeit viel von dir. Nun ja, sie spricht sowieso ständig von dir. Aber du kennst sie. Jetzt beginnt ihre Zeit, die Stürme und der Nebel und der ganze Regen.« Einmal mehr zeigte sich auf ihrem Gesicht ganz deutlich, was sie davon hielt. »Aber sie liebt es und sie beginnt bereits damit, sich auf Weihnachten vorzubereiten.«

»Es ist Oktober.«

»Ganz genau, das habe ich auch gesagt.«

»Und was hat das mit mir zu tun?«

»Nun, sie denkt, dass sie dir ein weiteres Jahr ersparen muss, in dem du an Weihnachten einsam und alleine unter dem Baum sitzt.«

»Ich sitze nicht … Ich fühle mich nicht einsam.«

»Ich weiß.« Sie lehnte sich mit der Hüfte an die Auslage und sah mich an. »Es ist zum Kotzen, oder? Dass all diese Paare denken, nur weil man Single ist, ist man zur Weihnachtszeit akut selbstmordgefährdet. Ich für meinen Teil wäre es vermutlich eher, wenn ich in einer Beziehung festsäße, die mir alle Luft nimmt und die mich an jemanden fesselt, der bereits dabei ist, das Interesse an mir zu verlieren.«

»Bei Eliza und Charly läuft es doch nicht schief?«, fragte ich besorgt.

»Nein, natürlich nicht. Ich meine das nur so generell. Auf alle Fälle schreibt sie wieder Listen, mit wem sie dich verkuppeln könnte.«

Ich seufzte.

»Ganz im Ernst, ich wünschte, sie würde das nicht tun«, sagte Cara und seufzte ebenfalls.

»Mich zu verkuppeln?«

»Nein. Es ist mir ehrlich gesagt egal, ob sie das macht oder nicht.« Sie grinste und sah unerwartet frech aus. »Du bist alt genug, du kannst dich wehren. Du brauchst keine starke Freundin, die das für dich regelt, oder?«

»Nein.«

»Eben. Ich sag das auch nur, damit du nicht auf die Idee kommst, mich zu engagieren, als Alibifreundin oder so.«

»Auf diese Idee wäre ich nie gekommen«, sagte ich ehrlich überrascht.

»Nein? Wieso nicht? Weshalb siehst du jetzt aus, als wäre das ein Vorschlag, der komplett absurd ist? Tauge ich nicht einmal zur Alibi-Freundin?«

»Doch. Nein. Himmel, Cara, wieso solltest du nicht als Alibi-Freundin taugen? Du taugst sogar eine Menge dafür. Ich würde dich ja fragen, weshalb du nicht die richtige Freundin eines netten Mannes bist ...«

»... wenn dir dein Leben nicht so lieb wäre?«, fiel sie mir prompt ins Wort.

»Nein«, sagte ich sanft und wich ihrem Blick nicht aus. »Wenn mich diese Fragen nicht selbst so stören würden. Wenn ich nicht wüsste, dass das etwas ist, das niemanden etwas angeht.«

»Sie macht mir Angst damit«, gab Cara plötzlich zu und sah mit einem Mal weit weniger selbstsicher aus, als ich das von ihr gewohnt war. »Mit diesem ganzen Gerede von Seelenpartnern und vor allem von Weihnachten.«

Ich nickte langsam und griff dann unter die Theke, wo ich immer eine Thermoskanne mit Tee stehen hatte. Ich zog sie hervor und hielt sie in die Höhe.

»Hast du Zeit? Komm hinter die Theke, dann trinken wir einen zusammen.«

Kapitel 7

Cara

Ich musste nicht lange überlegen. Ein Tee mit Nathan war immer eine gute Idee und deshalb nickte ich sofort. Obwohl es heute vielleicht doch kein so guter Einfall war. Ich spürte zu spät, dass mich eine seltsame Stimmung gepackt hatte. Eine, die man besser mit sich selbst ausmachte und mit der man nicht hausieren ging. Wobei Nathan niemand war, bei dem man das Gefühl hatte, das zu tun. Ich kannte ihn jetzt schon eine Weile und obwohl wir uns selten abseits des Markts trafen, fühlte es sich so an, als wären wir Freunde. Diese Empfindung hatte ich nur bei sehr wenigen Menschen. Eliza würde ich als meine Freundin bezeichnen und mittlerweile sogar Kate und Allie. Man konnte nicht mit Eliza befreundet sein, ohne regelmäßig auch ihre besten Freundinnen zu treffen, und ich mochte beide. Sie waren ganz kontroverse Persönlichkeiten, wobei mir Kate mit ihrer direkten Art natürlich ziemlich ähnelte. Aber Allie war völlig anders und heimlich beneidete ich sie manchmal um ihr sanftes Wesen. Obwohl es mich im selben Augenblick zur Weißglut brachte, wie duldsam und verständnisvoll sie war.

»Also, was geht dir durch den Kopf?«, fragte Nathan sanft und reichte mir meinen Becher.

»Ich weiß nicht. Es ist blöd.«

»Das ist es nicht. Spuck es aus.«

»Eliza ist schon komplett im Weihnachtsmodus. Soll sie, aber sie macht mir damit klar, dass uns das wieder ins Haus steht.«

»Du magst Weihnachten nicht?«

»Gegen Weihnachten habe ich nichts. Ich mag nur das Drumherum nicht.«

»Und was genau ist das Drumherum?«

Ich seufzte frustriert. »Bisher war Weihnachten in Ordnung. Ich meine, in meiner Familie hat man nie dieses Ding darum gemacht, wie Eliza es tut. Man stellt einen Baum auf, hängt kitschigen Schmuck daran und kauft jede Menge Geschenke. Dann trifft man sich zum Essen und man freut sich sogar darauf. Und dann freut man sich noch mehr, wenn das Dessert hinter einem liegt und man wieder gehen kann.«

»So schlimm?«

»Wir sind eben so. Bei uns ist man nicht so gefühlsduselig.« Ich dachte nach. Das hatte ich noch nie jemandem erzählt. Doch diesem Mann mit seinen seltsamen Augen, die gleichzeitig warm und kühl waren, konnte ich das anvertrauen, wie ich überrascht bemerkte. »Bei uns läuft das anders. Wir haben ebenfalls Gefühle, nur leider solche, die man lieber nicht hätte. Wir haben nie darüber gesprochen, was wir empfinden, wie es uns wirklich geht. Solche Dinge will niemand wissen. Bei uns wurde lieber darüber gelästert, was andere falsch machen, was sie haben, obwohl es ihnen nicht zusteht.« Ich holte tief Luft. »Was wir ihnen neiden.«

»Du wirkst nicht wie ein Mensch, der auf andere neidisch ist.«

Ich sah ihn überrascht an und verspürte eine seltsame Art der Dankbarkeit. »Ich war es. Und ich war sehr misstrauisch. Ich bin es immer noch. Aber ich beginne, mich zu verändern. Nein, ich stecke mittendrin. Und damit passe ich nicht mehr zum Rest der Familie«, gestand ich langsam.

Nathan nickte nur bedächtig und sah mich weiter an mit diesen stahlblauen Augen, von denen ich fürchtete, dass sie bis in die Seele eines Menschen blicken konnten.

»Seit dieser Sache mit Ada …« Ich drehte den Becher ein wenig hin und her. Nathan saß neben mir und wartete geduldig. »Alles in meiner Familie kreiste stets um Ada. Sie war die eine, die alles erhielt. Sie war diejenige, die alles bekam, was sie wollte, und damit das, was auch meine Mutter für sich begehrt hatte. Ich bin damit aufgewachsen zu hören, dass Ada und ihr Mann Walt exzentrische Menschen seien, die nicht mit Geld umgehen könnten und die all das besaßen, was uns zugestanden hätte. Und ich habe es geglaubt. Ich habe mir nie die Mühe gemacht zu prüfen, ob das die Wahrheit ist.«

»Aber mittlerweile weißt du, dass es nicht die Wahrheit ist.«

»Ja«, stieß ich heraus. »Und meine Mutter verzeiht es mir nicht, dass ich meine Meinung geändert habe. Sie denkt, ich verrate die Familie.«

»Das ist schwierig.«

»Ich dachte, ich könne das regeln. Also habe ich letztes Jahr darauf bestanden, dass wir Weihnachten zusammen feiern. Sie und ich und Ada. Ich hatte ihr alles erzählt, wie es wirklich war in Adas Leben, mit ihrem vermeintlichen Glück und all den Dämonen, die sie so lange mit sich herumgeschleppt hat. Ich dachte, sie versteht es. Und ich dachte, wenn sie sich endlich treffen, dann wird sie merken, was für eine wunderbare Frau Ada ist. Und welche Zeit eignet sich besser dafür als Weihnachten? Wenn man Eliza glaubt und allen anderen Verrückten, dann ist das doch die perfekte Zeit für Einsichten und Wunder und den ganzen Mist. Aber es war ein Desaster. Meine Mutter hatte gar nichts verziehen, und das hat sie uns spüren lassen. Ganz besonders Ada, aber natürlich auch mich, die Tochter, die ihr in den Rücken fällt und sich mit dem Teufel verbrüdert hat.« Ich stieß frustriert die Luft aus. Das alles hatte ich schon so oft in Gedanken durchgekaut, aber es zum ersten Mal laut auszusprechen tat überraschend weh.

»Ich verstehe«, sagte Nathan leise und ich hatte das Gefühl, dass er das wirklich tat.

»Seither wird meine Mutter nicht müde, mich daran zu erinnern, wem meine Verpflichtungen gelten müssen. So nennt sie es, meine Verpflichtungen. Sie ist meine Familie, aber Ada ist das auch. Sogar mehr als das. In Ada habe ich zum ersten Mal ein Familienmitglied kennengelernt, das nicht misstrauisch und neidisch ist. Und sie hat mir Hoffnung gemacht ...« Ich brach ab.

»Und nun steht Weihnachten bald wieder im Raum«, sagte Nathan leise und ich war ihm unendlich dankbar, dass er meinen unbeendeten Satz nicht vervollständigte.

»Ja. Und meine Mutter erwartet, dass ich mit ihr feiere oder das tue, was sie als feiern bezeichnet. Und dass ich zugebe, dass das *Experiment Ada*, wie sie es nennt, gescheitert ist. Aber das kann ich nicht. Weder mit ihr feiern und Ada alleine zu Hause sitzen lassen noch sagen, dass sie ein Experiment war. Ich muss mich entscheiden«, ich lachte und ich wusste, ich klang ein wenig wie die Irre aus einem schlechten Film. »Ich muss mich entscheiden, mit wem ich feiere und wen ich damit verlieren werde. Und leider ist diese Entscheidung weit weniger schwierig, als sie sein sollte, und tut gleichzeitig mehr weh, als ich das ertragen kann.«

»Weil so viel mehr damit zusammenhängt als die Frage, mit wem du Weihnachten verbringst«, sagte Nathan verständnisvoll und legte seine Hand auf meine.

»Ja«, sagte ich. Weil ich damit meine Mutter verlieren würde. Und weil ich damit zugeben würde, dass ich lange so gewesen war wie sie. Weil ich sie nun mit gesundem Abstand betrachtete und darüber erschrak, wie sie wirklich war. Wie wir wirklich waren. Und weil ich spürte, dass dies alles mich nicht nur veränderte, sondern auch herausforderte und mir einiges mehr abverlangte, als nur eine Einladung auszusprechen und damit zum schwarzen Schaf unserer kleinen Familie zu werden.

»Du wirst die richtige Entscheidung treffen. Und du wirst erkennen, dass alles weit weniger unmöglich ist, als du denkst.«

Woher wusste der Kerl bloß immer so genau, was man nicht sagte? Das war gruselig.

»Es ist gruselig, wenn du das tust«, platzte ich auch prompt heraus, ohne es aufhalten zu können. »Woher weißt du, was ich fühle? Wie kannst du dasitzen mit diesen Augen und deinem gütigen Lächeln und ganz genau wissen, was mein Problem ist?«

»Weil ich hinsehe. Und weil ich auch auf die Pausen höre, was sie bedeuten.«

»Nein, das ist es nicht.«

»Du hast recht.« Nun war er es, der den leeren Becher in seiner Hand drehte. »Es ist so, weil ich es kenne. Weil mir dieses Gefühl vertraut ist, wenn man erkennt, dass man nicht der war, der man sein wollte. Wenn man zum ersten Mal mit anderen Augen zurückblickt und sich fragt, wer dieser Mensch gewesen ist, der dein Leben lebte.«

Nachdenklich betrachte ich den Mann neben mir, als sähe ich ihn zum ersten Mal. Und ich meine damit nicht seine äußere Erscheinung, die ich mittlerweile sehr gut kannte. Ich sah nicht seine hochgewachsene Gestalt oder sein schönes, schmales und männliches Gesicht. Ich sah auch nicht seine langen blonden Haare, in die sich bereits einige graue Strähnen mischten, die man nur bemerkte, wenn man genau hinsah, und die er wie gewohnt zu einem nachlässigen Knoten frisiert trug, heute recht hoch auf dem Kopf. Genauso wenig wie ich seinen kurz gehaltenen Bart sah, der dicht war und sehr gepflegt und ebenfalls einige graue Stellen hatte, kaum sichtbar und doch ein Zeichen, dass er älter war, als es auf den ersten Blick schien. All das kannte ich und unter uns, all das war es nicht, was mich interessierte. Normalerweise bin ich nämlich kein Fan von zu gut aussehenden Männern, denn die wissen das und verhalten sich wie gut aussehende Männer. Nathan tat das nicht und ich hatte mich schon öfter gefragt, ob er wirklich der eine war, der die Regel als nicht zutreffend strafte oder er sich tatsächlich nicht bewusst war, wie er auf Frauen wirkte. Er vermittelte den Eindruck, sich nicht allzu viel aus seiner Erscheinung zu machen, was eigentlich immer meinen Argwohn weckte. Weshalb nicht bei ihm? Weil ich ihn ansah und etwas anderes studierte. Seine Augen, die alles an diesem Mann beherrschten. Und das, was sie verbargen. Ich sah es in ihnen aufblitzen, ganz kurz, dieses Wissen um meine Not, und dass er sie wirklich verstand. Dass er viel genauer wusste, was ich meinte, als ich es ihm wünschte.

Kapitel 8

Nathan

Ich sollte dringend ein wenig vorsichtiger sein. All die Jahre hatte ich es doch so gut hinbekommen, mit meinen Kunden über ihre kleinen und großen Nöte zu sprechen, ohne dabei meine eigenen zur Sprache kommen zu lassen.

Selbst Eliza mit ihren immer wiederkehrenden Versuchen hatte mich nie wirklich in Gefahr gebracht, mehr preiszugeben, als ich wollte. Doch heute bei dem Gespräch mit Cara war meine Deckung kurzzeitig in die Knie gegangen. Und ich vermutete, dass ich dabei meinem eigenen Trick auf dem Leim gegangen war.

Nein, so sollte ich es nicht ausdrücken, denn es klingt zu negativ. Ich verwende keine Tricks, um die Menschen zum Reden zu bringen. Ich bin nicht wie Eliza, die ständig bohrt und es versucht, wenn auch aus den edelsten Motiven. Ich bin einfach nur verfügbar, wenn sie es brauchen. Ich biete ihnen Ruhe und Zeit, etwas, das viele heute gar nicht mehr kennen. Aber falls jemand nichts erzählen will, dann ist das für mich ebenfalls in Ordnung.

Auch bei Cara war es das gewesen. Schon bei unserem Kennenlernen war deutlich geworden, dass sie eine ganz andere Persönlichkeit besitzt als ich. Sie ist laut, sie ist direkt und sie ist ungemein schlagfertig. Doch in einer Hinsicht ähnelt sie mir erschreckend, und das ist ihr Unwille, über private Dinge zu reden. Sie hatte mir noch nie von ihrer Familie erzählt und ich wusste nur aus ihren bissigen Kommentaren, dass sie nicht in einer Beziehung steckte. Ein Punkt, der mich in der Tat verwunderte, denn an ihrer Erscheinung konnte es nicht liegen. Und ich war mir ziemlich sicher, dass es auch nicht nur an ihrem Unwillen, Nähe zuzulassen, lag. Es gibt Menschen, die einfach nicht dafür gemacht sind, in einer Partnerschaft zu leben, was ich vollkommen legitim finde. Jeder sollte sich seinen eigenen Weg suchen, um glücklich zu werden. Ich stimme Cara voll zu, dass es verletzend ist, wenn Paare immer ein wenig mitleidig auf Singles herabschauen, wenn sie denken, dass diese weniger glücklich sind. Ich würde behaupten, eine Menge Singles sind sogar deutlich glücklicher als einige Paare, die nur aus Gewohnheit zusammen sind oder weil eine Scheidung zu teuer oder die Trennung zu kräftezehrend wäre. Nein, seltsamerweise hatte ich plötzlich das Empfinden, dass Cara eigentlich nicht in diese Kategorie gehörte. Dass sie tief in ihrem Herzen ein Mensch war, der lieben will und ebenso leidenschaftlich zurückgeliebt werden möchte. Sie war mir in diesen Minuten wie ein kleines Mädchen vorgekommen, das nicht weiß, wie es das anstellen soll mit dem Leben und dem ganzen Rest. Ich hatte es an ihrer Stimme gehört, wie sehr sie all diese Fragen beschäftigten. Und ganz besonders berührt hatte mich, wie sie von ihrer Familie erzählte. Ich glaube, das war der Moment, als sie es kurzzeitig schaffte, hinter die Mauer zu brechen, die ich so mühsam errichtet habe.

Die Menschen gestehen mir vieles, wenn sie bei mir eine Tasse Tee trinken. Ich könnte, wenn ich wollte, eine Art Ranking erstellen. Ein Ranking der Dinge, welche die Menschen taten und sich gegenseitig antaten. Ganz vorne käme, wenig überraschend, die Liebe in allen Facetten. Ich weiß von Familien, die glücklich wirken, wenn sie am Samstag gemeinsam den Einkauf erledigen und der Vater dabei den Kinderwagen schiebt oder optional dem Schulkind hinterherrennt, wenn es sich zwischen den Ständen zu verstecken sucht. In Wahrheit hat aber wahlweise er oder sie eine Affäre, versucht, dem Familienalltag zu entrinnen, seiner Freiheit hinterherzueilen oder einfach nur einer lieblos gewordenen Partnerschaft zu entfliehen. Ich sehe Frauen, die so verzweifelt auf der Suche nach dem Richtigen sind, dass sie mir jede zweite Woche mit leuchtenden Augen berichten, jetzt aber wirklich den einen gefunden zu haben, nur um dann zu merken, dass der diese Anforderung nicht erfüllen kann. Ich kenne die Geschichten, in denen der erfolgreiche, smarte Liebhaber wieder einmal aus tragischen Gründen seine Frau nicht verlassen kann und seine Geliebte um ein wenig mehr Geduld bittet. Manchmal denke ich, dass all dies einen Menschen dazu bringen könnte, die Liebe völlig aufzugeben.

Aber da sind eben auch die anderen. Die mit leuchtenden Augen von ihrem Partner schwärmen. Die es schaffen, die kleinen Momente zu sehen, das Glück, welches sie hatten, diesen einen Menschen gefunden zu haben. Die alten Leute, die so liebevoll miteinander umgehen, nach all der Zeit. Die ihre Tasse Tee bei mir nutzen, um einfach ihre Dankbarkeit auszudrücken, und mich mit einem warmen Gefühl im Herzen zurücklassen.

Und dann ist da noch die dritte Sorte. Diejenigen, die echte Ängste plagen und bei denen ich nichts tun kann, als einfach zuzuhören und da zu sein. Die junge Mutter, deren Kind an Leukämie erkrankte. Die Frau, die nicht mehr weiterweiß, weil man ihr die Wohnung kündigte und sie keine bezahlbare neue finden konnte. Der Vater, der sich nicht traut, seiner Familie zu gestehen, dass er vor Wochen den Job verloren hat und das Haus nicht mehr lange ihnen gehören wird. Es gibt viele Geheimnisse und Nöte hier auf diesem gut besuchten Markt und nicht alle sind so leicht und frivol, wie Eliza sich das gerne vorstellt.

Doch seltsamerweise war noch nie jemand unter all meinen Kunden, der das zugegeben hat, was heute aus Cara herausplatzte und mir so vertraut ist. Die Erkenntnis, ein Mensch gewesen zu sein, den man selbst nicht mag. Und die Angst, dass man immer noch dieser Mensch ist.

Sie hat mir Hoffnung gemacht, hatte Cara gesagt und dann so abrupt den Satz abgebrochen, dass ich sie einen Moment musterte. Ich denke, ich weiß, welche Hoffnung sie meinte. Die Hoffnung darauf, dass wir nicht unabänderlich ausgeliefert waren. Dass wir es selbst in der Hand hatten. Dass wir nicht der Mensch bleiben mussten, der wir waren. Dass wir gegen unsere Erziehung ankämpfen konnten und gegen unsere Gene. Dass wir gegen unsere Gewohnheiten ankommen konnten und gegen unsere Zwänge. In diesem Moment hatte ich mich ihr sehr verbunden gefühlt. Sie hatte mir zum ersten Mal einen tiefen Einblick in ihre Seele gewährt. Tiefer vielleicht, als sie das selbst wollte. Zum ersten Mal hatte sie zugegeben, dass sie mit sich selbst haderte, und die Unsicherheit, die dabei mit Händen greifbar war, hatte mich überrascht und berührt. Auch sie trug ihre Schatten mit sich und wie bei jedem von uns hatte sie Tage, an denen diese länger wurden, tiefer und dunkler.

Und sie hatte mir, ohne es zu wissen, in diesem Augenblick auch ein Stückchen Zuversicht geschenkt. Und dafür gesorgt, dass ich einmal mehr meinen Feierabend damit zubrachte, zu grübeln und mich zu fragen, ob auch für mich jemals dieser Moment kommen würde, an dem ich alle Vorsicht fahren ließ und ebenfalls meine Geschichte erzählen würde.

Kapitel 9

Cara

Ich hätte nicht mit Nathan über all das sprechen dürfen. Das wurde mir leider erst jetzt klar. Nicht weil ich ihm misstraute. Seltsamerweise war er einer der wenigen Menschen, denen ich glaubte, dass sie mir nichts Böses wollten. Nein, das Aussprechen solcher Dinge war eine völlig neue Erfahrung. Und ich realisierte langsam, dass es keine angenehme war. Ging das allen so? Weshalb nur machten sie es dann? Weshalb erzählten sie jedem von ihren Gefühlen, wenn man sich dann hinterher nicht mehr vor ihnen verstecken konnte?

Ich hatte heute eines klar erkannt: Nicht die Frage, was ich an Weihnachten tun würde, setzte mir so zu, denn eigentlich hatte ich das längst entschieden. Es war vielmehr das, was daran hing, oder, besser gesagt, so eng mit diesem ganzen Thema verknüpft war. Es war die plötzliche Angst, dass das, was in meiner Familie vorherrschte, auch in mir steckte, und zwar so tief verwurzelt, dass ich es nie loswerden konnte. Dass es so etwas wie Neid-Gene und Unsympathie-Chromosome gab und ich das nur nie bemerkt hatte. Okay, auch das war falsch. Ich hatte es gesehen, in den Augen vieler Menschen. Besonders in den fassungslos blickenden Augen von Eliza, als wir uns kennenlernten, in dieser schlimmen Zeit, als es Tante Ada wirklich schlecht ging. Wie sie nicht verstehen konnte, was für mich lange Zeit so klar und unverrückbar war.

Diese ganze Sache trieb mich schon eine Weile um und vor sich her. Und so langsam begannen meine Risse zu echten Furchen zu werden. Das stellte mich vor gewaltige Probleme. Mit den ganzen Erkenntnissen kam nämlich zusätzlich eine mir bisher unbekannte Unsicherheit. Wenn es in meiner Familie etwas gab, was gut war, dann unsere Selbstsicherheit. Auch das bekamen wir von klein auf eingetrichtert. Wir bekamen es immer wieder gesagt, dass wir gut waren und richtig handelten. Meine Mutter wurde es nie müde, uns zu sagen, dass wir besser waren als der Rest der Familie, und uns ständig deren Fehler aufzuzählen. Nun jedoch begann ich zu verstehen, dass es nicht so einfach war. Mein Panzer, den meine Mutter durch ihre immer wiederkehrenden Sprüche mit jedem Jahr verstärkt hatte, begann zu bröckeln. Und zu den Erkenntnissen kam der Schrecken, dass ich alles jahrelang ohne Weiteres geglaubt hatte. Und dass ich, um jetzt völlig ehrlich zu sein, vieles immer noch glaubte. Man legt das nicht einfach so ab. Man kann nicht sagen, das war alles falsch und ab morgen bin ich ein neuer Mensch, vertraue jedem und finde alle toll. Diese Zweifel sitzen tief und sie sind umso schlimmer, wenn man sie bewusst wahrnimmt und ständig analysiert.

Aus mir machte diese Mischung eine Art explosive biologische Bombe. Ich spürte, dass ich ein Pulverfass war, mehr noch als üblich. Ansonsten hätte mich Alfie McAllis auch nicht so angreifen können. Ich hatte auch bisher schon öfter mit Typen wie ihm zu tun gehabt. Aber bis vor kurzer Zeit konnte ich über sie lachen und sie als unsympathische Kerle abtun. Noch nie hatte mich einer so abgrundtief genervt wie er und gleichzeitig, wie ich erkennen musste, so verunsichert. Bisher war meine Strategie gewesen, sie mit Missachtung zu strafen oder mit zynischen Kommentaren zu zeigen, was ich von ihnen hielt. Wäre ich doch nur bei dieser Vorgehensweise geblieben. Doch bei Alfie schien sie zum ersten Mal nicht zu funktionieren und ich war dumm genug, mir eine andere auszudenken, die noch weniger erfolgreich sein sollte.

»Meine liebste Mrs Goodfellow.« Alfie betrat den Raum und strahlte. »Ich hatte gehofft, dass wir uns hier sehen.«

»Das ist eine Firmenveranstaltung. Ich hatte keine Wahl.«

Er lachte. »Weshalb müssen Sie mir jede Hoffnung nehmen?« Er stoppte einen der umherschlendernden Kellner und schnappte sich zwei Gläser vom Tablett.

Ich nahm ihm eines ab. »Haben Sie nichts zu tun, Alfred? Gibt es hier keine Kunden, die Sie beschwatzen müssen?«

»Doch. Aber die sind momentan alle damit beschäftigt, das Buffet zu plündern. Das ist der wichtigste Trick: Warte ab, bis sie genug gegessen haben und schon den einen oder anderen Drink intus. Danach sind sie viel leichter zu überzeugen.«

Ich sagte nichts.

»Was ist mit Ihnen? Wollen Sie nichts essen?«

»Nein. Aber das sollte Sie jetzt nicht in Panik versetzen. Ich fürchte, so viel zu essen gibt es hier nicht, dass ich mich hinterher von Ihnen überzeugen lassen würde.«

Er lachte. »Ist das eine Herausforderung?«

»Ganz bestimmt nicht. Und nun entschuldigen Sie mich bitte.« Ich wandte mich ab und schritt zügig los. Wohin wusste ich selbst nicht. Alles war besser als seine Gegenwart.

»Was machen Sie nach der Veranstaltung?« Alfie spazierte scheinbar mühelos neben mir her. Nun ja, das war nicht schwierig, denn seit ich meinen Posten am Rande des Geschehens aufgegeben hatte, war nichts mehr mit zügig ausschreiten. Ich musste um die ganzen Menschen herumlaufen, die hier standen, dabei freundlich nach links und rechts grüßen und eine positive Stimmung verbreiten, wie es in der Mail gestanden hatte. Wir hatten heute unseren Tag der offenen Tür, die jedoch nur pro forma offen war. Tatsächlich waren bloß einige ausgesuchte Kunden und Hoffentlich-bald-Kunden geladen worden. Und natürlich waren die ganzen Verkaufsprofis hier.

»Ich wüsste nicht, was Sie das angeht«, gab ich kurz angebunden zurück.

»Nun, wir könnten uns absetzen. Etwas trinken gehen. Oder ich führe Sie zum Essen aus.« Er grinste.

»Und dann reichen Sie den Beleg als Spesen ein?«

»Das würden Sie mir zutrauen?«

»Jederzeit.« Ich sah ihn an. »Sie ahnen gar nicht, was ich Ihnen alles zutraue, Alfred.«

Er sah mich einen Moment an, dann streckte er seine Hand aus und berührte meine. Nur ganz kurz, eine flüchtige Bewegung. »Und Sie ahnen nicht, was ich mir alles zutrauen würde, um Sie davon zu überzeugen, dass ich eine Chance verdient habe.«

Was ich fast genauso wenig mag wie solche Typen, ist es, wenn mir nichts einfällt, was ich sagen könnte. Wenn ich ihnen das letzte Wort überlassen muss. Nachdem Alfie sich mit einer kleinen Verbeugung verabschiedet hatte, weil die ersten Teller abgegeben wurden und seine Verkaufskollegen begannen, sich an die Kunden heranzumachen, stand ich da und ärgerte mich, dass mir jetzt endlich die Antworten einfielen, die ich eben gebraucht hätte. Ich trank noch einen oder zwei der recht gut gemixten Cocktails und wartete, bis es spät genug wäre, um zu gehen. Zum Glück hatte ich mich durchgesetzt und meinen Plan, eine richtige Bar mit einem wild jonglierenden Barkeeper aufbauen zu lassen, so lange verteidigt, bis man nickte. Wenn man mir schon die Organisation solcher Events aufs Auge drückte, dann wollte ich das auch richtig machen. Und bei den Kunden kam es an. Ich sah, wie eifrig geredet wurde, Visitenkarten ausgetauscht, und Alfie stand mit einem Herrn an der extra aufgebauten Show-Wand und ließ Bilder aufblitzen und sie auf den Screens zu einem großen Bild verschmelzen. Dann wurden einzelne Segmente sichtbar, in die er irgendwelche Daten projizierte, dann teilte sich der aus vielen Bausteinen zusammengestellte Schirm weiter auf und eine Art Schaltplan erschien. Alfie redete und redete, der Schaltplan verschwand wieder und wurde durch eine Kameraübertragung ersetzt. Eine Kamera, die hier im Raum installiert war. Er ließ sie durch den Raum wandern und schließlich blieb sie auf mir hängen. Ich stand da und sah mich selbst auf dieser Projektionsfläche, davor Alfie und der Kunde, der mich beziehungsweise mein Bild betrachtete, sich dann umdrehte und seinen Blick durch den Raum schweifen ließ, bis er mich fand. Ich sah, wie er nickte, und winkte höflich. Auch Alfie winkte, dann wandte er sich wieder um und seinem Computer zu, mit dem er alles steuerte. Ich sah weiter auf das Bild von mir, das sich jetzt veränderte. Alfie zoomte und der Ausschnitt, den er jetzt im Fokus hatte, wurde immer größer. Ich schnappte nach Luft. Meine Brust. Der Mistkerl zoomte meine von dem Glas, das ich hielt, nur unzureichend bedeckte Brust heran. Nun gut, sie war natürlich auch von meiner Bluse bedeckt, aber plötzlich kam mir die Erkenntnis, dass es doch keine so gute Idee gewesen war, heute ausgerechnet ein

Modell zu wählen, das so körpernah geschnitten war. Ich überlegte, ob ich hinübermarschieren und Alfie direkt eine Ohrfeige verpassen sollte, da trat unser Chef zu ihm, reichte dem Kunden die Hand, sah auf das Bild, nickte zustimmend und begann, mit den beiden zu reden. Die Projektion änderte sich wieder und zeigte nun ein Gewirr von Linien, die aussahen wie ein U-Bahn-Plan, und ich stellte mit vor Zorn zitternden Händen mein Glas ab und bat um ein neues.

»Was sollte das eben?« Ich hatte mich nicht davongemacht, als die Kunden nach und nach die Veranstaltung verließen, sondern gewartet, bis Alfie sich vom letzten verabschiedet hatte, um ihn mir dann zu schnappen.

»Was denn, liebste Mrs Goodfellow?«

»Sparen Sie sich das. Wie können Sie es wagen, auf mein Dekolleté zu zoomen und es dann mit einem schmierigen Kerl zusammen anzuglotzen?«

»Wie bitte?«

»Tun Sie doch nicht so unschuldig. Jeder konnte es sehen.«

»Oh.« Er sah einen Moment wirklich betreten aus. »Das tut mir leid. Jetzt, wo Sie es sagen ... war das vielleicht ungeschickt.«

»Ungeschickt?«

»In der Tat. Ich habe Mr Cuthbert ein paar kleine Details der Anlage gezeigt und er hatte besonderes Interesse an der Kamera.«

»Das ist mir aufgefallen. Was ist er? Ein Spanner, der die Mitarbeiter überwachen will?«

»Nein. Und eigentlich galt unser Interesse auch nicht Ihrem Dekolleté, das aber, wo wir jetzt darüber reden, durchaus unsere Beachtung verdient hätte.«

Ich schnaubte.

»In Wahrheit wollte er wissen, ob die Auflösung des Systems wirklich so gut ist, wie wir behaupten. Wir haben uns Sie ausgesucht, weil Sie am anderen Ende des Raumes standen. Oder genauer Ihr Glas, das Sie so schön hielten. Er hat nicht geglaubt, dass wir den Eichstrich darauf klar abbilden können. Ich kann es Ihnen zeigen, wir haben es fotografiert.«

Ich spürte, wie mein Zorn in sich zusammenfiel und Platz machte für etwas anderes. Scham stieg in mir hoch und sorgte dafür, dass ich ihm nicht in die Augen sehen konnte. »Machen Sie das nie wieder.«

»Ich hätte Sie vorher informieren müssen. Es tut mir leid. Was kann ich tun, damit Sie mir das glauben? Würde ein Drink ein guter Anfang sein?«

Kapitel 10

Nathan

Die Dämmerung brach über uns herein und ich begann, meinen Stand abzuräumen. Der Tag war fast vorbei und es waren nur noch wenige Menschen unterwegs. Um diese Zeit schlenderten sie nicht mehr umher, um die Auslagen zu betrachten und dann zu entscheiden, was sie kaufen wollten, sondern machten zielstrebig ihre Erledigungen, ehe der Markt schloss. Mein Handy brummte und ich sah, dass es Allie war.

»Allie, was gibt es?«

»Hey, Nathan.« Ihre Stimme klang ein wenig atemloser als sonst. »Ich habe ein kleines Problem.«

»Kann ich dir helfen?«

»Das hoffe ich doch.« Sie lachte. »Ich habe gerade einen superkurzfristigen Auftrag angenommen. Bitte sag mir, dass du Mirabellen und Brombeeren da hast.«

»Habe ich.«

»Dem Himmel sei Dank! Ich habe zugesagt, bis morgen zwei Torten zu backen, und Viie muss heute früher los und Fiona ist auch …«

»Kein Problem«, unterbrach ich sie. »Ich wollte nachher sowieso vorbeikommen und ein paar Sachen für den Food-Sharing-Schrank bringen. Ich bringe dir die Früchte mit.«

»Danke. Du bist mein Retter. Dann bis gleich.« Sie hatte schon aufgelegt, ehe ich mich verabschieden konnte.

Auch Allie hatte ich über Eliza kennengelernt. Sie führt ein kleines Café namens *CupCake* und ist eine sehr ruhige und organisierte Person. Letztes Jahr hatte sie den Food-Sharing-Schrank ins Leben gerufen und ich freute mich für sie, wie gut das Projekt angenommen wurde. Auch wenn es ihre Idee gewesen war, bestückte nicht nur sie den Schrank. Ich hatte ebenfalls von Anfang an immer wieder etwas beigesteuert, ebenso der kleine

Brotshop. Mittlerweile nutzten ihn sogar einige Anwohner, wenn sie entdeckten, dass sie noch Milch im Kühlschrank hatten, die bis nach dem Urlaub nicht mehr genießbar war, oder sie einfach zu viel eingekauft hatten. Ich hatte bereits Salat, Kartoffeln und ein paar Äpfel für den Schrank beiseite gelegt und stellte das gewünschte Obst dazu, ehe ich den Rest meiner Ware im Lieferwagen verstaute. Schließlich nahm ich die Kisten und machte mich auf den Weg zu Allies Laden.

Seit ich letztes Jahr die Einladung zu Elizas Geburtsfeier angenommen hatte, hatte sich langsam, aber sicher einiges verändert. Sie war der Meinung, dass ich nun ganz offiziell ein Teil ihres Lebens war, und bestand, wie es ihrer Art entsprach, kurzerhand darauf, dass ihre Freunde auch die meinen wären. Prinzipiell sprach nichts dagegen, denn ich mochte ihre Freunde sehr. Allie war zudem meine Kundin und mir schon deshalb vertraut und mit ihrem jetzigen Freund Shane verstand ich mich bestens. Auch Kate mochte ich sehr. Die Inhaberin des Blumenladens *Roses and Thorns* ist eine sehr geradlinige, direkte und ehrliche Haut. Auf den ersten Blick konnte es wohl keine drei unterschiedlicheren Frauen geben als diese Freundinnen. Doch ich hatte mitbekommen, wie sehr sie aneinander hingen und welche Schwierigkeiten sie gemeinsam bewältigt hatten. Und obwohl ich das nicht wollte, hatte es mich tief beeindruckt und dafür gesorgt, dass ich sie lieber mochte, als es ratsam war. Nicht alle Menschen waren dazu in der Lage, solche Probleme zu überwinden, und eine Zeitlang hatte ich mir Sorgen gemacht, ob ihre Freundschaft es aushalten würde. Aber sie hatten es geschafft und ich musste zugeben, dass ich stolz auf sie war. Besonders auf meine Eliza, die sehr damit zu kämpfen gehabt hatte, als Kate letztes Jahr überraschend schwanger wurde und sich leider bei Weitem nicht so gefreut hatte, wie meine Freundin das in diesem Falle getan hätte. Mittlerweile war der kleine Caleb sechs Monate alt und Eliza war fast ebenso vernarrt in ihn wie Kate und Ethan.

Ich legte meine Ware in den Schrank, ehe ich das Café betrat. Fiona winkte mir lächelnd zu und wies auf die Tür zur Backstube. Ich nickte und trat ein.

»Nathan. Das ging ja schnell.« Allie kam mir entgegen und nahm mir die Beeren ab. »Und sie sehen perfekt aus. Danke.«

Ich sah ihr zu, wie sie die Schälchen abstellte und sich die Hände an der rosafarbenen Schürze abrieb. Wie gewohnt trug sie darunter diese Kleider, die ich aus den alten Filmen der Fünfzigerjahre kannte, in denen die Leute ständig Rock 'n' Roll zu tanzen schienen und immer irgendwann Elvis zur Tür hereinspazierte. Die Haare waren heute unter einem breiten Tuch versteckt, nur am Hinterkopf wippte ein frecher Pferdeschwanz, als sie jetzt zügig zurückeilte zu ihren lärmenden Küchenmaschinen.

»Schreibst du es auf die Rechnung?«, fragte sie und ich nickte.

»Ich muss das hier eben fertig machen«, rief sie über die Schulter und spähte in die Schüssel. »Das dauert nur noch ein paar Sekunden.«

»Ich bin dann auch schon weg«, begann ich und wollte mich zurückziehen, als sie die Maschine abstellte.

»Der muss jetzt kurz ruhen. Wie wär's, ein Kaffee? Und ein Stück Schokoladenkuchen? Bitte, sonst fühle ich mich schlecht, dass du extra herkommen musstest. Und ich könnte ebenfalls einen Kaffee vertragen.«

Ich nickte langsam. Allies Torten und Kuchen waren legendär und selbst ich konnte ihnen nicht immer widerstehen.

»Super.« Sie eilte vor mir zur Tür und war schon an der großen Siebträgermaschine, ehe ich ihr folgen konnte. Fiona schlüpfte gerade in ihre Jacke und griff nach der Handtasche.

»Ich bin dann weg, wenn es recht ist.«

»Klar. Einen schönen Abend. Ich schließ gleich hinter dir ab, lass nur«, sagte Allie, als ihre Angestellte in der Tasche nach den Schlüsseln kramte. »Geh, ich weiß, dass du einen Termin hast.« Sie klopfte das Sieb aus und ließ unter ziemlichem Lärm eine Portion Kaffeebohnen durch das Mahlwerk. Dann begann die Maschine, den ersten Kaffee zu brühen, und sofort lag ein köstlicher Duft in der Luft, vermischte sich mit den süßen Aromen der Backwaren und ich lehnte mich zurück. Auch wenn ich im normalen Alltag Tee bevorzugte, war ich ein großer Fan dieses absolut perfekt zubereiteten Getränks. Allie schäumte gekonnt Milch auf und goss alles sorgfältig ein, ehe sie die ganze Prozedur wiederholte. Sie brachte mir meine Tasse, rosarot und mit unzähligen Blümchen übersät, und stellte sich selbst dann eine zweite hin, auf der sich ein etwas größeres Blumenmuster auf himmelblauem Hintergrund austobte. Dann eilte sie zurück zur Theke und schnitt mir, ohne zu fragen, ein Stück Schokoladenkuchen ab. Allie hatte ein Talent dafür, für jeden die richtigen Backwaren herauszufinden. Bei mir lag sie mit der herben, nach dunkler Schokolade und Gewürzen duftenden Torte auf jeden Fall goldrichtig. Gegen die anderen, kunstvollen Kreationen sah sie auf den ersten Blick ein wenig unscheinbar aus, recht flach und ganz ohne die üblichen Obstberge oder aufwendigen Dekorationen, aber der Geschmack war einfach unglaublich und ich hatte bisher jedes Mal ein anderes Gewürz herausschmecken können. Allie lachte immer, wenn ich versuchte, alle Komponenten zu erraten. Das hatte sich zu einem Spiel zwischen uns entwickelt und ich sah ihren fragenden und erwartenden Blick.

»Also, Zimt, Nelken und Anis. Und dann etwas Würziges, Süßes ...« Ich nahm noch einen Bissen und ließ ihn mir langsam auf der Zunge zergehen. »Ich komm nicht drauf. Es erinnert mich fast an ... hm, Eukalyptus, kann das sein?«

»Du meinst den Kardamom«, sagte sie lachend. »Damit hast du jetzt vier von neun Zutaten erraten.«

»Dann werde ich bis zum Jahresende das Rezept zusammen haben«, gab ich zurück und sie lachte erneut. »Kardamom«, sagte ich dann noch einmal und sah auf den Rest der Torte. »Ich glaube, den mag ich besonders.«

»In nächster Zeit wirst du den in vielen Backwaren entdecken. Er gehört zu den klassischen Weihnachtsgewürzen. Aber ich finde es zu schade, ihn nur in dieser Jahreszeit zu verarbeiten. Meine Schokoladentarte wird das ganze Jahr über gerne gegessen.«

»Ich würde mich beschweren, wenn du sie aus dem Sortiment nimmst.« Ich dachte wieder an Cara. Vermutlich lag es am Wetter, dass heute plötzlich alle von Weihnachten sprachen, obwohl es noch ein gutes Vierteljahr Zeit war bis dahin.

Die Türglocke unterbrach meine Überlegungen und Allie sprang auf.

»Eliza. Was für eine nette Überraschung«, rief sie verwundert.

Ich drehte den Kopf und sah unsere Freundin mit eiligen Schritten den Laden regelrecht stürmen. Ihre Wangen waren gerötet und die Augen glänzten. Hinter ihr trat eine junge Frau in den Raum und blickte sich neugierig um. Sie war sehr zierlich und in Elizas Alter. Ihre großen braunen Augen schienen das ansprechende, herzförmige Gesicht zu beherrschen. Ein verlegenes Lächeln schlich sich in ihre Züge, als sie zu uns herübersah und sich die langen braunen Haare aus der Stirn strich.

»Ich wollte eben abschließen. Kommt rein. Setzt euch zu uns. Ich mache euch einen Kaffee.«

Eliza nahm das Angebot sofort an und eilte zu mir an den Tisch.

»Nathan. Was für eine Überraschung! Wie nett, dich zu sehen. Das ist meine Freundin Darcy. Ist das nicht ein wunderschöner, romantischer Name? Und er passt zu ihr, findest du nicht? Darcy, das ist Nathan, ein guter Freund.« Sie strahlte und zog sich den Mantel aus, ehe sie sich mir gegenüber niederließ und Darcy heranwinkte, die mit dem Stuhl zu meiner Rechten vorliebnehmen musste. Ich sah hinüber zu Allie, die wieder einmal die Kaffeemaschine in Gang gesetzt hatte und leicht mit den Schultern zuckte. Ihr Gesichtsausdruck war eindeutig ein wenig schuldbewusst und ich unterdrückte einen Seufzer. Dann wandte ich mich Darcy zu, die ebenfalls ein bisschen überfahren wirkte und ihren Schal viel zu sorgfältig zusammenfaltete.

»Schön, dich kennenzulernen, Darcy.«

Kapitel 11

Cara

Ich weiß nicht, was mich dazu bewogen hatte, Alfies Einladung anzunehmen. Ich kam mir in diesem Moment so dämlich vor, fast wie Martha oder eines der anderen Mädchen, die immerzu nach seiner Aufmerksamkeit lechzten. Scheiße, ich hatte ihm unterstellt, mein Dekolleté heranzuzoomen und mich zu begaffen. Doch er hatte mir die Bilder gezeigt, die er gemacht und die Mr Cuthert so beeindruckt hatten: das Glas mit dem in einer dünnen Linie eingravierten Eichstrich, der klar und deutlich zu sehen war. Und ich wollte ihm in diesem Moment beweisen, dass ich mir gar keine Hoffnungen machte auf seine zweifelhafte Aufmerksamkeit und glaubte, es wäre eine schlaue Idee, ihm bei einem weiteren Glas die kalte Schulter zu zeigen.

Nun, das hatte geklappt und zu meiner Verwunderung hatte es mir sogar Spaß gemacht. Ich war lockerer drauf als sonst, wenn er in unser Büro spazierte, und die Drinks, die ich im Laufe dieser Veranstaltung schon gehabt hatte, schärften meinen Verstand und meine Schlagfertigkeit. Ich genoss es beinahe, mit ihm in diesem kleinen Pub zu sitzen, wohin wir uns nach dem Ende der Veranstaltung verzogen hatten, und mich in einem verbalen Schlagabtausch mit ihm zu messen.

»Ich entschuldige mich noch einmal. Ich hätte mir ein anderes Objekt aussuchen sollen. Aber ich gebe zu, ich wollte für einen Moment Ihr Gesicht sehen, bezaubernde Cara.«

»Das war allerdings nicht mein Gesicht, Alfred. Hat Ihnen niemand beigebracht, dass das Gesicht einer Frau oberhalb des Halses ist und nicht darunter?«

Er lachte. »Doch.«

Ich zog die Augenbrauen hoch und musterte ihn. »Was wäre das für ein Gefühl, wenn ich Ihnen zukünftig zwischen die Beine starre, wenn wir etwas zu besprechen haben?«

»Hm, ich gebe zu, dass ich das vermutlich recht prickelnd fände.« Er strich sich mit dem Zeigefinger über den Mund und blickte mir fest in die Augen, als er das sagte.

»In der Tat?« Ich war einen Moment aus dem Konzept. »Nun, ich kann Ihnen versichern, im umgekehrten Fall ist das nicht so. Ich kann es nicht ausstehen, wenn Männer mit meinen Brüsten reden.«

»Weißt du«, sagte er und beugte sich verschwörerisch vor, »ich stelle mir manchmal vor, wie es wäre, wenn uns die Natur ebenso beschenkt hätte. Wenn wir auch über solche wunderbaren Dinger verfügen würden. Wenn wir selbst so wunderschöne, pralle …«

»Dann würde vermutlich so ziemlich alles zusammenbrechen«, unterbrach ich ihn. »Weil dann der halbe Teil der Weltbevölkerung nur noch damit zugange wäre, sich selbst zu begaffen und zu befingern.«

Er lachte schallend.

»Wobei es vermutlich dennoch eine gute Idee wäre, denn dann könnte der andere Teil endlich unbehelligt sein Leben leben und müsste sich nicht dauernd beglotzen lassen.«

»Ich entschuldige mich für jeden meiner Artgenossen. Allerdings sollte sich lieber die Natur entschuldigen. Warum auch hat sie dir solche Prachtexemplare verpassen müssen?«

Ich holte tief Luft. Was sollte das denn? Weil sie an mich verschwendet waren? Weil ich nichts Ansprechendes hatte außer ihnen? Weil ich sie nicht mochte? Das zumindest stimmte nicht. Ich mochte sie, auch wenn ich sie gerne eine Nummer kleiner und vor allem straffer gehabt hätte.

»So war das nicht gemeint«, sagte er leise und sah mir in die Augen. »So war das gar nicht gemeint.«

»Wie war es dann gemeint?«, fragte ich und hätte mir am liebsten auf die Zunge gebissen. Ich sollte besser das Thema wechseln oder noch besser endlich aufstehen und gehen.

»Du bist eine Frau, die ihresgleichen sucht. Klug, gebildet und eigenständig. Und außerdem wunderschön. Das allein würde schon reichen, um jeden Kerl aus der Ruhe zu bringen.« Er griff nach seinem Glas und nahm einen Schluck. Seine Augen ruhten auf meinem Gesicht, zur Abwechslung einmal, und zwangen mich, seinem Blick standzuhalten. »Und du weißt, dass du mich vom ersten Moment an verrückt gemacht hast.«

»Ja«, sagte ich und ließ zu, dass er in der kurzen Pause tief Luft holte und sich ein kaum merkliches Siegerlächeln in sein Gesicht schlich. »Weil ich die Einzige bin, die nicht dahinschmilzt, wenn der großartige Alfred uns beehrt. Und um deine und meine Zeit nicht weiter zu verschwenden, werde ich jetzt auch zugeben, dass das nie passieren wird.« Ich war ungewollt in die vertraute Anrede gerutscht, die er heute Abend benutzte. »Und deshalb danke für den Drink. Der Abend ist noch jung genug, um eine willigere Frau zu suchen.«

»Kein Interesse.« Er hatte sich schnell wieder im Griff, das musste ich zugeben. »Wie könnte ich jetzt noch an eine andere denken.«

»Ich bin mir sicher, das wirst du problemlos schaffen.« Ich stand auf und nahm meine Tasche. »Weder ich noch meine Brüste werden dich daran hindern.«

Sein Lachen hatte mich begleitet, als ich gerade aufgerichtet und mit wiegenderen Hüften, als ich das sonst tat, den Pub verließ. Ich war noch nicht weit gekommen, als ich eilige Schritte hinter mir hörte und gleich darauf, wie mein Name gerufen wurde. Nun ja, beinahe mein Name.

»Mia Cara!«

»Und wenn wir gerade dabei sind, Dinge zu klären«, sagte ich und ging zügig weiter, als er neben mir auftauchte, »wirst du auch das abstellen. Ich weiß sowieso nicht, weshalb ich dir durchgehen lasse, mich nicht Mrs Goodfellow zu nennen.«

»Und zu allem anderen kommt dann noch dieser Gouvernantenton. Du hast keine Ahnung, was das in einem Mann auslöst, oder?« Alfie seufzte theatralisch, während er neben mir herging.

»Bitte?«

»Ich stehe voll darauf, ich gebe es zu.«

»Wenn ich dich anblaffe?«, fragte ich zurück und blieb vor Überraschung stehen.

»Wenn du diese Lehrerinnen-Nummer abziehst. Das ist … ansprechend«, sagte er nach einer kleinen anzüglichen Pause.

»Ihr dreht euch doch alles so zurecht, wie es euch passt, oder? Warum bringt man euch nicht bei, dass Frauen meinen, was sie sagen? Dass wir genauso gut wie ihr wissen, was wir wollen und was nicht? Das sollte ein Schulfach sein. Wo ihr doch so sehr darauf steht, belehrt zu werden.«

Wieder lachte er. Irgendwie schien an diesem Typ alles abzuperlen. Die meisten anderen, die ich kannte, hätten spätestens jetzt kapiert, dass es zwecklos war, weiter Zeit zu investieren.

»Wie wäre es, wenn du mich unterrichtest? Wenn du mir alles beibringst, damit ich mich in Zukunft besser verhalte?«

Plötzlich dachte ich an Eliza, der Himmel weiß, warum. Aber ich meinte, ihre Stimme zu hören, wie sie neulich, als sie wieder einmal so lange auf diesem Thema herumgeritten hatte, bis ich darauf einging, behauptete, dass ich das Ganze völlig easy in den Griff bekommen könnte. *Im Ernst, Cara, der Typ spielt doch nie im Leben in deiner Liga, oder? Ich kenne niemanden, der schlagfertiger und direkter ist als du*, hatte sie gesagt und ihre Augen blitzen lassen. *Wenn du es wirklich wolltest, könntest du ihn verbal vernichten. Der Kerl ist dir doch nie im Leben gewachsen und wenn du dich nur ein klein wenig bemühst, kannst du ihn locker mit seinen eigenen Waffen schlagen.*

»Vielleicht sollte ich das überdenken.« Ich hatte eben ein vorbeifahrendes Taxi gestoppt und war schon im Begriff, einzusteigen. Nun gönnte ich mir aber noch eine Sekunde, um ihn fest zu fixieren. »Aber könntest du damit umgehen, wenn ich das tue?«

Damit schlug ich die Tür zu und mein Fahrer gab Gas. Und ich fühlte mich zum ersten Mal an diesem Abend wirklich als Siegerin. Ich musste zugeben, dass es mir mehr Spaß machte als erwartet, mich mit Alfie zu messen. Und dass es auf alle Fälle interessanter war als alles, was ich in den letzten Jahren in meiner Freizeit angestellt hatte. Vielleicht sollte ich ebenfalls einmal den Blickwinkel wechseln. Vielleicht sollte ich damit anfangen, mit den Kerlen zu spielen, so wie sie mit den Frauen spielten. Dieses Spiel beherrsche ich ebenfalls, dachte ich berauscht und grinste breit vor mich hin. Und spätestens bis zum Jahreswechsel würde Alfie McAllis zugeben müssen, in mir seinen Meister gefunden zu haben.

Kapitel 12

Nathan

Ich schlug den Jackenkragen hoch und beeilte mich, an mein Ziel zu kommen. Der Nieselregen, der vor Kurzem eingesetzt hatte, trieb mich vorwärts. Ich war wieder einmal bei Eliza eingeladen. Und heute hatte ich nicht absagen können, selbst dann nicht, wenn ich das gewollt hätte, denn der vierte Jahrestag der Ladeneröffnung stand an. Ich wusste, was dieser Tag ihr bedeutete, und hatte genickt, als sie mich mit flehenden Blicken gebeten hatte, zu kommen. Wenn sie das tat, diesen Gesichtsausdruck aufzusetzen, fiel es mir schwer, mich länger über sie zu ärgern, weil sie es partout nicht lassen konnte, mir eine Freundin nach der anderen zu präsentieren. Ich hoffte nur, dass sie heute Abend abgelenkt genug war, um mich nicht in die verzwickte Lage zu bringen, mit jungen Damen plaudern zu müssen, die zwar allesamt nett und hübsch waren, aber dennoch allesamt nicht infrage kamen. Manchmal tauchte neuerdings sogar der Gedanke in mir auf, Eliza endlich meine Geschichte zu erzählen, auf die sie so versessen war. Ich sah im Geiste ihre Augen, wie sie sich weiteten, und ihr Gesicht, das langsam blass werden würde. Ich konnte es sehen, den Schrecken und den Versuch, es zu verstehen und mit dem Mann in Einklang zu bringen, den sie kannte. *Jeder Mensch macht Fehler. Du bist nicht mehr dieser Mann,* hörte ich sie sagen. Aber so einfach war es eben nicht. Ich war immer noch Nathan und ich hatte das immer noch in mir. Das war mir klar, die Gefahr würde nie vollends gebannt sein. Ich musste damit leben und ich musste versuchen, weiterhin den einzigen Weg zu gehen, der mir nun blieb. Sie würde es nicht verstehen, nicht verstehen wollen, dass es besser war, mich von anderen fernzuhalten.

Ich erreichte den Laden, als der Regen gerade in größeren Tropfen zu fallen begann, und beeilte mich, in den beleuchteten, anheimelnden Raum zu treten. Eliza war zu Recht stolz auf das, was sie sich aufgebaut hatte. Selbst ich konnte mich dem nicht entziehen, ließ mich nur allzu gern willkommen heißen von dem alten, polierten Holz der Regale, den warmen Farben der Wände und sogar von den Büchern, die mit fröhlichen Bildern ihre Geschichten präsentierten. Ein verlockender Duft nach Tee und Vanille lag in der Luft. Zweifelsohne hatte Allie für die leiblichen Genüsse gesorgt. Sie winkte mir auch prompt zu, strahlend hinter dem langen Tisch, auf dem sie ansprechende Törtchen und Kekse aufgebaut hatte. Ich winkte zurück und meinte, ihr anzusehen, wie erleichtert sie über den Gruß war. Sie hatte mir nachdrücklich versichert, dass Eliza mit keinem Wort verraten habe, dass sie letzte Woche einen erneuten Versuch starten wollte, eine ihrer unzähligen Bekannten an mich zu vermitteln.

Neben Allie standen Kate, Ethan und Shane und unterhielten sich gut gelaunt. Ich trat zu ihnen und ließ zu, dass mich ein warmes Gefühl überkam, als sie mich begrüßten.

»Nathan. Wie schön, dich zu sehen.« Auch Charlie trat zu uns und schlug mir die Hand auf den Rücken, eine Geste, die mittlerweile zu ihm gehörte und die mich seltsam berührte. Es erinnerte mich stets an einen stolzen Vater mit seinem Sohn. »Sie wäre am Boden zerstört gewesen, wenn du die Einladung nicht angenommen hättest.«

»Wenn es ihr aufgefallen wäre.« Ich sah mich in dem Raum um, der ziemlich voll war. Über mangelnde Gäste konnte sie sich sicher nicht beklagen. »Es ist schön, dass so viele gekommen sind, um mit ihr zu feiern.«

»Ja, das ist es«, strahlte Charlie zufrieden. »Ah, da ist sie, die Heldin der Stunde.« Er küsste Eliza, die mit leuchtenden Augen zu uns herüberwehte.

»Glückwunsch«, sagte ich und sie sank in einen entzückenden kleinen Knicks, der uns zum Lachen brachte.

»Danke. Schön, dass du Zeit hast.« Sie wirbelte herüber und drückte mir einen flüchtigen Kuss auf die Wange, nur um sofort wieder zu verschwinden. »Ada und Cara! Ich hatte schon befürchtet, dass sie nicht kommen. Nun sind endlich alle meine Lieblingsmenschen hier.« Sie eilte davon zur Tür, um die Neuankömmlinge zu begrüßen und Cara mit dem großen Schirm zu helfen, den sie hilfsbereit über ihre Tante gehalten hatte. Ich freute mich, die beiden wieder einmal zu treffen, und sah dabei zu, wie sie Eliza begrüßten und ihr einen Blumenstrauß überreichten.

»Hallo, Nathan.« An meiner linken Seite war Darcy aus dem Nichts aufgetaucht und lächelte mich schüchtern an.

»Darcy. Wie geht es dir?« Ich trat ein paar Schritte zur Seite, weg von den anderen.

»Gut, danke. Und selbst?«

Ich seufzte leise. »Auch gut.« Das konnte ein zähes Gespräch werden.

»Ich hatte gehofft, dich hier zu treffen.« Sie warf mir einen so netten Blick zu, von unten und mit dieser unbestimmten Hoffnung, nicht auf Ablehnung zu stoßen, dass ich sie spontan anlächelte.

»Alle ihre Freunde sind hier«, sagte ich freundlich.

»Ich kenne kaum jemanden. Eigentlich kenne ich auch Eliza erst seit Kurzem. Seit ich diese Buchhandlung entdeckte und mich in sie verliebte.« Sie sah sich um.

»Das passiert wohl jedem, der diese Räume betritt.«

»Man hat das Gefühl, nach Hause zu kommen«, sagte Darcy und sah sich um. »Nach Hause zu kommen und willkommen zu sein.«

Etwas an ihrem Tonfall ließ mich aufhorchen. Sie klang plötzlich so traurig und unwillkürlich fragte ich mich, ob sie ein anderes Zuhause kannte, eines, an dem sie nicht willkommen war.

»Ich kenne keinen Menschen wie Eliza«, fuhr sie fort und lachte ein wenig unsicher. »Sie hat mich einfach angenommen, als hätte sie schon immer auf mich gewartet.«

Ich sah sie an und nickte noch einmal. Ich wusste, was sie meinte, auch wenn sie sich scheute, es direkter zu formulieren.

»Sie ist toll«, sagte sie nachdrücklich. »Ich bewundere sie.«

»Ja, sie ist ein ganz besonderer Mensch«, gab ich ihr recht und sah zu unserer Gastgeberin hinüber. Sie stand immer noch bei Ada und Cara, die mir fröhlich zuzwinkerte.

»Ich bin nicht so gut darin, Menschen kennenzulernen«, vertraute mir Darcy an. »Die meisten machen mir Angst. Sie erscheinen mir alle so selbstsicher und viel interessanter als ich selbst.« Wieder lachte sie leise. »Und witziger. Ich halte mich lieber in der zweiten Reihe auf.«

»Dort sind oft die interessanteren Plätze.«

»Ich weiß gar nicht, weshalb ich dir das erzähle. Es tut mir leid, ich wollte dich nicht langweilen. Es ist nur so, dass ich hier sonst keinen kenne, und du …« Sie senkte den Blick. »Du warst sehr freundlich bei unserem Kennenlernen.«

»Ich kenne auch nur wenige Menschen hier. Aber die sind dafür wirklich nett. Weißt du was, Darcy? Du solltest dringend Ada kennenlernen. Sie ist ebenfalls ein ganz besonderer Mensch, du wirst sie mögen.«

Wie erhofft, bezauberte Ada meine junge Begleitung in Sekunden. Ich konnte förmlich zusehen, wie ihre Anspannung abfiel, und kurz darauf plauderten die beiden völlig entspannt. Sie führte Ada, die neuerdings nur noch mit dem Rollator unterwegs war, fürsorglich zu einem freien Stuhl in der Ecke und ließ sich neben ihr nieder. Cara machte sich auf den Weg zum Buffet und besorgte ihrer Tante ein Törtchen und ich verzog mich nach einer kurzen Entschuldigung auf die Galerie. Darcy war in guten Händen, in besseren als meinen.

Auch hier oben waren Gäste, die an den Bücherregalen entlangschlenderten oder leise miteinander plauderten. Einige saßen in den Sesseln und hatten ein aufgeschlagenes Buch in der Hand. Ich stellte mich an die Brüstung und sah hinab in den Raum. Eliza war in ihrem weinroten Samtkleid sofort auszumachen und ich musste lächeln, als ich sah, wie glücklich ihr Gesicht aufleuchtete, als Charlie an ihre Seite trat. An der improvisierten Kuchentheke standen immer noch Kate und Allie samt Begleitung und hielten offensichtlich ihre eigene kleine Party ab. Auf der anderen Seite hatte Cara neben Ada Aufstellung genommen, schien aber nur mit einem Ohr der Unterhaltung zu folgen. Ich sah, wie ihr Blick durch den Raum glitt und an einem Mann hängen blieb, der eben den Laden betreten hatte. Er musterte sie kurz, ehe er ihr zunickte. Caras Replik war eine knappe Bewegung des Kopfes, bevor sie sich desinteressiert abwandte. Obwohl ich am Geländer stand, schien mich keiner zu sehen, was vermutlich daran lag, dass es hier oben nicht so hell war wie unten. Dennoch fand ich es passend. Es war das, was ich mir selbst gewählt hatte. Ein Leben unter Menschen, die ich mochte, und doch immer ein wenig von ihnen isoliert. Ich lehnte mich auf die Brüstung und sah zu, wie der Mann hinüber zu Cara und ihrer Tante ging und beide begrüßte. Er ließ seinen Blick über Darcy schweifen, reichte auch ihr die Hand und sie errötete leicht. Anscheinend fand sie ihn beeindruckend und er sah wohl auch recht gut aus. Er trug einen gut geschnittenen, modernen Anzug, der eine Stange Geld gekostet hatte, da war ich mir sicher. Genauso sicher, wie sich seine Schuhe als teure, rahmengenähte Stücke herausstellen würden. Alles an ihm wirkte teuer und erfolgreich. Ich kannte diese Erscheinung, weil ich in einer anderen Zeit ebenso ausgesehen hatte.

Er wandte sich jetzt Cara zu und begann ein Gespräch. Müßig betrachtete ich ihr Gesicht. Sie schien nicht sonderlich an einer Unterhaltung interessiert und er ging nach ein paar Worten weiter. Dann jedoch sah ich, dass er nur hinüber zur Kuchentheke spazierte, kurz die anderen begrüßte und sich dann frech eine Flasche Sekt schnappte, die dort in einem Kühler stand. Damit machte er sich zurück auf den Weg zu Cara und wurde offensichtlich deutlich huldvoller empfangen als kurz zuvor.

Kapitel 13

Cara

»Du bist also die berühmte Cara«, sagte Jake Morris und verzog leicht spöttisch den Mund. »Ich wollte dich schon immer einmal persönlich kennenlernen.«

»Ach ja? Das beruht leider nicht auf Gegenseitigkeit.« Ich mochte den Kerl spontan nicht leiden, auch wenn Eliza meinte, dass er ganz in Ordnung sei. Zu ihr vielleicht, aber mir gegenüber konnte er es nicht lassen, wieder und wieder auf diese alten Geschichten anzuspielen. Nun gut, die eine alte Geschichte. Nicht gerade eine Glanzleistung von mir, wie mir mittlerweile klar war.

Als ich diese Menschen hier kennenlernte, erschien es mir aber als die einzige Lösung. Um es kurz zu machen, ich hatte Eliza, Allie und Kate einen Anwalt auf den Hals gehetzt. Aber zu meiner Verteidigung, es sah wirklich alles danach aus, dass die drei meine Tante schamlos ausnutzten. Sie hatten jede einen Laden in einer Immobilie gemietet, die Ada gehörte. Und zwar zu einem absoluten Spottpreis und zu völlig wahnwitzigen Konditionen. Und da Tante Ada zu dem Zeitpunkt so krank gewesen war, dass sie nichts dazu beitragen konnte, die Sache aufzuklären, war es mir nur richtig erschienen, juristischen Beistand einzuholen. Ich meine, das wäre ja nicht das erste Mal, dass einsame alte Menschen von irgendwelchen Gaunern eingewickelt und über den Tisch gezogen wurden. Und zu dem Bild, das ich damals von meiner Tante hatte, nämlich dem, das meine Mutter über all die Jahre von ihr gezeichnet hatte, hätte es einfach zu gut gepasst, sich täuschen und übervorteilen zu lassen. Jake Morris war in dieser Sache der Anwalt der Gegenseite gewesen. Er hatte seinen Job gut gemacht, auch wenn er ihn am Ende gar nicht mehr machen musste, weil alles anders kam als erwartet. Aber das ist eine andere Geschichte.

»Ehrlich und direkt, wie ich das erwartet habe.« Er zeigte seine perfekten weißen Zähne. »Ich mag das.«

»In der Tat? Ich dachte, in deinem Beruf zählen andere Qualifikationen.« Ich wusste, dass ich wieder einmal überreagierte und mich vor allem von meinen alten Untugenden leiten ließ, aber der Kerl war mir einfach unsympathisch. Zu gut aussehend, zu selbstsicher, zu alles. Doch er war Gast hier, genau wie ich, und Eliza hatte mir gesagt, dass sie ihn mittlerweile als Freund ansah, also riss ich mich zusammen. »Es tut mir leid.«

»Dass du mich nicht für ehrlich hältst?«

Das war das Problem mit Anwälten. Immer nachbohren, immer mitten hinein ins Wespennest und zusehen, dass man die ganze Meute hübsch aufstachelte und mächtig Wirbel verursachte.

»Das ist deine Auslegung. Nein«, ich holte tief Luft und zwang mich dann, ihm ein kleines Lächeln zu schenken. »Nein, es tut mir leid, dass …« Ich zögerte. Ganz bestimmt würde ich nun doch nicht sagen, dass es mir leidtat, dass ich ihm menschlich nicht über den Weg traute. »Es tut mir leid, dass du dich umsonst bemüht hast in jener Sache. Dass du nicht einen glorreichen Sieg davontragen und damit deinen Lebenslauf schmücken konntest.«

Er lachte. »Ich habe genügend erfolgreiche Fälle, mach dir keine Sorgen.«

»Das hätte ich auch nie getan.« Verdammt. So einfach war das doch nicht mit dem Nettsein.

»Habe ich dir eigentlich jemals gesagt, dass ich dich bewundert habe? Es gehört einiges dazu, sich in solch einer Situation nicht verbiegen zu lassen.«

»Ich lasse mich in keiner Situation verbiegen«, gab ich ein wenig hochnäsig zurück. Ich konnte ihn nicht gut genug abschätzen, um zu erkennen, ob er mich aufzog oder nicht, und wollte sicherheitshalber mal so tun als ob. Meine Güte, der Kerl war ein erstklassiges Alfie-Double. Genau derselbe Typ Mann. Genauso gut aussehend, genauso arrogant, genauso der Meinung, dass die Sonne nur für ihn aufging und die Frauen nur darauf warteten, von ihm bemerkt zu werden. Ich wollte wirklich versuchen, nicht gleich durch die Decke zu gehen, aber diese Sorte Mann zündete irgendwie die Selbstzerstörungssequenz in mir.

Er sah mich an, offensichtlich amüsiert, und ließ dabei seinen Blick kurz über meinen Körper wandern. Wie nicht anders zu erwarten, verweilten seine Augen einen Moment zu lange auf meinem Busen und mein Zorn wuchs. Die Lunte begann, richtig Feuer zu fangen, und bald würde ich explodieren, ob ich wollte oder nicht. Es wäre das Beste, jetzt einfach zu gehen. »Entschuldige mich.« Ich hob mein leeres Glas in die Höhe und wies mit einer kurzen Bewegung Richtung Thekentisch.

»Wie unaufmerksam von mir.« Er klang aufrichtig beschämt. »Ich werde mich augenblicklich darum kümmern. Lauf nicht weg, ich eile zu deiner Rettung.«

Ehe ich etwas sagen konnte, verschwand er und war kurz darauf mit Nachschub zurück. Anders als ich das gemacht hätte, brachte er nicht zwei Gläser, sondern hatte sich ganz unverfroren eine ganze Flasche Sekt aus einem der Kühler geschnappt. Kleine Wassertröpfchen liefen an ihr hinab und in seine Manschetten, was ihn nicht beeindruckte. Er goss erst mir nach, ehe er auch sein Glas füllte, und prostete mir mit einem frechen Zwinkern zu. »Ich freue mich, dich endlich kennenzulernen, Cara.«

Nach dem dritten Glas Sekt begann ich, meine neue Bekanntschaft fast zu genießen. Jake hatte Humor und konnte einstecken, das zumindest gefiel mir. Wir saßen in der Nähe von Tante Ada und Darcy, damit ich immer einen Blick auf sie hatte. Also auf meine Tante, der ich versprochen hatte, mich um sie zu kümmern. Im Moment ging es ihr gut, aber sie ermüdete rasch und ich wollte die Zeichen rechtzeitig erkennen und sie nach Hause bringen, ehe es ihr zu viel wurde. Momentan jedoch sah sie entspannt aus und schien sich prächtig zu unterhalten. Eliza trat eben zu der Gruppe, Nathan fest untergehakt, und ich wandte meine Aufmerksamkeit wieder meinem Gesprächspartner zu, der just in diesem Moment mein Glas ein weiteres Mal gefüllt hatte.

»Das war mein Ernst vorher. Ich bewundere Menschen, die sich in solchen Situationen an Anwälte wenden. Die Welt wäre deutlich besser, wenn das jeder tun würde.«

»Vor allem wäre dein Konto besser gefüllt und dein Anzug vermutlich noch ein wenig teurer.«

Er lachte. »Es gibt nie eine Grenze nach oben. Nein, ich meine, es gäbe weniger Grenzzaun-Streitereien. Die Leute müssten nicht Selbstjustiz am Gartenzaun üben oder ihrem verhassten Nachbarn nachts das Auto in die Luft jagen.«

»Als ob. Du willst mir doch nicht erzählen ...«

»Genau das«, sagte er und grinste zufrieden. »Eben habe ich so einen Fall auf dem Tisch. Und leider ist es unser Mandant, der ein wenig über die Stränge geschlagen hat. Nun gut, er hat keinen Wagen in die Luft gejagt, aber den Baum des Nachbarn angesägt, weil ihm der zu dicht an der Grenze wuchs. Und so, wie es aussieht, gibt es verlässliche Zeugen, die das vor Gericht bestätigen. Eine unschöne kleine Entwicklung, von der wir nichts wussten, als wir den Fall übernommen haben.«

»Dann wirst du verlieren? Das muss dich ganz schön ärgern.«

»Man kann nicht immer gewinnen, aber man versucht es. Von daher war es schade, dass unser gemeinsamer Fall außergerichtlich geregelt wurde. Der hatte Potenzial.«

Ich schnaubte. »Der hatte kein Potenzial. Und den hättest du nur gewonnen, weil es ein Fehler war, ihn überhaupt vor Gericht zu bringen. Ich hatte die Situation falsch eingeschätzt, du hättest also gewinnen müssen, wenn du auch nur ein mittelmäßiger Anwalt bist.«

Wieder lachte er laut. »Ja, gib's mir«, sagte er. Dann beruhigte er sich und sah mich nachdenklich an. »Und dennoch war ich eine Zeitlang nicht so sicher, wie ich das gerne gewesen wäre. Die Punkte waren gut und logisch herausgearbeitet, die ganze Geschichte klang glaubwürdig. Und selbst wenn ich mir sicher gewesen bin, dass nichts dran ist, hätte ich Schwierigkeiten bekommen, den einen oder anderen Punkt zu entkräften. Ich gebe sogar zu«, er beugte sich zu mir vor, »dass ich ein paar Minuten lang darüber nachdachte, ob das eine oder andere wahr sein könnte.« Er sah hinüber zu Eliza, die eben mit Ada und Darcy lachte. »Auch wenn ich bis dato gesagt hätte, nie im Leben. Nicht, wenn Eliza darin verwickelt ist.«

Ich sah ebenfalls hinüber und sagte nichts.

»Sie ist wahrscheinlich der beste Mensch, den ich kenne.« Jakes Stimme klang nun überraschend warm.

Ich nickte.

»Nun«, er lehnte sich entspannt zurück, »ich bin der Meinung, dass man immer die guten Seiten eines Falls sehen sollte. Ich habe nicht gewonnen, aber auch nicht verloren. Und ich konnte Eliza überzeugen, dass ich kein völlig hoffnungsloser Mistkerl bin.«

Es klang sehr zufrieden und ein wenig melancholisch, fand ich. Natürlich, nicht einmal ihn konnte eine Frau wie die bezaubernde Eliza kaltlassen. Einen Moment spürte ich, wie es kalt wurde in mir, wie ich gegen den Neid ankämpfen musste. Manche Frauen hatten einfach diese Gabe, dass ihnen die Männer irgendwie zu Füßen lagen und alles für sie tun wollten. Charlie, Jake und Nathan, alle verfielen ihrem Charme und ihrer Frische. Dann schämte ich mich. Das war unfair. Eliza war einfach so ein Mensch, sie tat das nicht mit Absicht oder berechnend wie manch andere Frau, die ich kannte. Sie war einfach, wie sie war. Nun, das war ich auch, selbst wenn die Wirkung ganz anders ausfiel.

»Wenn sogar Eliza das zugibt, sollte ich dir vermutlich eine zweite Chance einräumen. Mein Anwalt war weit weniger zuversichtlich als du. Falls ich also irgendwann einmal das Verlangen verspüre, den Baum meines Nachbars anzusägen, wer weiß? Vielleicht werde ich mich melden.«

Jetzt blitzten seine Augen, als er mir den Rest aus der Flasche ins Glas kippte. »Das solltest du unbedingt tun. Wir könnten ja vorab schon einmal eine Strategie planen, nur um vorbereitet zu sein.«

»Das klingt verzweifelt, Herr Anwalt. Ich dachte, du hast so viele tolle Fälle, die du gar nicht verlieren kannst.«

»Nun, eines ist zumindest sicher: Ich mag Herausforderungen und ich verliere nur äußerst ungern.« Jetzt wanderte sein Blick wieder über mich, verharrte kurz auf meinen Beinen, die ich überschlagen hatte, und suchte dann erneut meine Augen. »Wieso ist eine Frau wie du ...«, begann er, doch ich fiel ihm ins Wort.

»Ganz dünnes Eis, Herr Anwalt.«

»Hier müssten mindestens drei Typen herumlungern, die aufpassen, dass ich nicht eine Sekunde zu lange mit dir rede. Wo sind sie? Wo lauert die Gefahr auf mich?« Er sah mich an.

»Die warten auf der Straße. Pass also auf«, sagte ich und zog meine Augenbrauen hoch. Warum nur endete jedes Gespräch an diesem Punkt? Weshalb nur musste man immer irgendwann das Gefühl reingedrückt bekommen, dass man nur halb war? Dass man eine Mogelpackung war, die vordergründig viel versprach, aber es offensichtlich nicht halten konnte. Weil sonst mehr Kerle um einen herum wären.

»Ich denke, ich würde ein Veilchen riskieren, um das hier ein wenig auszudehnen.« Jake setzte ein Lächeln auf, das sicher auf die eine oder andere Frau verführerisch gewirkt hätte. Ganz kurz, wie zufällig, streifte seine Hand meinen Schenkel, als er sich vorbeugte und dabei lässig seine Manschetten richtete.

Ich sah seinen Blick und dieses Alfie-Grinsen, das bedeutete, dass man nun endgültig zur Beute des Abends auserkoren war. Ein weiterer Sieg im persönlichen Lebenslauf. Jäh stand ich auf. »Ich muss nach meiner Tante sehen. Viel Spaß noch.«

Kapitel 14

Nathan

»Cara, amüsierst du dich?«, begrüßte Ada ihre Nichte mit einem leichten Zwinkern, als diese zu uns trat.

»Natürlich. Alles in Ordnung bei dir?«

»Sicher. Ich bin in der besten Gesellschaft.« Sie tätschelte Darcys Hand und lächelte mir zu.

»Schön.« Cara blieb etwas unsicher stehen und schwenkte ihr leeres Glas. »Soll ich jemandem Nachschub mitbringen?«

Ich verneinte dankend, aber Ada bat um einen Tee. »Und Sie, meine Liebe? Trinken Sie eine Tasse mit mir?«, wandte sie sich an Darcy, die unschlüssig aussah.

»Ein Tee wäre nett. Aber ich kann ihn mir selbst holen. So viel können Sie ja auch gar nicht tragen.«

»Bleib sitzen.« Ich lächelte sie an. »Ich komme mit und helfe dir, Cara.«

»Wer war der Kerl, mit dem du gesprochen hast?«

»Warum?«, blaffte Cara und sah mich misstrauisch an.

»Es interessiert mich einfach. Kein Grund, sich aufzuregen«, gab ich sanft zurück. »Es gibt nicht allzu viele Männer hier, was natürlich zu erwarten war. Ich wollte bereits Eliza fragen, denn wie es scheint, kennt sie ihn gut. Und tatsächlich bin selbst ich manchmal einfach neugierig.«

»Der Anwalt«, gab Cara zurück und wirkte glücklicherweise nicht mehr ganz so abweisend.

»Oh. Dann kenne ich ihn doch, zumindest aus Erzählungen.«

»Ein seltsamer Typ«, sagte Cara langsam und spähte zu ihm hinüber. »Ich denke nicht, dass ich ihn mag.«

»Aber du hattest Spaß mit ihm.«

»Hast du was dagegen?«

»Überhaupt nicht. Wieso sollte ich?«

»Ganz genau. Wieso solltest du«, sagte sie und ließ sich ihr Glas auffüllen. »Gegenfrage: Du hattest ebenfalls Spaß?«

»Danke, ja.«

»Sie ist charmant, was?«

»Deine Tante? Aber sicher.«

»Die meine ich nicht. Diese Darcy.« Sie verzog zumindest das Gesicht schon wieder zu einem Lächeln, wie ich es erhofft hatte.

»Darcy? Ja, die ist auch sehr nett.«

»Nett ist die kleine Schwester von langweilig«, gab Cara zurück und grinste.

»Dann werde ich das nie über dich sagen. Wenn du etwas nicht bist, dann langweilig.«

»Das nehme ich als Kompliment.«

»Das darfst du gerne.« Ich grinste sie ebenfalls an. »Ich kann mir aber auch ein anderes überlegen, wenn du Bedarf hast.«

»Ich verzichte. Für heute hatte ich schon genügend.«

»In der Tat? Dann ist er also ein mutiger Mann?«

»Hey.« Sie stieß mir ihren Ellenbogen in die Rippen. »Vorsicht, mein Lieber.«

»Immer in deiner Gegenwart.« Ich sah, wie sich ihre Augen verdunkelten. »Das war ein Spaß, Cara.«

»Ich weiß.« Sie seufzte und nahm einen Schluck aus ihrem Sektglas. »Wieso tun Männer das? Wieso müssen sie immer auf Teufel komm raus flirten und so tun, als wärst du alles, auf das sie gewartet haben? Und dann fragen sie dich, wieso eine Frau wie du noch alleine ist. Anstatt einfach froh zu sein, dass es so ist, zumindest wenn sie keinen flotten Dreier mit Männerüberschuss planen.« Sie machte eine kurze Pause und sah mich streng an, weil ich mir ein Lachen nicht hatte verkneifen können.

»Ich meine das ernst. Als wäre es eine Schande, alleine zu sein. Als wäre eine Frau nur dann etwas wert, wenn es jemanden gibt, der sie besitzt.« Das letzte Wort spie sie förmlich aus.

»Du siehst das falsch.« Ich sah hinüber zu diesem Anwalt. Hatte der Kerl also versucht, Cara anzugraben, und sie damit in eine ihrer gefürchteten Launen versetzt. »Natürlich ist eine Frau auch dann etwas wert, wenn sie alleine ist. Du bist das beste Beispiel.«

»Ach ja?«

»Ja.« Ich sah sie an und bemerkte, wie sich ihre Züge langsam entspannten.

»Und du auch. Im umgekehrten Fall.«

»Danke.«

»Fragen dich die Leute auch ständig, wie ein Kerl wie du alleine sein kann? Und nervt dich das nicht manchmal?«

»Nun, ich betrachte es als Kompliment.«

»Ernsthaft jetzt?« Sie sah mich nachdenklich an. »Und weshalb ...«

Ich schüttelte den Kopf. »Wenn du mir jemals diese Frage stellst, dann werde ich dich das ebenfalls fragen, Cara.«

»Verstanden.« Sie nickte und grinste plötzlich frech. Ob sie wusste, wie ansprechend sie war, wenn ihr Gesicht diesen Ausdruck bekam? Dass es mich nicht wunderte, dass die Leute sich dann fragten, weshalb es keinen Mann gab, der diese Frau liebte und umsorgte? Nun, ich würde es ihr nicht sagen. In den Monaten, seit wir uns kannten, war sie langsam zu einer Person geworden, die ich sehr schätzte und die ich von Herzen mochte. Und ich hatte genug über sie gelernt, um zu wissen, dass man manche Dinge besser ungesagt ließ.

»Wir beide gegen den Rest der Welt«, sagte sie und schien damit sehr zufrieden. »Zwei Standhafte im wilden Dschungel der Liebesverrückten.« Sie trank ihr Glas leer und stellte es ab. »Obwohl ... lass uns doch noch einmal auf diese Darcy zurückkommen.«

»Nein.«

»Sie scheint eine wirklich nette Person zu sein. Und nicht dumm. Tante Ada mag sie wirklich, ich kann das sehen. Und Tante Ada hat eine erstklassige Menschenkenntnis. Und Eliza mag sie ebenfalls. Und ganz offensichtlich hat sie beschlossen, dass du sie auch mögen könntest.« Sie sah mich schon wieder so frech an, dass ich lachen musste, obwohl ich das nicht wollte. »Und sie scheint eine ruhige Person zu sein, reflektiert und alles. Also Darcy, nicht Eliza. Je länger ich darüber nachdenke, desto eher scheint es mir, dass sie sehr gut zu dir passen würde.«

»Cara«, begann ich drohend, doch wieder stieß sie mich nur in die Seite.

»Keine Angst. Ich werde den Teufel tun und dich verkuppeln. Das überlasse ich Eliza. Ich wollte ja nur sagen, falls du auf der Suche bist, wäre sie sicher eine, die du dir genauer ansehen solltest.«

»So wie du diesen Anwalt?«

»Keine Chance. Erstens suche ich nicht und zweitens ganz sicher nicht so einen Kerl. Nein, ich für meinen Teil bin sehr zufrieden. Ich kann tun und lassen, was ich will. Ich brauche ganz sicher keinen, der mir mit halbseidenen Komplimenten kommt, die allesamt gelogen sind.«

Den restlichen Abend verbrachte ich mit Ada und Darcy, die in der Tat nett war. Sie war entspannt und gelöst, ein Umstand, der zweifelsfrei Ada zu verdanken war. Mit ihrer liebevollen, interessierten Art konnte die alte Dame mühelos die Herzen der Menschen öffnen. Es war auch Cara anzusehen, dass sie sich dieser Macht nicht entziehen konnte. Sobald sie in der Gesellschaft ihrer Tante war, wirkte sie weit weniger burschikos und eine seltsam anrührende Fürsorge war dann in jeder ihrer Gesten und Blicke zu sehen. Mich faszinierte das ungemein. Bei der ersten Betrachtung war oft alles anders, deshalb versuchte ich, stets ein zweites Mal hinzusehen, nicht vorschnell zu urteilen. Bei Cara hatte es sich auf alle Fälle gelohnt. Und wer weiß, vielleicht würde es sich auch bei Darcy lohnen.

Kapitel 15

Cara

In den nächsten Wochen gewöhnte ich mir an, öfter bei Nathan vorbeizuschauen. Früher hatte ich das bevorzugt dann getan, wenn ich für Ada einkaufen ging, denn sie wohnt in Notting Hill und war der Meinung, dass man erstens sein Viertel unterstützen musste und zweitens bei ihm die Ware deutlich besser war als anderswo. Letzteres würde ich bestätigen. Ich hatte für mich ebenfalls bei ihm eingekauft, wenn ich schon dort war, und sein Obst und das Gemüse waren geschmacklich nicht leicht zu toppen. Es war auf alle Fälle seinen Preis wert. Nun jedoch, als das Wetter wieder trocken wurde, bestand meine Tante darauf, ihre Einkäufe so weit als möglich selbst zu tätigen, was ich nicht nur verstand, sondern auch unterstützte.

»Wer rastet, der rostet, das ist nicht nur ein Sprichwort. Ich muss in Bewegung bleiben und im Moment geht es mir gut. Und Ewa ist ja auch noch da«, hatte sie gesagt und dankend mein Angebot abgelehnt, ihre Besorgungen zu übernehmen. Ewa war ihre Haushaltshilfe, ihre Pflegekraft, wenn es sein musste, und eine Person, zu der ich uneingeschränktes Vertrauen hatte. Sie war nun schon seit über einem Jahr bei Tante Ada und die beiden verstanden sich bestens. Mittlerweile war Ewa wohl so eine Art Freundin für meine Tante geworden, was mich freute. Ich verstand immer mehr, wie schwer es sein konnte, alleine zu sein.

Bisher war ich jemand gewesen, der gerne alleine war. Ich war es noch, doch ich lernte nach und nach zu schätzen, dass man es nicht ständig sein musste. Wenn ich noch einen Grund gebraucht hätte, um Tante Ada zu lieben, dann das. Sie wusste gar nicht, was sie mir alles geschenkt hatte, wie sehr sich mein Leben änderte, seit sie ein Teil davon wurde. Ich gebe zu, als mich damals der Anruf des Krankenhauses erreichte, dass meine Tante, die ich so gut wie gar nicht kannte, über die ich aber mein Leben lang eine

Menge Geschichten gehört hatte, Hilfe brauchte, war ich alles andere als begeistert gewesen. Ich wollte nicht die Verantwortung für einen fremden Menschen tragen müssen und ich wollte mich nicht um eine Frau kümmern müssen, mit der ich nichts am Hut hatte. Doch dann hatte ich zugesagt, dass ich vorbeikam, weil es sonst niemanden gab, der es tun würde. Ich glaube, da begann es, in mir zu arbeiten. Ich dachte zum ersten Mal darüber nach, dass es mir ähnlich gehen könnte. Wer würde an mein Krankenbett eilen, wenn ich einen Unfall hatte? Meine Mutter, weil sie es musste. Und vielleicht meine Schwester, wenn sie die Zeit fand, von Irland herüberzufliegen. Was nicht selbstverständlich war. Elaine war schon lange nicht mehr hier gewesen und langsam begann ich zu begreifen, weshalb. Sie war anders als ich, sie hatte verzweifelt um ihr Glück gekämpft. Schon als Kind hatte sie den mir unverständlichen Traum gehabt, eine Familie zu gründen.

»Schau dich doch um. Willst du dir so etwas antun?«, hatte ich gefragt, als wir wieder einmal zugehört hatten, wie meine Mutter über Ada und deren verstorbenen Mann Walt sowie über ihren Bruder William, der zu schwach gewesen war, um für das gemeinsame Recht zu kämpfen und jene unselige Erbschaft anzufechten, die meine ganze Familie entzweien sollte, hergezogen hatte. Ich hörte den Hass und die Enttäuschung, die sich so tief eingegraben hatten, dass es nie wieder heilen würde. Nein, für mich war Familie eine Mutter, die zerfressen war von Misstrauen und Missgunst und die auf der anderen Seite alles tat, um mich in eine Allianz zu zwängen, mir keine Luft ließ, um zu entscheiden, was ich selbst von der Sache hielt. Dabei hätte ich wahrscheinlich auch freiwillig ihre Position geteilt. Egal wie das alles klingt, egal was ich sage, diese Frau ist eben meine Mutter und sie hatte auch ihre guten Seiten. Sie hatte stets für uns gesorgt, was nicht immer leicht war, nachdem sich unser Vater davongemacht hatte. Sie hatte mir die Haare aus dem Gesicht gestrichen, wenn ich krank war oder ein schlimmer Traum mich schreckte, und sie hatte sich die Mutter von Pierce Carmody vorgeknöpft, als der mich in der Grundschule immer schikanierte. Sie hatte für mich gekocht und dafür gesorgt, dass ich eine gute Schulbildung erhielt. Und sie war mir ähnlich, mehr als Elaine. *Elaine kommt nach der anderen*

Seite, flüsterte mir meine Mutter oft zu, wenn wir wieder einmal eine Diskussion gehabt hatten, in der sich meine Schwester dafür starkmachte, die alten Geschichten endlich zu vergessen. Heute bewundere ich sie, dass sie sich dafür einsetzte, denn sie stand damit alleine. In mir hatten all die Geschichten guten Nährboden gefunden und ich dachte selbst oft an all das sagenhafte Geld, das an eine schrullige Tante und einen verschwendungssüchtigen Onkel gegangen war. Warum habe ich nie hinterfragt, weshalb das passierte? Weshalb die Erbschaft nicht gerecht in drei Teilen hinterlassen wurde? Ich hatte Tante Ada danach gefragt, die meinte, es nicht zu wissen. Ich ließ das Thema wieder fallen, weil ich spürte, dass sie nicht gerne davon sprach. Aber ich fragte sie, ob sie Onkel William besser gekannt hatte. Schließlich waren sie Geschwister gewesen, meine Mutter, William und ihr verstorbener Mann Walt. Sie nickte und auch dieses Thema schien ihr Unbehagen zu bereiten.

»Er war deiner Mutter sehr ähnlich, vom Aussehen und vom Wesen her. Beide waren sehr schöne Menschen.«

Ich nickte langsam. »War Onkel William ebenfalls so ... vorsichtig im Umgang mit anderen Menschen?« Ich hatte eigentlich misstrauisch sagen wollen, aber das kam mir wie ein Verrat an meiner Mutter vor. Tante Ada verstand mich dennoch.

»Ja. Sie waren beide vorsichtig und sie haben sich beide damit schwergetan, sich anderen Menschen zu öffnen. Deshalb war William nie verheiratet und deine Mutter hatte auch kein Interesse mehr an einer Partnerschaft, nachdem dein Vater sie verlassen hatte.«

»Aber Walt war nicht so? Ich hätte ihn gerne gekannt. Er sieht sehr nett aus auf den Bildern.«

»Er war bei Weitem nicht so gut aussehend wie seine Geschwister, aber seine Seele hat gestrahlt. Für mich war er der schönste Mensch der Welt.« Sie lächelte mich an und ich konnte sehen, dass sie in Gedanken weit weg war. »Es hat ihn sehr belastet, dass der Kontakt zu seinen Geschwistern nie mehr zustande kam. Als wir dich und deine Schwester zum letzten Mal sahen, wart ihr noch Kleinkinder. Danach haben wir beschlossen, uns zurückzuziehen. Und es war die richtige Entscheidung. Selbst nach all den Jahren …« Sie seufzte und ich wusste, dass sie jetzt an das unglückselige Weihnachtsfest dachte. Ich seufzte ebenfalls und tätschelte ihre Hand.

»Es ist nicht deine Schuld«, sagte sie unvermittelt. »Es ist auch nicht deine Aufgabe, das auszubügeln. Du gehst deinen eigenen Weg, und das ist gut und richtig. Du hast so vieles in dir, was mich an Walt erinnert.« Sie lächelte und ich spürte, wie sich ein Kloß in meinem Hals bildete. Was gäbe ich darum, wenn sie recht hätte. Alles, was ich bisher von ihm gehört hatte, war besser als das, was ich von meiner Mutter kannte. Immer öfter sah ich sie an und fragte mich, ob ich auch so war. Ob sich dieser Zug schon fest um meinen Mund eingegraben hatte, der dafür sorgte, dass das schöne Gesicht stets ein wenig missmutig wirkte. Ob meine Augen auch so funkelten, wenn ich etwas Schlechtes über jemanden zu berichten wusste. Und ob sich meine Stimme ebenfalls so befriedigt anhörte, wenn ich zu bekunden hatte, dass das ja abzusehen gewesen war, was auch immer da passierte. Ich fragte mich, wer mich im Alter unter seinen Weihnachtsbaum einladen oder an meinem Krankenbett sitzen würde. Ich hatte keine Kinder, denen ich diese Pflicht aufhalsen konnte, und das war gut so. Das zumindest war meine freie Entscheidung gewesen, die mich meine letzte Beziehung gekostet hatte. Bliebe nur Elaine, meine Schwester, die bis nach Irland geflohen war, um möglichst viel Abstand zwischen uns und sich zu bringen. Und die ich langsam zu verstehen begann.

»Hast du Geschwister?«, fragte ich Nathan bei meinem nächsten Einkauf.

»Ich fürchte, nein«, sagte er langsam. »Du?«

»Eine Schwester. Sie lebt in Irland und hat letztes Jahr ihr erstes Kind bekommen. Ich habe es noch nicht gesehen.«

»Weshalb nicht? Irland ist doch nicht so weit weg.«

»Ich weiß es nicht. Wir stehen uns nicht sehr nahe.«

»Das ist schade.«

Ich nickte. »Früher war das nicht so. Aber dann … Sie hatte andere Interessen als ich. Und dann hat sie diesen Iren kennengelernt und wir haben uns ganz verloren.«

»Weißt du, das kann man ändern.«

»Stimmt. Vielleicht sollte ich das angehen.«

»Bald ist Weihnachten.« Er lachte, als ich das Gesicht verzog. »Wenn das kein Grund wäre, sich mal wieder zu treffen.«

»Ich befürchte, dass sie kein Interesse daran hat, mit uns zu feiern. Und ich kann es ihr nicht verdenken. Aber ich könnte sie dennoch anrufen. Einfach so, oder?«

»Das macht man für gewöhnlich. Einfach anrufen und fragen, wie es dem anderen geht.« Er lächelte auf seine ruhige Art, die ich so mochte.

»Du musst mich für eine furchtbare Person halten«, platzte ich heraus. »Total verkorkst und mit einer schrecklichen und gar nicht netten Familie.«

»Nein«, sagte er in diesem sanften Tonfall, der dafür sorgte, dass dein Herz einen Moment aussetzte, dann aber in ein recht angenehmes Gefühl in der Bauchmitte überging. »Ich halte dich für eine sehr nette Freundin.«

Kapitel 16

Nathan

Ich hatte mich langsam an den Gedanken gewöhnt, dass ich, ohne es zu wollen, von Elizas Freundeskreis adoptiert wurde. Ich argwöhnte allerdings immer noch, dass Eliza die anderen darum gebeten hatte, aber sie versicherte mir glaubhaft, dass es nicht so sei.

»Und überhaupt, glaubst du ernsthaft, dass Kate sich von mir etwas vorschreiben lassen würde? Oder etwas tun, was sie nicht will? Gerade wenn es um Caleb geht? Nein, Nathan, da hatte ich jetzt wirklich nicht meine Finger im Spiel«, sagte sie und errötete dann leicht, als ihr bewusst wurde, was sie gerade mehr oder weniger zugegeben hatte, nämlich dass sie ansonsten durchaus gerne versuchte, sich in mein Leben einzumischen.

»Na dann«, sagte ich.

»Du wirst aber kommen, oder?«

»Ich denke schon.«

Eliza klatschte in die Hände wie ein kleines Kind. »Prima. Das wird ein tolles Fest.«

Und damit war es ausgemacht. Ich war, aus welchen Gründen auch immer, zu Calebs Tauffeier eingeladen und hatte aus ebenso unerfindlichen Gründen gerade zugesagt.

»Ich glaube, Kate will einfach ihre Seite ein wenig verstärken. Sie hat ja nur ihre Schwester und Bill und Ethans Familie ist nicht immer ganz einfach. Ich kann es verstehen, wenn sie an diesem Tag auch Menschen um sich haben will, die sie mag. Oh«, sie schlug sich die Hand vor den Mund. »Nicht dass sie Ethans Familie nicht mag. Sie sind nur eben manchmal ein wenig anstrengend, wie das jede Familie sein kann. Und natürlich ist da ihre Schwägerin, die sie jedes Mal fast zur Verzweiflung treibt und …« Sie holte tief Luft und ich winkte ab.

»Ich habe es verstanden. Wir sind dazu da, ihr den Rücken zu stärken, wenn sie das braucht.«

»Genau. Und damit sie jemanden hat, bei dem sie über den Chihuahua lästern kann.«

»Welchen Chihuahua?«

»So nennt sie ihre Schwägerin«, kicherte Eliza. »Ich kann's kaum erwarten, sie kennenzulernen.«

»Ich auch nicht. Hier, dein Salat. Sonst noch was?«

»Für heute nicht. Bis Sonntag, Nathan. Und vergiss die Krawatte nicht.«

Ich ließ die Krawatte im Schrank. Schwarze Jeans und ein weißes Hemd sollten reichen. Es fühlte sich seltsam an, ein Hemd zu tragen. In den letzten Jahren hatte ich das vermieden, wo immer es möglich war. Und es war tatsächlich nahezu überall möglich.

Die Taufe fand in einer kleinen Kirche unweit ihrer Wohnung statt und war überraschend leicht zu überstehen. Anfangs fragte ich mich, ob es eine gute Idee gewesen war, die Einladung anzunehmen, aber zu meiner Freude war Cara ebenfalls unter den Gästen und ebenso wie ich auf der Suche nach jemandem, an den man sich halten konnte. Sie saß neben mir und war zwar bestens gelaunt, aber weit davon entfernt, vor Rührung zu heulen, wie Eliza das tat. Ich war ihr dankbar und befeuerte sie, mir weiterhin ihre spitzen kleinen Kommentare ins Ohr zu flüstern.

Danach wurden wir alle ins *Cupcake* gebeten. Das Café war großartig geschmückt und Kate erklärte uns strahlend, dass die ganzen Blumen natürlich sehr exakt ausgewählt worden waren.

»Die Dahlien stehen für die Erneuerung, die Geburt, die Dankbarkeit der Eltern«, sagte sie mit leuchtenden Augen.

»Sogar die gelben«, warf Ethan ein und erntete sofort einen kleinen Klaps auf den Hinterkopf.

»Tatsächlich ist es in diesem Fall so, dass gelb die Glücksgefühle vermittelt, die man hat. Also bei den Dahlien. Und nur bei denen und in diesem speziellen Fall«, wandte sie sich direkt an ihren Freund und klang fast drohend.

»Wieso nur habe ich eine Stimme im Ohr, die mir ganz klar sagt, dass gelbe Blumen nie, und sie sagt wirklich nie, infrage kommen?«

»Das ist die Ausnahme. Na gut, ich gebe es zu, ich habe vielleicht einmal gesagt, dass gelbe Blumen nie infrage kommen, aber damals dachte ich auch nicht, dass du oder ich oder gar du und ich jemals unsere Freude über die Geburt ihres Kindes ausdrücken wollen. Und ich dachte, Caleb ist es wert, dass ich auch mal zugebe, einen kleinen Fehler gemacht zu haben.«

Ethan zog sie an sich und küsste sie. »Und ich weiß, wie schwer dir das fällt. Ich konnte einfach nicht widerstehen, mein Schatz.«

Ich sah zu Cara, die mit den Schultern zuckte. »Das ist wohl ein Insiderwitz. Kates Vorliebe für die Sprache der Blumen ist legendär, wenn man Ethan glauben mag. Ohne sie wären die beiden angeblich gar nicht zusammengekommen. Frag Eliza, wenn du mehr wissen willst, oder am besten Kate selbst. Ich hab es nicht so mit all diesen romantischen Kennenlerngeschichten.« Sie sah sich um. »Aber es sieht auf alle Fälle wunderschön aus, nicht?«

Wenn man als Neuling in eine vertraute Runde geriet, musste man so einige Insiderwitze über sich ergehen lassen, die alle anderen zum Lachen brachten. Deshalb war ich einmal mehr froh, dass auch Cara nicht alles verstand, selbst wenn die anderen bemüht waren, uns die Zusammenhänge zu erklären. Aber ein Witz, der erst erklärt werden musste, verlor doch etwas an Originalität, wie Cara fand, und ich stimmte ihr zu. Doch als dann später dazu übergegangen wurde, auf unsere Kosten Witze zu reißen, hätten wir einiges darum gegeben, wenn sie wieder zu den Insidern zurückgekehrt wären.

Kate saß strahlend in unserer Mitte, den kleinen Caleb auf dem Arm, der das ganze Spektakel, das seinetwegen veranstaltet wurde, sehr gelassen ertrug, wie ich fand. Er war ein sehr braves Kind, wie uns die stolze Mutter heute schon mehrfach versichert hatte, und bereits jetzt glänzte er durch auffallende Intelligenz, wenn man dem Vater glauben durfte. Wir nickten und stimmten in beiden

Fällen grinsend zu. Dann wurde Kate gebeten, die Tauftorte anzuschneiden, und sie erhob sich.

»Nimm ihn doch bitte solange«, sagte sie zum Nächstbesten, und das war leider ich. Ohne auf meine abwehrende Haltung zu achten, drückte sie mir umstandslos den kleinen Kerl auf den Schoß und erhob sich, um zu Ethan und der Torte zu eilen. Und ich saß da, ein quietschendes Kind im Arm, und einen Moment bekam ich nichts mehr mit, was um mich herum passierte.

»Nathan!«

Ich sah auf und direkt in Elizas Gesicht, das einen seltsamen Ausdruck hatte.

»Wo sind denn deine Gedanken? Träumst du, oder was? Ich sagte gerade zu Allie, dass dir das steht.« Sie kicherte albern. »Du wärst bestimmt ein toller Vater.«

Ich sah sie an und konnte nicht antworten. Das hatte ich ebenfalls einmal gedacht, vor sehr langer Zeit. Eliza sprach weiter, aber ich hörte sie nicht mehr. Stattdessen hörte ich wieder Abigails hysterische Stimme. *Ich war schwanger, Nathan. Ich war mit deinem Kind schwanger. Das ist alles deine Schuld. Ich will nie mehr etwas mit dir zu tun haben.*

Ich hatte das Kind Eliza in die Hände gedrückt und gemurmelt, dass ich mal eben zur Toilette müsste. Dann war ich nach draußen gegangen, wo der Wind mächtig aufgefrischt hatte und mir in rauen Böen um den Kopf toste. Ich wünschte mir, dass er auch in meinen Kopf hinein könnte und alles wegblasen, was gerade auf mich einstürzte. So lange hatte ich diese Stimme nicht mehr gehört, dass ich dachte, sie endlich hinter mir gelassen zu haben. Und ausgerechnet jetzt, wo ich langsam Hoffnung hatte, das alles zu vergessen, war sie wieder da. Und vermutlich war ich selbst schuld. Ich hatte nicht ohne Grund die letzten Jahre darauf geachtet, den Kontakt zu meinen Mitmenschen so gering wie möglich zu halten. Und überhaupt, eine Taufe. Ich hätte es besser wissen müssen.

Eine Hand griff sachte nach meiner und ich drehte den Kopf. Cara stand da und sah mich an.

»Mir geht das auch immer tierisch auf den Keks«, sagte sie. »Diese ewigen Anspielungen.«

Ich nickte langsam.

»Im Moment diskutieren sie, ob Darcy eine Chance bei dir hat. Wirklich, ich mag Eliza, aber manchmal ist sie sehr anstrengend.«

»Sie meint es nicht böse«, sagte ich langsam. Ich musste es mir in diesem Moment einfach selbst sagen.

»Nein, das tut sie nicht. Aber manchmal schießt sie doch ein wenig übers Ziel hinaus.«

Kapitel 17

Cara

Als wir später wieder in das Café kamen, war zum Glück schon jemand so schlau gewesen, den Sekt zu servieren. Ich nahm zwei Gläser und drückte eines Nathan in die Hand.

»Trink. Das macht es besser.«

Er schüttelte den Kopf und stellte das Glas wieder zurück. »Nein danke.«

»Komm schon.« Ich nahm einen Schluck. »Der ist gar nicht schlecht. Und die ganzen Kommentare lassen sich damit besser ertragen, glaub mir. Das habe ich in letzter Zeit gelernt.«

Er sah mich mit seinen tiefgründigen Augen an. »Das ist keine gute Idee, Cara«, gab er leise zurück. »Man kann sich Kommentare nicht einfach schön trinken.«

»Himmel, Nathan, sei doch nicht so humorbefreit. Manchmal macht ein guter Tropfen alles ein wenig besser. Trinkst du denn nie?«

»Nie«, bestätigte er entschieden.

»Wirklich? Du meinst das ernst?«

»Absolut.«

Ich sah ihn an. »Oh«, sagte ich langsam, als der Groschen fiel. »Okay. Na dann, du erlaubst aber, dass ich etwas trinke?« Ich grinste und beugte mich zu ihm vor. »Ich habe das dringende Gefühl, dass ich das heute noch brauche.«

Als wir an den Tisch zurückkamen, bestätigte sich mein Gefühl. Nicht so schlau war es offensichtlich gewesen, Eliza ebenfalls mit dem Sekt in Berührung zu bringen, denn auch sie trank eher selten, wie schnell klar wurde. Sie hatte entzückende rote Wangen, glänzende Augen und definitiv die letzten Hemmungen verloren.

»Da seid ihr ja«, begrüßte sie uns. »Alles klar?«

Wir nickten und ich warf einen kleinen Seitenblick zu Nathan. Er hatte sich wieder im Griff, wie es schien.

»Ich weiß, ich sollte es nicht noch einmal ansprechen, aber echt jetzt, ich versuche es seit Jahren auf die subtile Weise und du weichst mir immer aus. Also, jetzt mal Tacheles.« Sie kicherte. »Warum ist ein Mann wie du alleine? Ernsthaft, das frage ich mich ständig. Nein, ist doch wahr«, sagte sie zu Charlie, der versuchte, sie zu bremsen. »Er ist so ein toller Kerl. Und er sieht einfach …« Sie wedelte mit der Hand vor ihrem Mund und blies dabei Luft hinaus, als müsse sie etwas kühlen. »Er sieht doch echt hammermäßig gut aus. Er wäre bestimmt der beste Freund, den man sich vorstellen kann, nett und liebevoll und großartig. Einfach der beste, natürlich abgesehen von dir.« Sie beugte sich zu Charlie und küsste ihn. »Ich war mir so sicher mit Darcy. Sie wäre perfekt. Was stimmt nicht mit ihr?«

Nathan seufzte. »Alles stimmt mit ihr.«

»Also findest du sie toll?«

»Ja, sie ist toll.«

Ich sah zwischen den beiden hin und her. Meine Güte, Eliza konnte in der kurzen Zeit nicht mehr als zwei Gläser getrunken haben und verlor bereits jegliches Zartgefühl. Selbst ich konnte es sehen, wie ein Muskel in Nathans Wange bedenklich zuckte.

»Also?« Eliza richtete sich auf und strahlte ihn an.

»Kein also, Eliza«, sagte Nathan und ich musste ihn ein wenig bewundern. Wie ruhig und geduldig er blieb, obwohl es ihn ganz sicher nervte. Diese Beherrschung war unglaublich. Ich hätte das nicht gekonnt. Ich konnte es nicht, wie sich gleich darauf zeigen sollte.

»Dann hat es nicht gefunkt?«, fragte Eliza und sah so traurig aus, als würde das alles sie betreffen.

Nathan schüttelte den Kopf.

»Gibt es sie denn nicht, die Frau, die dich glücklich macht?«, rief Eliza und riss theatralisch die Hände auseinander.

Wieder schüttelte Nathan den Kopf.

»Aber …«

Ich sah zu, wie sich Elizas Augen langsam weiteten. Dann wurde sie rot und sah schnell weg. Ich hörte förmlich ihre Gedanken, noch ehe sie sie aussprach.

»Nun, das ist ja toll. Ich meine, klar, keine Frauen. Gar kein Problem.« Und dann sank sie einen Moment in sich zusammen und ich wusste, dass sie nun begann, in Gedanken ihre wenigen männlichen Kunden durchzugehen.

Ich warf Nathan einen weiteren Seitenblick zu. Er zeigte keine Regung. Wenn sie falschliegen würde, dann würde er das doch richtigstellen, oder? Andererseits, wenn es so war, dann würde das tatsächlich einiges erklären. Auch wenn es nicht zu ihm passte, sich deswegen zu verstecken oder zu schämen. Ich musste grinsen, als ich sah, wie Eliza sich wand. Aber nur so lange, bis sie beschloss, das Thema zu wechseln.

»Es ist doch keine Schande, wenn man nach dem einen sucht, der einen komplett und ganz macht, oder?«, fragte sie niemand Speziellen und holte tief Luft. »Ich meine, alle tun das doch. Sogar Cara macht es.«

Empört wandte ich den Kopf. »Bitte? Ich bin selbst ganz und komplett, vielen Dank.«

»Und trotzdem hast du diesen Alfie.«

»Was? Ganz sicher nicht.« Ich sah sie drohend an. Was ich ihr von Alfie erzählt hatte, war ganz bestimmt nicht das und genauso wenig ein Thema, das wir hier vor den anderen erörtern mussten.

»Komm schon, gib es zu. Er macht dich verrückt, das hast du selbst gesagt.«

»Allerdings. Und du weißt, auf welche Art verrückt ich meinte.«

»Auf die Kate-und-Ethan-Art«, sagte Eliza und kippte mit Schwung den Rest ihres Sekts hinab.

»Wie viel von dem Zeug hast du getrunken?«, fragte ich plötzlich misstrauisch.

»Zwei Gläser. Und du?«, bekam ich als Antwort, begleitet von einem völlig untypisch aufgereckten Kinn.

»Wie kann man nach zwei Gläsern so den Verstand verlieren?«, fragte ich und sah zu Charlie, der mich mit bittendem Blick ansah und leicht die Schultern zucken ließ.

»Ihr habt Ethans Vater verpasst, der vorher mit dem guten Schnaps die Runde machte, um seinen ersten Enkelsohn zu feiern«, meldete sich Allie fröhlich zu Wort.

»Es war sehr guter Schnaps, falls es dich interessiert. Wir haben drüben noch einmal auf den kleinen Caleb angestoßen.« Elizas Stimme bekam einen seltsamen Klang. Ich sah, wie Charlie alarmiert den Kopf drehte. »Ich meine, wir alle freuen uns doch, dass er gesund und munter ist, nicht? Und das sollten wir feiern.« Sie griff nach der Sektflasche und goss sich nach. »Überhaupt sollten wir das Leben feiern. Es ist kurz und wer weiß, was es noch bringt. Lasst uns also anstoßen, auf Caleb. Und auf die Liebe. Auf noch ganz viele Kinder, die wir hoffentlich begrüßen dürfen. Und auf Alfie, der Caras Panzer geknackt hat und sie auf eine *ganz andere*«, sie verdrehte vielsagend die Augen, »auf eine ganz andere Weise verrückt macht. Und darauf, dass Nathan bald dem Mann seiner Träume begegnet.«

»Was war das denn?«

Wir hatten stumm zugesehen, wie Eliza ihr Glas in einem Zug leerte und dann zu weinen anfing, stumme Tränen, die mich trotz allem rührten und mein Herz verkrampfen ließen. Charlie hatte sie in den Arm genommen und sachte aus dem Raum geführt und einen Moment waren alle still.

»Zum Glück hat Kate das nicht mitbekommen«, sagte Allie schließlich.

»Aber was war das?«, wiederholte ich meine Frage und sah Allie jetzt direkt an. »Wer war das? Was zum Teufel hat sie eben geritten?«

»Es ist schwierig. Eliza wünscht sich so sehr ein Kind und sie freut sich für Kate, aber manchmal ...« Sie seufzte. »Sie hat das normalerweise im Griff. Ich weiß nicht, was heute los war. Vermutlich der Schnaps.«

Ich nickte langsam. Ich war noch nie auf einer Taufe gewesen, aber ich hatte den Verdacht, dass es normalerweise ein wenig anders ablief. Kate und Ethan tauchten wieder auf und ohne uns abzusprechen, versicherten wir einstimmig, dass wir uns gut unterhielten und bedauerten, dass Eliza schon wegmusste.

»Weshalb das denn?«, fragte Kate.

»Sie hat einen Schnaps zu viel gehabt.« Ich erwiderte Allies Blick, die mich einigermaßen entsetzt ansah. Aber es ist nun mal so, dass man immer so nahe wie möglich an der Wahrheit bleiben sollte, schon allein deshalb, weil man sich sonst nicht an alle Flunkereien erinnerte. Und Kate schien auch gar nicht besonders überrascht.

»Ich habe es doch gleich gesagt, dass dieser Schnaps eine dumme Idee ist«, sagte sie leicht triumphierend in Richtung ihres Freundes.

»Es ist eine Familientradition.«

»Also eins sage ich dir gleich: Wenn Calebs Kind getauft wird, schenkst du keinen Schnaps aus, Ethan Fox.«

Er nickte folgsam und Kate drehte sich zufrieden zu uns um. »Und? Habe ich sonst noch etwas verpasst?«

Kapitel 18

Nathan

Großartig. Jetzt war ich also an einem Nachmittag nicht nur zum trockenen Alkoholiker geworden, sondern auch noch homosexuell. Nun, in beiden Fällen war das vermutlich besser als die Wahrheit. Und wenn es half, Eliza von ihrem unsäglichen Plan zu heilen, mich an die Frau zu bringen, dann würde ich das nicht nur überleben, sondern sogar fördern.

Ich sollte ihr eigentlich böse sein oder mich zumindest wie Cara ernsthaft über sie ärgern. Die konnte in so einem Fall richtig hochgehen, wie ich selbst mitbekommen hatte. Ich war fast ein wenig amüsiert, was ich ihr tunlichst nicht zeigte, aber in ihrer Wut hatte sie durchaus eine sehr besondere Energie.

»Das war privat«, tobte sie auf dem Heimweg. »Und überhaupt hat sie mich erst in diesen ganzen Schlamassel hineingeritten. *Tu so, als ob du darauf eingehst*, hat sie gesagt. *Dann bekommt er Angst und wird dich in Ruhe lassen.* Und ich doofe Kuh hab ihr geglaubt und nun habe ich Alfie am Rockzipfel hängen.«

»Wieso sollte er Angst bekommen? Wieso sollte er dich umwerben und dann weglaufen, wenn du darauf eingehst?«

»Umwerben? Echt jetzt, Nathan? Wer sagt denn heute noch umwerben? Und er umwirbt mich nicht, er gräbt mich an, auf unterstem Niveau, und das schon seit immer. Und er will nicht mich, er will nur einen weiteren Strich in seinem Eroberungskalender.«

»Und wenn nicht?« Ich sah sie an und zu meiner Überraschung lachte sie laut auf.

»Ja, klar.«

»Nein, im Ernst. Weshalb sollte er nicht einfach in dich verliebt sein?«

»Weil ich niemand bin, in dem man sich mal eben verliebt. Ich bin zu unbequem, zu direkt.« Sie holte tief Luft und ich hatte den leisen Verdacht, dass sie eben Worte wiederholte, die man ihr gesagt hatte und die eine tiefe Narbe hinterlassen hatten. »Weil ich nicht mädchenhaft genug bin und keine Lust habe, einem Mann zu huldigen. Keinem Mann. Und weil ich sage, was ich denke und was ich will, und weil ich in den Spiegel sehe und beim besten Willen nicht mehr behaupten kann, dass meine Falten kleine Fältchen sind, und weil mein Busen schon mittendrin ist, der Schwerkraft nachzugeben und zu hängen.« Sie stoppte abrupt ihren atemlosen Redefluss.

»Ich finde dich schön, Cara. Du bist eine Frau mit Ausstrahlung und wunderhübsch. Du hast Ecken und Kanten, und das macht dich zu einer Persönlichkeit.« Ich holte tief Luft, dann grinste ich. »Und meiner Meinung nach ist dein Busen großartig.«

Sie blieb stehen und ich sah ihr an, dass sie überlegte, ob sie mir eine scheuern sollte. Dann überraschte sie mich wieder und lachte plötzlich los, befreit und allem Anschein nach viel besser gelaunt als eben.

»Okay. Wenn du das sagst, dann wird es so sein. Ich meine, ganz offensichtlich bist du ja ein Fachmann, was die weibliche Anatomie angeht.« Sie grinste nun ebenfalls, dann hakte sie sich bei mir unter. »Ich find's toll, weißt du? Ich wollte schon immer einen besten schwulen Freund. Und jetzt habe ich dich. Das habe ich doch, oder?«

Ich dachte nach. Dann nickte ich langsam und sagte: »Ja. Du hast jetzt einen besten Freund.«

Danach war die Stimmung wie ausgewechselt. Cara war in Hochform und ich lachte immer wieder über ihre trockenen Kommentare. Sie berichtete von Alfie, der ihr mehr zusetzte, als sie zugab. Ich überlegte, was für ein Spiel da lief. Offensichtlich war dieser Kerl recht hartnäckig und hatte sie schon öfter dazu überredet, mit ihm etwas zu unternehmen. Und obwohl Cara steif und fest behauptete, ihn zu verachten, wurde ich nachdenklich. Sie hatte Spaß an der Sache, erkannte ich. Ich war mir nicht sicher, was ihre echten Gefühle anging, aber ganz offensichtlich genoss sie, allen Beteuerungen zum Trotz, sein anhaltendes Interesse. Und wenn ich ihren Berichten so lauschte und dieser Alfie kein kompletter Idiot war, dann musste auch er viel Spaß an ihrer Gesellschaft haben.

Als wir vor ihrer Wohnung angekommen waren, drehte sich Cara zu mir um.

»Danke, Nathan. Du hast heute meinen Tag gerettet und wenn ich ehrlich bin, war das nicht das erste Mal.«

»Und ich werde es immer wieder tun.«

Sie biss sich kurz auf die Unterlippe und sah mich mit strahlenden Augen an. »Du bist perfekt, weißt du das? Du sagst immer genau das Richtige. Gibt es irgendwo heimliche Workshops, in denen man euch beibringt, wie das geht? So mit *Der-perfekte-Heterofrauen-Freund-Diplom* oder so?«

»Nicht dass ich wüsste.«

»Dann habt ihr das einfach im Blut. Auf alle Fälle ist es perfekt. Du bist perfekt.« Sie beugte sich vor und küsste mich auf die Wange. »Danke, Nathan. Für alles.«

Eines war klar, dachte ich auf dem Heimweg. Wenn Cara jemals herausfand, dass ich nicht ihr perfekter bester schwuler Freund war, dann konnte ich mich auf etwas gefasst machen. Dann würde ich weder Mann noch Frau jemals wieder lieben können, weil Cara dafür sorgen würde, dass das rein technisch nicht mehr machbar war. Aber da ich auch gar nicht vorhatte, irgendeine Beziehung zu wem auch immer einzugehen, wäre dieses Geheimnis vermutlich nicht in Gefahr. Anders sah es aus, wenn sie irgendwann herausbekam, wie weit entfernt von perfekt ich im Allgemeinen war. Auch in dieser Hinsicht war ich eigentlich in Sicherheit, weil ich nicht beabsichtigte, jemals wieder darüber zu reden. Nur leider spürte ich, dass die Voraussagen langsam real wurden. *Du wirst es nicht ewig verdrängen können, Nathan*, hatte man mir gesagt. *Du bist dabei, es zu verarbeiten, und du machst das gut. Und im Moment ist es richtig für dich, das zu unterdrücken und wegzuschieben. Aber es wird die Zeit kommen, in der du wieder darüber sprechen musst. In der du es zugeben musst. Nicht dir gegenüber, aber den Menschen, die dein Leben begleiten. Weil du es zwar besiegen kannst, es aber immer ein Teil von dir bleiben wird. Und du darfst es nie unterschätzen. Du musst es immer in Schach halten, und dazu wirst du vielleicht andere Hilfe brauchen als die, die wir hier geben können.*

Zwei Tage später kam Eliza an meinen Stand, das Sinnbild von zerknirschter Freundin und mit ganz untypisch verknoteten Händen und bangem Blick.

»Ich muss mich entschuldigen. Es tut mir so leid«, platzte sie heraus.

»Schon gut«, sagte ich beruhigend. Es war nicht zu übersehen, dass sie seit Sonntag für ihr Verhalten büßte.

»Nein, es ist nicht gut. Ich weiß nicht, was da mit mir los war. Auf alle Fälle tut es mir sehr, sehr leid«, sagte sie ernst.

Ich sah sie an und griff unter meine Theke. »Eine Tasse Tee?«, fragte ich und hielt die Thermoskanne hoch. Sie nickte und wie so oft kam sie hinter den Stand und nahm auf dem kleinen Stoffhocker Platz.

»Ich schäme mich so«, platzte sie endlich heraus, nachdem sie eine Weile stumm den Becher in den Händen gedreht hatte. »Ich weiß nicht, wie das passieren konnte.«

»Macht es dir immer noch so zu schaffen? Kate und das Kind, meine ich?«

»Nein. Eigentlich nicht. Ich ... Wenn ich sie ansehe, wie sie Caleb im Arm hält, dann weiß ich, dass es richtig ist. Dass sie ihn liebt. Und dass sie ihn brauchte, um ganz gesund zu werden. Weißt du, was ich meine? Sie brauchte Ethan und sie brauchte Caleb, um endlich zu verstehen, dass sie perfekt ist. Und das ist sie. Ich liebe Kate, wirklich. Sie ist so stark und voller Energie und sie hat das Herz auf dem richtigen Fleck. Sie ist sanfter geworden, wenn man das von Kate sagen kann.« Sie lachte leise.

»Und dennoch wünschst du dir das ebenfalls.«

»Ja. Ich wünsche es mir so sehr. Und ich wollte ihr auf gar keinen Fall den Tag verderben und melancholisch werden und ständig daran denken, dass ich kein Kind habe.«

»Du wirst eines haben, wenn der Zeitpunkt da ist.«

»Und wenn nicht?«

»Setz dich nicht so unter Druck, Eliza. Das hilft nicht. Lass es auf dich zukommen.«

»Wenn das nur so einfach wäre.« Sie seufzte. »Charlie sagt das auch. Er sagt, wenn es nicht klappt, dann adoptieren wir. Es gibt so viele Kinder, die ein glückliches Heim suchen.«

»Und sie könnten kein glücklicheres finden als bei dir.«

»Danke.« Sie drückte meine Hand und eine Weile schwiegen wir.

»Wie bist du nur auf die verrückte Idee gekommen, mit Ethans Vater Schnaps zu trinken? Hat dir niemand gesagt, dass Alkohol nicht hilft?«

Sie sah mich nachdenklich an. »Ich hätte wohl besser auf dich gehört.«

»Als auf wen?«, fragte ich langsam.

»Cara. Sie behauptet immer, ein Gläschen in Ehren macht alles besser. Und ich dachte, es könnte etwas dran sein. Alle machen es und Cara ist deutlich entspannter als früher, findest du nicht?«

Jetzt war ich es, der sie nachdenklich betrachtete. Es war mir auch aufgefallen, dass Cara nicht Nein sagte zu einem Glas Wein oder Sekt. Ich hatte sie nie betrunken erlebt oder so außer Kontrolle wie Eliza, aber sie gönnte sich gerne und oft das eine oder andere Getränk.

»Du trinkst natürlich nicht mehr. Du bist schlauer als wir. Aber das warst du schon immer. Du weißt stets, was zu tun ist, und du machst es einfach richtig.«

»Nein, Eliza. Ich mache auch nicht alles richtig.« Ich spürte einen Moment fast den Drang, ihr zu erzählen, wie falsch sie lag, wie falsch sie alle lagen. Doch ich schluckte das Bedürfnis schnell hinab.

»Stimmt, das machst du nicht. Du hättest es mir sagen können.« Sie sah mich an und eine Ahnung der alten, vorwitzigen Eliza war wieder auf ihrem Gesicht zu sehen. »Weißt du, wie dumm ich mir vorkomme? Ich schleppe all diese Frauen hier an und versuche, die eine zu finden, die zu dir passt. Und die ganze Zeit hattest du kein Interesse.« Sie kicherte plötzlich. »Als ob es etwas ausmachen würde. Als ob du es nicht sagen kannst.«

Nun, das konnte ich in der Tat nicht. Ich formulierte meine nächsten Worte sehr sorgfältig. »Es war sehr nett von dir, das zu tun. Ich weiß, weshalb du das getan hast, und es ist eine Freude für mich, zu spüren, wie sehr dir mein Glück am Herzen liegt. Aber man kann anderen das Glück nicht aufzwingen. Jeder sucht sein eigenes. Und meines liegt nun mal in einer anderen Welt als deines.«

»Irgendwann, Nathan«, sagte sie und stand auf. Der Tee war leer und vom Sitzen in dieser feuchten Kälte war uns beiden trotz des Getränks kalt geworden. »Irgendwann werde ich meine Familie haben. Und du wirst den Menschen haben, der dein Herz heilt. Sag nichts. Ich bin zwar eine dumme kleine Kuh, die dachte, Schnaps wäre ein Allheilmittel, aber mit Herzen kenne ich mich aus. Und deines muss geheilt werden, egal was du sagst. Und wenn es so weit ist, dann bin ich da. Dann sind wir alle da. Und wir werden dir helfen und deinen Weg mit dir gehen, so wie du unseren mitgegangen bist, bis du den Mann deiner Träume gefunden hast. Und wir werden ihn willkommen heißen in unserer Mitte und ihn erst einmal zur Seite nehmen. Ich werde Charlie befehlen, dass er ihm Prügel androht für den Fall, dass er dich verletzt, und dann werden wir ihn lieben, weil du ihn liebst. Weil niemand, den du liebst, ein schlechter Mensch sein kann. Genau so wird es kommen, Nathan, daran müssen wir beide glauben.«

Kapitel 19

Cara

Verdammt. Ich war mein Leben lang eine klar denkende Person gewesen. Ich war nüchtern, rational und vor allem realistisch. Ich wusste um meine Vorteile und Stärken und kannte meine Schwächen. Ich war tough und nicht so gefühlsduselig wie andere. Und ich war ein Einzelkämpfer, immer schon gewesen. Und nun hatte ich plötzlich Freunde, die ich sehr mochte. Ich verbrachte gerne meine Zeit mit ihnen. Und ich hörte ihnen zu. Bis hierher war das auch alles noch in Ordnung. Aber ich merkte, dass sie mir Dinge einflüsterten, die ich lieber nicht hören wollte. Dass sie mich anders sahen, als ich mich selbst immer gesehen hatte. Und das Problem war, dass ich schon vor ihnen erkannt hatte, dass nicht alles ganz stimmig war. Ich hatte gemerkt, dass ich nicht wie meine Mutter war, zumindest in einigen wesentlichen Punkten. Ich hatte bemerkt, dass ich auch nicht so war, wie Christopher mich gesehen hatte, mein letzter Reinfall in Sachen Beziehung und maßgeblicher Grund, weshalb ich diese ganze Datingsache ad acta gelegt hatte. All diesen Umständen gab ich jetzt die Schuld, dass ich gerade ein wenig außer Rand und Band geriet. Ich hatte mir vielleicht einmal zu oft angehört, dass es doch sein konnte, dass ich eine nette Person war. Ich hatte vielleicht einmal zu oft gesagt bekommen, dass es doch möglich wäre, dass ein Mann mich als Frau attraktiv fand. Oder besser gesagt, als die Frau, die ich war. Eben nicht nur Titten und Arsch, um es mal deutlich zu sagen, sondern auch meine Launen und Macken und Eigenheiten. Ich hatte mit dem Feuer gespielt und gemerkt, dass es mir Spaß machte. Mehr Spaß, als es sollte. Und mehr Spaß als jemals zuvor, weil ich dachte, es wäre eben nur das. Nur ein Spaß, der keine Folgen haben würde.

Hätte ich mir nur mal Kate angesehen. Jeder Spaß hatte seine Folgen. In ihrem Fall war es ein Kind, das sie nicht geplant hatte.

In meinem … nun ja, wenigstens nicht das. Aber jede Menge närrischer Gedanken.

Je weiter das Jahr voranschritt, je kälter es wurde, desto verrückter wurde mein Leben. Auf der einen Seite war das gut. Auf der Freundschafts-Seite. Ich fühlte mich zum ersten Mal dazugehörig. Ich spürte, dass Eliza, Kate und Allie mich wirklich mochten, so wie ich war und trotz allem, was ich ihnen angetan hatte. Das erfüllte mich mit einer unfassbaren Freude. Und ich hatte Nathan, vielleicht das Beste, was mir passieren konnte. Seit ich wusste, dass er auf Kerle stand, hatte sich unsere Beziehung deutlich intensiviert und ich konnte sie auf einem ganz anderen Level genießen. Ich musste mir keine Gedanken mehr machen, dass er mir andere Absichten unterstellte, als ich hatte, wenn ich seine Gesellschaft suchte. Ich meine, er war ein verdammt attraktiver und heißer Kerl, das hatte ich niemals bestritten, aber deshalb hatte ich trotzdem nie ein sexuelles Interesse an ihm gehabt. Mal ganz abgesehen davon, dass ich das an keinem Kerl gehabt hatte in der letzten Zeit. Oder an keinem real verfügbaren Kerl. Ich gebe zu, dass ich aktuell ein paar netten Fantasien nicht abgeneigt war, wenn ich alleine im Bett lag, aber da beschränkte ich mich auf Typen, die so weit weg waren, dass es gefahrlos war. Ich meine, welche Frau hätte protestiert, wenn Chris Hemsworth abends in seinem scharfen Thor-Kostüm im Schlafzimmer aufgetaucht wäre? Eben. Und die Gefahr, dass das passierte, tendierte nicht nur gegen null, sondern war irgendwo im negativen Zahlenraum und somit komplett gebannt.

Nun jedoch begann ich abseits von Chris ein seltsames Kribbeln zu spüren. Es machte mir Spaß, meine Wirkung auf Männer zu testen. Ich hatte es wirklich einsichtig gefunden, als Eliza mir erklärte, ich solle auf Alfies Avancen eingehen, nur um dann zuzusehen, wie er an mir scheiterte und wegrannte. Leider wusste der dumme Kerl nicht, dass ich darauf wartete, und rannte nicht. Überhaupt nicht. Und ich wollte plötzlich wissen, wie weit ich es treiben musste, bis er endlich Fersengeld gab.

Das Problem dabei war nur, dass ich es einerseits zwar wollte, also dieses Spiel spielen, bis er aufgab und ich siegte, aber andererseits eben doch nicht so ganz aus meiner Haut konnte. Irgendwo tief in meinem Kopf war und blieb diese kleine, flüsternde Stimme, die mir immer wieder nette kleine Gehässigkeiten zuflüsterte. *Du machst dich lächerlich*, sagte sie. *Schau dich an. Du bist beinahe doppelt so alt wie seine bevorzugte Zielgruppe. Du hast es nicht drauf, zu flirten.* Aber ich hatte auch dagegen ein probates Mittel gefunden. Und das war ein Gläschen Sekt. Oder zwei. Das half mir ungemein, schärfte meinen Verstand, lockerte meine Zunge und machte mich selbstbewusster, als ich war. Ich betrank mich nicht, niemals, denn ich hatte viel zu viel Angst, die Kontrolle zu verlieren. Ich wusste genau, was mir guttat, und ich fühlte mich zum ersten Mal in meinem Leben leichtfertig und begehrenswert.

Und nun begann die Zeit, in der das alles nicht nur problemlos möglich war, sondern geradezu zum guten Ton gehörte. Heute Morgen hatte ich gesehen, dass die ersten Enthusiasten bereits die Adventsdekorationen aufgehängt hatten. In ein paar Tagen würde die Stadtverwaltung nachziehen und dann ging sie los, die Zeit der Weihnachtsmärkte, Weihnachtsfeiern und des Glühweins. Und auch wenn mir immer noch davor graute, wo es enden sollte, nämlich in einem Weihnachtsfest, von dem ich wusste, dass es so oder so schrecklich werden würde, beschloss ich, die Zeit davor aus ganzem Herzen zu genießen. Wenn ich am Ende wieder die Blöde war, weil ich auf alle Fälle irgendjemanden enttäuschen musste, dann wollte ich vorher wenigstens mitnehmen, was ich konnte.

Ich war noch zweimal mit Alfie etwas trinken gewesen und immer noch rannte er nicht davon. Im Gegenteil, er schien ebenso gewillt zu sein wie ich, dieses Spiel zu gewinnen. Es war, als wären wir verrückte Zocker, die ständig den Einsatz erhöhten, und ich begann mich zu fragen, was wohl der finale Preis war. Würde er tatsächlich so weit gehen, mit mir in die Kiste zu steigen? Und würde ich das wollen? Nur um dann hinterher im Buschfunk zu hören, dass er es geschafft hatte, dass er die Eiskönigin flachgelegt hatte? Oder sollte ich darauf eingehen und ihm im entscheidenden Moment verklickern, dass ich doch kein Interesse hatte? Und dann? Meinerseits den Flurfunk aktivieren und verbreiten, dass Alfie an mir gescheitert war? Nun, dazu musste ich nicht mit ihm ins Bett. Schon jetzt, das wusste ich, wurde darüber gemunkelt, dass Alfie sich an mir die Zähne ausbiss. Und eigentlich wäre jetzt der perfekte Zeitpunkt, um aus der ganzen Nummer auszusteigen. Nur dass ich das irgendwie nicht mehr wollte.

Dann hingen endlich die Lichter in den Bäumen, an den Straßenlaternen leuchteten die Sterne und London hatte sich herausgeputzt und strahlte in vorweihnachtlichem Glanz. Noch nie hatte ich diese Zeit so bewusst erlebt. Noch nie war mir die Stadt so märchenhaft vorgekommen wie jetzt. Ich war weit davon entfernt, wie Eliza durchzudrehen und im Weihnachtsfieber zu verglühen, aber ich konnte mich dem dieses Jahr auch nicht entziehen. Ich besorgte mir bei Kate einen wunderschönen, gänzlich unkitschigen Adventskranz und weil ich schon dort war, nahm ich auch einen Türkranz mit, der mich mit seiner modernen, schlichten und wunderschönen Art spontan ansprach. Ich gönnte mir bei Allie die sündhaft leckere Schokoladen-Gewürztorte und lachte, als ich sah, dass selbst Nathan an seinem Stand Lichterketten aufgehängt hatte. Ich saß mit Eliza in ihrem Laden, trank einen Zimttee und beglückwünschte sie zu ihrer Dekoration. Das *BOOKS OF LOVE* erstrahlte in einem Meer aus Lichtern, überall standen zauberhafte kleine Gläser, in denen sie weihnachtliche Szenen dekoriert hatte, und überhaupt schien sie das Weihnachtswunderland schlechthin erschaffen zu haben. Ein wenig fühlte ich mich wie eine Verräterin, weil meine Freude an diesen Dingen ganz anders gelagert war als ihre, aber das musste ich ihr ja nicht verraten. Und während sie davon schwärmte, dass dies die schönste Zeit im Jahr war und darauf hinfieberte, dass der Weihnachtstag der krönende Abschluss wäre, der Tag, an dem die Liebe siegte und alles in eitlem Sonnenschein endete, nahm ich mir vor, dass dieser Tag für mich ebenfalls ein Sieg werden würde.

Dann wurden die Weihnachtsmärkte eröffnet und Alfie war in der Stadt, um was auch immer zu tun. Als Außendienstler war er normalerweise in seinem Bezirk im Westen der Insel unterwegs, aber dennoch oft genug in der Firma, um unsere kleine Challenge am Laufen zu halten. So auch heute und wie üblich stand er bald an meinem Schreibtisch.

»Mia Cara«, rief er und legte theatralisch seine Hand auf die Brust. »Sag mir, dass du heute Abend Zeit für mich hast.«

»Möglich«, gab ich zurück und sah ihn an.

»Wir wollen auf den Weihnachtsmarkt. Und du wirst unser strahlender Engel sein, der uns mit seiner Gegenwart das Glück in die Herzen gießt.«

Ja, ich weiß, das war ziemlich alberner Mist, aber mich sprach es an und so zierte ich mich nur kurz, ehe wir für den Abend ein Date ausmachten. Es sollten noch zwei andere Kollegen mitgehen, was den Reiz erhöhen würde, und auch Martha wurde spontan von mir eingeladen. Ich eilte nach Büroschluss nach Hause, um mich warm anzuziehen, denn pünktlich zum Advent war es richtig kalt geworden. Dann schlang ich mir den Schal um den Hals, packte meine supersoften Lederhandschuhe ein und steckte mir ein paar Scheine in die Handtasche. Ich war bereit.

Wir waren auf einem kleinen Weihnachtsmarkt in Notting Hill verabredet. Als ich ankam, war schon einiges los und ich schob mich durch die Menge bis zum vereinbarten Treffpunkt. Die anderen waren bereits alle da. Martha hatte eine pelzige rote Weihnachtsmann-Mütze auf dem Kopf und glänzende Augen, Frank und George, die beiden Kollegen, trugen leuchtende Rentiergeweihe. Doch Alfie hatte dem Ganzen die Krone aufgesetzt und trug einen bestimmt dreißig Zentimeter hohen Hut, der aussah wie ein Kamin und aus dem die Beine des Weihnachtsmanns herausschauten.

»Wie niedlich. Der kleine Junge in der Wohnung unter mir trägt auch so einen. Passt zu dir«, sagte ich und deutete auf den Hut.

»Ja, nicht? Ich glaube fest daran, dass der Weihnachtsmann existiert und bereits daran arbeitet, mir meinen größten Herzenswunsch zu erfüllen.«

»Das kann ich auch tun«, grölte Frank und hielt ihm einen großen Becher dampfenden Glühwein hin. »Hier, für dich. Diese Runde geht auf mich.« Er reichte auch mir eine Tasse, die ich dankend annahm.

»Hör nicht auf ihn, Mia Cara«, flüsterte Alfie mir ins Ohr. »Es ist nicht das, wonach mein Herz sich sehnt, und du weißt es. Aber es ist genauso heiß und es berauscht mich ebenso sehr.«

Ich sah ihm in die Augen. »Das ist aber nur etwas für große Jungs.«

»Keine Sorge. Ich bin ein großer Junge, du wirst nichts zu beanstanden haben.«

Ich zwang mich, noch einen Moment den Blickkontakt zu halten und mich gleichzeitig darauf zu konzentrieren, nicht rot zu werden. Es war etwas anderes, ob Thor das abends in deiner Fantasie sagte oder Alfie es inmitten der feiernden Menge tat und dabei einen Blick draufhatte, der auf der Haut brannte, ob man wollte oder nicht. Vielleicht musste ich doch ein wenig meine Spontanität ausbremsen und mir vorher überlegen, was ich sagte, sonst würde ich ihm einen echten Vorteil verschaffen. Er merkte natürlich, dass es mir peinlich war und ich lange nicht so cool war, wie ich vorgab, und rückte ein wenig näher an mich heran.

»Und wenn du dann so verlegen dreinsiehst, dann finde ich dich fast noch heißer, Mia Cara. Wann wirst du meinen Qualen ein Ende setzen? Wir könnten auf der Stelle verschwinden.«

Ich nahm einen großen Schluck aus meiner Tasse und verbrannte mir prompt die Zunge. Das half wenigstens, dieses unangemessene Kribbeln ein wenig zu dämpfen.

»Ich liebe Weihnachtsmärkte«, sagte ich zu keinem im Besonderen. »Ich könnte Stunden dort verbringen. Ich werde Stunden hier verbringen«, ich warf Alfie einen Blick zu, den dieser mit einer theatralischen Miene erwiderte. »Es ist wie Magie. Alles ist möglich.«

»Ich würde alles für dich möglich machen. Wenn du mich meine Magie wirken lässt.«

Zufrieden trank ich meine Tasse leer und wandte den Blick von ihm ab. Martha hatte sich bei George eingehängt und lachte laut über etwas, was er eben gesagt hatte. Frank sah die beiden ebenfalls an, dann rückte er näher zu mir und Alfie.

»Ich bin auch noch da. Irgendwie habe ich das Gefühl, überflüssig zu sein. Sagt mir, dass ich das nicht bin.«

»Du bist ganz und gar nicht überflüssig, George«, flötete ich heiter und hängte mich bei ihm ein. »Alfie und ich freuen uns, wenn du uns Gesellschaft leistest.«

Kapitel 20

Nathan

Es gab eine Zeit, da liebte ich diese Tage von Herzen. Dann kam eine, in der es mir egal war, ob die Stadt sich festlich herausputzte oder nicht, weil ich Wichtigeres zu tun hatte, als durch die beleuchteten Straßen zu schlendern. Dieses Jahr freute ich mich, als die Lichter zum ersten Mal eingeschaltet wurden. Auch das war wieder eine Veränderung. In den letzten Jahren hatte ich langsam gelernt, die Schönheit dieser Jahreszeit neu zu entdecken und mir Zeit zu nehmen, um sie zu genießen. Ich war nicht im Weihnachtsstress, weil ich niemanden hatte, dem ich Geschenke machen musste. Meine Eltern waren bereits gestorben und ich hatte keine Familie mehr, die mich an Weihnachten erwartete, vollgepackt mit überflüssigen Gaben. Cara fiel mir ein, wie sie mich gefragt hatte, ob ich Geschwister hätte. Nun, ich hatte sie nicht wirklich angelogen. *Ich fürchte nicht*, hatte ich geantwortet und meine Worte dabei sehr sorgfältig gewählt.

Mein einziger Bruder hatte mir klar und deutlich zu verstehen gegeben, dass er nichts mehr mit mir zu tun haben wollte. Ich hatte versucht, ihn zu überzeugen, dass wir eine Familie wären, dass man in guten und in schlechten Zeiten zusammenstehen musste. Allerdings ohne Erfolg. *Du wirst nie mehr in die Nähe meiner Familie kommen*, hatte er gesagt und kalt auf mich hinabgesehen. *Schau dich an. Du bist ein Wrack. Du hattest alle Chancen, die man sich wünschen kann, und du hast sie alle verspielt. Du bist nicht länger mein Bruder.* Die Worte waren wie Peitschenhiebe gewesen, jedes ein Schlag, zu einem Zeitpunkt, als mein Körper auch ohne jegliche Berührung schmerzte wie unter Geißelhieben und ich immer tiefer in einen schwarzen, bodenlosen Abgrund fiel. Die Hand, die ich am dringendsten gebraucht hätte, entzog sich mir und ließ mich immer weiter fallen. Das hatte mir sehr lange zu schaffen gemacht.

Jetzt jedoch, mit etwas Abstand und vor allem einem klaren Blick auf die Vergangenheit, war ich es, der keinen Kontakt mehr wollte. Nicht nur ich hatte Fehler gemacht, auch er. Und es war tatsächlich, wie er sagte. Uns verband nichts mehr, außer unserem Blut. Auch das war etwas, was ich lernen musste: Manche Menschen konnte man nicht in seinem Leben halten und andere sollte man nicht darin halten. Zu der zweiten Gruppe gehörten meine Freunde, die das nie waren. Ich hatte mich entschieden, einen klaren Schnitt zu machen und neu zu beginnen. Meine Chance, ein neuer, ein anderer und mit etwas Glück ein besserer Mensch zu werden.

Ich beschloss spontan, einen Gang über den kleinen Weihnachtsmarkt zu unternehmen. Eliza hatte mir heute Mittag erzählt, dass Kate dieses Wochenende dort eine Art Außenstelle hatte und ihre Adventsgestecke und Kränze verkaufte, und ich war wohl schon so weit in diese Gruppe eingetaucht, dass ich dem ungewöhnlichen Wunsch nach Gesellschaft nachgab. Ich hatte Lust auf ein paar Plaudereien und wollte ein wenig dieser Vorfreude erhaschen, welche die Menschen umtrieb. Der Stand war auf der gegenüberliegenden Seite des Markts und ich schlenderte langsam die Buden entlang, wich den Menschen aus, die sich hier drängten, und fand sie schließlich. Kate und zwei ihrer Mitarbeiterinnen verkauften fleißig ihre Waren und Eliza und Charlie standen an der Seite und begrüßten mich freudig. Es tat gut, von Eliza in den Arm genommen zu werden und Charlies kameradschaftlichen Schlag auf den Rücken zu erhalten. Kate hatte keine Zeit, um mit uns zu reden, aber sie winkte und lachte und sah sehr glücklich aus. Auch Eliza war glücklich, wie ich erleichtert feststellte, und als auch Allie und Shane zu uns stießen, ließ ich mich vom Lachen und Scherzen mitreißen. Ein etwas peinlicher Moment trat ein, als Charlie der Runde einen Glühwein spendieren wollte und mich wie alle anderen fragte, ob er mir auch einen mitbringen sollte. Eliza trat ihm für alle sichtbar auf den Fuß und Charlie komplettierte die Posse, indem er so tat, als wolle er doch keinen. Ich sah mich schließlich gezwungen, ihnen ausführlich zu versichern, dass es mir nichts ausmachte, wenn sie sich einen holten. Vielleicht wäre es der richtige Zeitpunkt gewesen, um zu gestehen, dass ich nicht deshalb verzichtete, weil ich trocken war, doch ich tat es nicht. Ich tat es auch dann nicht, als Allie mir ins Ohr flüsterte, dass sie stolz auf mich sei, weil ich ihnen meine Geheimnisse anvertraut hatte und sie es überhaupt fabelhaft finde, dass ich dazu stand und sie schon immer der Meinung gewesen war, dass jeder das Recht hatte, Fehler zu machen. Und sowieso das Recht, den zu lieben, den er lieben wollte. Ich nickte einfach nur dämlich und war froh, als endlich alle ihre Tassen in den Händen hielten. Ich trank brav den Kinderpunsch, den Charlie mir mit verlegenem Lächeln hingehalten hatte, und sagte nicht, dass ich Tee bevorzugt hätte. Und war froh, als sie sich endlich anderen Themen zuwandten und ich mit Charlie über die schottische Küste sprechen konnte, wo er neulich erst gewesen war.

»Natürlich hast du kaum Zeit, alles zu entdecken, wenn du eine ganze Klasse unmotivierter Teenager mit dir rumschleppst, aber Schottland hat mich total erwischt. Ich werde da bestimmt noch einmal hinfahren und mir in Ruhe all die geschichtsträchtigen Stätten ansehen. Inverness ist toll, oder?«

Ich bejahte und er fuhr fort, von seiner letzten Klassenfahrt zu erzählen. Charlie ist Lehrer mit Leib und Seele und seine Schüler konnten dankbar sein, jemanden wie ihn zu haben, dachte ich. Ich war mit den Gedanken nicht ganz bei der Sache und so kam es, dass ich unvorsichtig wurde und mit einer unbedachten Bemerkung zu verstehen gab, dass ich die Stadt recht gut kannte.

»Du warst schon öfter dort, oder?«, fragte Charlie interessiert.

»Nein, tatsächlich nur einmal, aber für eine längere Zeit.«

»Du hast da gelebt? Ich beneide dich. Was hast du dort getrieben?«, fragte er und verstummte. Alle schienen mich plötzlich anzustarren.

»Ich hatte dort ein Projekt«, sagte ich langsam. »Ein Projekt, das mich längere Zeit in Anspruch nahm.«

Charlie nickte und spürte, dass ich nicht weiter darauf eingehen wollte. Ich bemerkte durchaus Elizas neugierige Blicke, doch ich sagte nichts mehr. Ich lenkte das Thema auf Macbeth, der dort im elften Jahrhundert gelebt hatte und durch William Shakespeare ein andauerndes, wenn auch reichlich übertriebenes Andenken erhalten hatte. Damit waren wir bei Charlies Steckenpferd, der Literatur, und ich wieder in Sicherheit.

Als wir uns verabschiedeten, hatte sich der Markt deutlich ausgedünnt. Kate war so gut wie ausverkauft und ihre Freundinnen boten sich an, die wenigen Reste in den Transporter zu laden. Ich gab zu verstehen, dass ich ebenfalls mit anpacken würde, doch die anderen winkten ab. Shane und Charlie hatten zugesagt, dass sie das machten, weil Ethan mit Caleb zu Hause bleiben musste, und sie versicherten mir, dass der Pavillon und der Tisch in Windeseile abgebaut wären. Ich ließ mich von allen zum Abschied umarmen und schlenderte zufrieden zurück, die kalten Hände tief in den Taschen meiner Jeans vergraben.

Kurz bevor ich wieder den Ausgang erreichte, musste ich einer Gruppe angetrunkener junger Männer ausweichen, die mir lachend und in einer breiten Reihe untergehakt entgegenkamen. Ich rempelte gegen andere Besucher und entschuldigte mich. Dann hörte ich ein Lachen und blieb stehen.

»Nathan!«

»Cara. Was machst du denn hier?«

»Was meinst du wohl? Ich trinke auf das Leben, auf die Weihnachtszeit und nun auf dich!« Sie hob ihre Tasse, die bedenklich schwankte. Und Cara schwankte mit. Ehe ich jedoch eingreifen konnte, hatte der Kerl neben ihr sie schon gepackt, legte vertraulich seinen Arm um ihre Schulter und zog sie an sich.

»Hoppla, Mia Cara.«

Cara lachte und strahlte mich an. »Mit dir hätte ich nicht gerechnet. Das hier«, sie machte eine weit ausholende Geste in meine Richtung, »ist mein allerliebster Freund Nathan.«

Der Kerl neben ihr sah mich kurz von oben bis unten an. Es war klar, wie ich in seinen spöttischen Augen abschnitt.

»Wie allerliebst?«, fragte er mit einem dämlichen Grinsen. »Wirst du mir mein Herz brechen und mir sagen, dass er allerliebster ist als ich?« Er lachte schallend und Cara fiel ein.

»Ich hätte etwas mehr Selbstbewusstsein erwartet, Alfred«, sagte sie und drückte sich ein wenig näher an ihn. »Nach all deinen vollmundigen Ankündigungen.«

»Die alle heute Nacht noch wahr werden könnten, Mia Cara«, sagte der Kerl, der Alfie sein musste, mit einem schmierigen Grinsen. »Dein großer Junge ist mehr als bereit.« Er griff sich kurz mit einer recht deutlichen Geste zwischen die Beine und Cara schien einen Moment verunsichert. In ihrem Gesicht zuckte eine Regung auf, die mich sofort in Alarmbereitschaft versetzte.

»Ich bin mir nicht sicher«, sagte sie langsam, als versuche sie über ein schwerwiegendes Problem nachzudenken, und sah mich an. Sie hatte plötzlich etwas von einem kleinen Kind, das nicht wusste, wie es in eine Situation geraten war, und noch weniger, wie es wieder herauskommen sollte. »Ich bin mir nicht sicher, ob mir nicht ein klitzekleines bisschen schlecht ist.« Dann holte sie tief Luft und der Ausdruck verschwand. Etwas anderes ersetzte ihn, das ich nicht bei ihr kannte. »Aber ich denke, es geht mir gut. Vielleicht hat dieses Gefühl einen ganz anderen Grund«, kicherte sie mit einem Mal völlig übertrieben.

Noch einmal sah ich, wie dieser Kerl sie angaffte. Ich betrachtete Caras Gesicht, die verdächtig glasigen Augen und die roten Wangen, und wusste, dass sie heute definitiv einen zu viel getrunken hatte. Und ich hatte keine Zweifel, dass er nichts unversucht lassen würde, das auszunutzen.

»Cara, wie wär's? Wollen wir uns zusammen auf den Heimweg machen?«, fragte ich sie.

»Nein«, begehrte sie auf und sah mich an. »Trink einen mit uns, Nathan.«

»Danke, nein. Und du solltest auch aufhören.«

»Will aber nicht«, sagte sie und sah mich trotzig an.

»Du hörst es, Kumpel. Sie will nicht mit dir heimgehen und sie will weitertrinken. Und sie will heute noch ganz etwas anderes, nicht wahr, Mia Cara?« Er hatte mich triumphierend angesehen und nun ließ er mich immer noch nicht aus dem Blick, als er sich zu ihr beugte und ihr unvermittelt seine Pranke auf der Brust platzierte. Erst als er sich über sie neigte und sie küsste, brach der Blickkontakt ab.

Cara lehnte sich weit nach hinten und schob ihn dann von sich. Sie sah verwirrt aus und hob einen Zeigefinger.

»Moment.« Sie sah Alfie an und dann mich, ehe ihr Blick wieder zu ihm wanderte. »Ich bin mir nicht sicher, ob ich das mag.«

»Und wie du das magst«, sagte Alfie und grinste, während er sie erneut an sich zog. »Ich kenne dich. Ich kenne die Anzeichen. Du bist so etwas von heiß auf mich.«

Ein weiterer Blick auf Caras Gesicht reichte aus. Ich sah, wie erschrocken sie war und wie weggetreten und vollkommen nicht Herr der Lage. Ich sah, wie sie ernsthaft darüber nachdachte, ob sie auf diesen Scheißkerl heiß sein müsste und ob sie ihm irgendwie die Erlaubnis gegeben hatte, das zu tun, was er tat. Ich sah, wie sie mir einen Blick zuwarf, und war im selben Moment bei ihr.

»Du hast sie gehört. Sie will das nicht.«

»Pech gehabt, Kumpel.« Er lockerte dennoch seinen Griff und Cara wand sich schwankend aus seinen Armen. »Mein Abend. Mein Mädchen. Mein ganzes Scheißgeld, das in Form von Glühwein in ihr steckt.«

»Und das wird alles von dir sein, das jemals in dieser Frau stecken wird«, sagte ich und war selbst überrascht, welch drohenden Unterton meine Stimme angenommen hatte. »Und nun werde ich sie nach Hause bringen.«

Ich griff nach Caras Hand und zog sie von ihm weg, ohne ihn aus den Augen zu lassen. Ich konnte sehen, dass es ihm nicht nach einer handfesten Auseinandersetzung war. Sehr schade, denn zum ersten Mal in meinem Leben hatte ich das Bedürfnis, einem anderen Menschen einen Kinnhaken zu verpassen. Er hielt meinem Blick nur kurz stand, dann trat er einen Schritt zurück und hob beide Hände.

»Schon gut, Kumpel. Bring sie heim. Und pass bloß auf, dass sie dir dabei nicht auf die Schuhe kotzt.«

Kapitel 21

Cara

»Ich glaube, ich mag heim«, beschied ich Nathan und hängte mich an seinem Arm ein. »Was haben die hier mit dem Boden angestellt? Der ist total schief und wackelig.«

»Halte dich einfach an mir fest, ich passe auf dich auf.«

»Ja-ha«, sagte ich und grinste ihn an. »Du passt auf mich auf.«

Er antwortete nicht, aber das war mir in meinem Zustand reichlich egal. »Nathan?«, begann ich wieder.

»Was denn?«

»Hast du schon einmal Glühwein mit Schuss getrunken? Mit einem Amaretto-Schuss?«

»Nein«, antwortete er und klang auch nicht so, als vermisse er diese Erfahrung.

»Das solltest du mal machen. Das schmeckt gut. Ist ein wenig süß, aber gut.«

»Ich denke nicht, dass ich das sollte.«

»Nein, du trinkst ja nichts. Gar nichts. Du bist ein Nicht-Trinker.«

Er gab keine Antwort, griff nur ein wenig fester zu, als ich bedenklich ins Schlingern geriet.

»Aber wenn du es mal probierst, nur so einen winzigen Schluck, dann sei vorsichtig.« Ich senkte meine Stimme, als ob ich ihm ein Geheimnis verraten wolle. »Das Zeug ist nicht ohne. Ich glaube, es hat mich ein ganz klein wenig beschwipst gemacht.«

Er seufzte. »Das, denke ich, stimmt.«

»Weißt du«, fuhr ich aufgeräumt fort, »ich hatte einen echt schönen Abend. Einen richtigen Superabend. Der Typ da«, ich wechselte wieder in meinen Geheimnis-Modus, »das war Alfie, aber eigentlich heißt er Alfred. Und er steht auf mich«, setzte ich nicht ohne Stolz hinzu.

»Das war nicht zu übersehen.«

»Er will mich haben, das hat er gesagt, und ich bin ein Stern, der den ganzen Weihnachtsmarkt erhellt. Das hat er auch gesagt.«

»Das bist du, Cara«, sagte er und klang beinahe sanft.

»Er hat noch ganz viele andere Sachen gesagt, dieser Alfie. Ich weiß nicht mehr alles, aber es waren schöne Sachen. Man hat mir schon lange nicht mehr so schöne Sachen gesagt.«

»Ach, Cara«, sagte Nathan und jetzt klang er ganz bestimmt sanft.

»In letzter Zeit habe ich immer nur gehört, dass ich zu kalt wäre und zu emotionslos und zu alt. Aber von Alfie nicht. Der findet mich heiß.« Das letzte Wort flüsterte ich recht umständlich.

»Und du? Findest du ihn auch … heiß?«, fragte Nathan mich so leise, dass ich ihn fast nicht hörte.

»Keine Ahnung«, sagte ich und runzelte nachdenklich die Stirn.

»Das heißt nein«, meinte Nathan recht bestimmt.

»Vielleicht würde ich ihn heiß finden, wenn ich mich darauf einlassen würde.«

»Ach, Cara«, sagte er wieder.

Ich kicherte erneut los. Gerade war mir etwas eingefallen, das mir sehr witzig vorkam. »Hast du wirklich gesagt, dass er nichts in mich reinstecken darf?«

Nathan knurrte.

»Echt jetzt, ihr Schwulen. Ihr sagt einfach, was ihr denkt.« Ich versuchte, ebenfalls zu denken. Mir ging gerade so vieles im Kopf herum, es war, als hätte sich mein Gehirn in ein Karussell verwandelt, das in einer Wahnsinnsgeschwindigkeit in meinem Kopf wirbelte und ab und an ein paar Gedanken an die Schädelwände schleuderte. Einer dieser Gedanken knallte eben an die Wand und zog meine Aufmerksamkeit auf sich. »Weißt du, dass schon lange kein Kerl mehr irgendwas in mich reingesteckt hat? Keiner außer Thor«, ich sah ihn an, »und der zählt nicht, weil der ist ja nicht echt.«

Ich hörte, wie Nathan scharf Luft holte.

»Es ist nicht einfach, weißt du? Wenn du dir manchmal wünschst, eine andere zu sein, und mutig und geliebt und schön«, sagte ich langsam und wurde plötzlich traurig.

»Das bist du, Cara. Das bist du alles. Und du wirst geliebt. Wir alle lieben dich. Ich liebe dich.«

»Aber du wirst auch nie etwas in mich stecken, weil du schwul bist.«

Nathan begnügte sich mit einem verzweifelten Stöhnen als Antwort. Vermutlich bereute er es bereits zutiefst, mich aufgelesen zu haben.

Ich blieb stehen und holte tief Luft. »Nathan?«

»Ja?«

»Ich glaub, mir ist schlecht.« Und damit beugte ich mich vor und erniedrigte mich endgültig.

»Es tut mir so leid!«

»Schon gut. Komm jetzt, ich bring dich nach Hause. Geht's denn?«

Ich nickte. Mit einem Schlag fühlte ich mich ernüchtert. Leider fühlte ich mich nur so, denn sonst hätte ich sicherlich nicht den ganzen Weg immer wieder betont, wie sehr mir das alles leidtat. Ich wäre sonst vor Scham gestorben oder zumindest endlich ruhig gewesen. Und ich hätte ganz bestimmt nicht ohne Unterlass von Nathan verlangt, mir bitte zu bestätigen, dass er mich trotz allem noch mochte.

Ich fürchte, Nathan war mehr als erleichtert, als er mir endlich mit sanfter Gewalt den Hausschlüssel entwinden konnte, nachdem er sich einen Moment meinen verzweifelten Versuch angesehen hatte, das Schlüsselloch zu treffen. Er öffnete die Tür und schob mich sanft hinein.

»Danke«, sagte ich zum ungefähr hundertsten Male an diesem Abend. »Du bist so nett.«

»Schon gut. Am besten, du legst dich gleich hin.«

»Danke«, sagte ich und schwankte ein wenig, als er mich losließ. »Ja, gehen wir ins Bett.«

Nathan räusperte sich. »Kommst du alleine klar?«

»Natürlich«, sagte ich und stieß mir die Hüfte an der Kommode, während ich ungeschickt versuchte, aus meinen Stiefeln zu kommen. »Alleine, kein Problem.«

Er seufzte wieder, dann ließ er sich umstandslos auf die Knie und zog den Reißverschluss meines Stiefelschafts hinab. Er zog mir den Schuh aus und stützte mich gleichzeitig mit der anderen Hand an meiner Hüfte ab, weil ich schon wieder bedenklich schwankte. Dann wechselte er die Hand und wiederholte die Prozedur mit dem anderen Stiefel.

»Uiuiui«, sagte ich und kicherte. »Mein Stiefelknecht. Kennst du das? Das ist so ein Ding aus Holz und man benutzt es, um aus seinen Stiefeln zu kommen.« Ich sagte Stie-hi-feln und fand das ungemein komisch. Anscheinend tat mir die warme Luft hier drin nicht gut. Hatte ich draußen noch gedacht, langsam nüchtern zu werden, kam jetzt der Alkohol mit Anlauf zurück. Ich fühlte mich gut, hier in meiner Wohnung, und supertoll, mit meinem vernebelten Verstand, und überhaupt war die ganze Welt wunderbar. Wu-hu-hun-der-bar, wie ich Nathan erklärte. Der nickte und sah mich aufmerksam an.

»Soll ich besser hierbleiben? Ist dir noch schlecht?«

»Nein«, bekannte ich fröhlich, »ist alles raus.«

Er schnitt eine Grimasse. Ich tat es ihm nach.

Nathan seufzte zum dritten Mal. »Was mache ich nur mit dir?«

»Was willst du denn machen? Reinstecken ist nicht, das hast du selbst gesagt.« Ich lachte mich schlapp über meinen Witz. Nathan hingegen zuckte zusammen und schien sich auf die Lippen beißen zu müssen, um nichts zu sagen.

»Ich kann dir ein Bier holen«, bot ich ihm höflich an.

Er schüttelte den Kopf. »Ich glaube, keiner von uns beiden braucht momentan etwas zu trinken. Jetzt komm schon, Cara. Ich bring dich ins Bett. Morgen geht es dir besser.«

»Danke schön«, sagte ich und entwand ihm meinen Arm. Selbst in meinem desolaten Zustand entging mir nicht, dass er langsam angenervt wirkte. »Ich bin kein Kind. Ich kann das alleine.« Und damit drehte ich mich um und versuchte, elegant ins Schlafzimmer zu verschwinden. Nur um mit reichlich Anlauf

auf den Türrahmen zu knallen, der, ich schwöre es, gestern noch zwanzig Zentimeter weiter rechts gewesen war.

»So, und jetzt leg dich hin.« Nathan hatte natürlich keine Wahl gehabt. Als echter Gentleman war er mir zur Hilfe geeilt, als ich mit der Stirn recht unsanft Bekanntschaft mit dem Türrahmen geschlossen hatte, und hielt nun doch wieder meinen Arm, um weitere Unfälle auf dem gefährlichen Weg zum Bett zu verhindern. Erst als ich dort stand, die Waden an der Matratze und mit dem Rücken zu derselben, sodass ich im Falle eines weiteren Unglücks wenigstens sanft landen würde, ließ er meinen Arm los und trat sofort ein paar Schritte nach hinten. Wahrscheinlich hatte er Angst, dass ich mich wieder übergeben würde.

»Muss mich erst noch abschminken«, sagte ich und wollte mich auf den Weg ins Badezimmer machen. Nathan überschlug im Kopf das Unfallpotenzial und vermutlich auch die Zeit, die ihn diese weitere Verzögerung kosten würde. Und die Nerven. Auf alle Fälle hob er recht schnell abwehrend die Hände.

»Nein, du kannst auch mal einen Tag so schlafen. Im Ernst, das geht. Leg dich bitte einfach hin.«

»Aber meine Zähne. Die muss man immer putzen.«

»Denen passiert nichts in einer Nacht. Und Alkohol tötet alle Bakterien ab.«

»Ja-ha«, sagte ich und lachte kurz auf. »Nimmt man ja auch zum Operieren, nicht?«

»Ganz genau«, erwiderte er und wirkte sehr wachsam, weil ich wieder angefangen hatte, ein wenig zur Seite zu schwanken. »Dann leg dich jetzt einfach hin und schlaf ein wenig.«

»Das mache ich.« Ich war auf einmal sehr müde und der Gedanke, unter meine Bettdecke zu kriechen, war extrem verführerisch.

»Gut«, sagte Nathan und entspannte sich sichtlich.

»Aber erst muss ich mich ausziehen«, nuschelte ich und riss mir ohne Umstände die Bluse vom Leib.

Nathan stöhnte auf. Ich glaube zumindest, dass er das tat, aber ich war recht beschäftigt, aus dieser dummen, engen Superstretch-Hose zu kommen, die zwar zugegebenermaßen eine tolle Figur machte und vor allem den Hintern eindeutig praller erscheinen ließ, als er war, aber die sich jetzt an meine Beine klammerte wie Superkleber und sich nicht runterziehen ließ und die letztendlich Schuld daran hatte, dass ich mir beinahe auf dem Schlafzimmerboden die zweite Beule des Abends holte. Wieder einmal rettete Nathan mich, indem er zu einem Hechtsprung ansetzte und mich gerade noch packen konnte, ehe ich aufknallte. Er hatte sich selbst auf den Boden werfen müssen und kniete nun praktisch, mit mir in seinen Armen. Langsam ließ er sich auf seine Hacken hinab und ich mich an seine Brust sinken. Was war ich müde. Und was war es hier gemütlich und heimelig und einfach schön. Ich schloss die Augen.

»Cara.« Ein wenig Verzweiflung könnte schon mitgeschwungen haben. »Cara, du musst ins Bett.«

Wir kämpften uns hoch und er arbeitete dabei vielleicht ein ganz klein wenig mehr mit als ich. Schließlich standen wir da und Nathan atmete auf. Auf alle Fälle atmete er, und zwar ganz schön schwer. Und dann merkte ich, dass er mich anstarrte. Ich sah an mir hinab und dann wieder zu ihm. Sein Blick war nicht das, was man normalerweise in dieser Situation erwartet hätte. Er wirkte fast gequält und mit einem Mal war mir zum Heulen zumute.

»Du magst sie auch nicht.«

»Was?«

»Du magst sie auch nicht«, schniefte ich jetzt und packte meine Brüste mit beiden Händen. »Ich hab's ja gesagt, die Schwerkraft hat sie voll erwischt. Und warte nur ab, wenn ich den BH ausziehe, dann hui, geht der Aufzug nach unten.«

»Nein!« Er war so schnell wie der berühmte Blitz. Er packte meine Hände und hielt sie an beiden Handgelenken fest. »Nein, Cara«, sagte er langsam und deutlich.

»Schon gut«, schniefte ich und heulte dann einfach los. »Keine Angst, du musst sie nicht sehen. Ich weiß Bescheid.«

»Cara«, sagte er und klang nun gar nicht mehr wie er. Irgendwie sanft und hilflos und gleichzeitig ziemlich wütend. »Dein Busen ist völlig in Ordnung. Nein, jetzt heule doch bitte nicht. Er ist schön, wirklich. Ich finde ihn wunderschön. Es ist der schönste, den ich je gesehen habe.«

»Klar«, sagte ich und ließ zu, dass er mich mit sanfter Gewalt auf mein Bett drückte. »Du bist ja auch schwul. Was verstehst du schon von Titten?«

Kapitel 22

Nathan

Ich ließ mich auf Caras Sofa sinken und schlug die Hände vors Gesicht. Ich war erledigt. Nass geschwitzt und am Ende meiner Kräfte und absolut erledigt. Dann strich ich mir ein paar Strähnen aus der Stirn, die sich im Trubel gelöst hatten, und sah mich um. Gegenüber an der Wand hing ein Schild. Ich las die Worte halblaut. *Old enough to know better, young enough to do it anyway.* Ich stöhnte. Ganz genau, dachte ich. Ich hätte das nicht zulassen dürfen. Ich hätte es irgendwie verhindern müssen. Nie mehr, hatte ich mir geschworen, würde mir das passieren. Und dann kam Cara und ich war am Arsch.

Drüben stöhnte sie leise und ich lauschte einen Moment. Ich sollte mich auf die Suche nach einem Eimer oder Ähnlichem machen. Ich sollte sie auf gar keinen Fall alleine lassen. Und noch weniger sollte ich hierbleiben.

Das Stöhnen wurde lauter und ich stand auf und sah mich um. Die Küche, gut. Ich öffnete wahllos ein paar Schränke, ehe ich eine große Plastikschüssel fand, die ausreichend sein sollte für alle Eventualitäten. Leise ging ich zurück ins Schlafzimmer. Sie hatte die Decke, unter die ich sie mühsam gepackt hatte, abgeworfen und lag ausgestreckt da, mit nichts anderem als dieser knappen Unterwäsche, die mehr zeigte, als sie verbarg. Ob sie die für diesen Alfie angezogen hatte? Ich spürte, wie sich meine Wangenmuskeln verkrampften. Ich hätte meinem Drang nachgeben sollen und ihm eine verpassen, vorher, als ich die Gelegenheit dazu hatte. Dieser Dreckskerl hatte Cara heute Abend reingelegt, so viel war sicher. Er hatte bei Weitem nicht so betrunken gewirkt wie sie, allenfalls etwas angeheitert. Glühwein mit Amaretto, dachte ich und ballte unwillkürlich die Hände zu Fäusten. Wenn nicht sogar etwas härteres. Der hatte sie heute systematisch abgefüllt, während er selbst zusah, dass er bei Verstand blieb. Und er hätte ihren

Zustand ohne zu zögern ausgenutzt, das war mir klar. Er hatte genug von ihren Spielchen und dem Hinhalten und jetzt beschlossen, das Ganze ein wenig zu forcieren. Ich war mir sicher, dass es so gewesen war, denn ich kannte dieses Spiel nur zu genau. Wenn ich auch selbst wenigstens das nie nötig gehabt hatte, so war es doch ein beliebter Wochenendsport bei vielen Kollegen gewesen. Sie hatten damit geprahlt, wenn sie montags wieder zur Arbeit gekommen waren, und wer es geschafft hatte, ohne dass die arme Frau sich unterwegs übergeben hatte, war der Champ. Ich schloss für einen Moment die Augen. Ich wollte nicht weiter nachdenken, mir nicht ausmalen, wie diese Nacht ausgegangen wäre, wenn ich nicht zufällig auf die beiden gestoßen wäre. Ob sie es gewollt hätte? War Cara vielleicht genau deshalb mitgegangen, damit der Abend so endete? Scheiße, sie war doch nicht blöd und sie war kein naives junges Ding. Sie konnte die Menschen einschätzen und was ich bisher über diesen Alfie gehört hatte, schätzte sie ihn ganz ähnlich ein wie ich. Und doch hatte sie sich von ihm abfüllen lassen.

Cara drehte sich und der unglückselige BH verrutschte leicht. Ich schluckte und zog dann entschlossen die Decke über sie. Wie konnte sie etwas gegen diese Brüste haben? Wie konnte irgendein dahergelaufener Typ ihr einreden, dass sie nicht wunderschön waren? Was würde ich dafür geben, sie jetzt anzufassen, meine Hände darum zu schließen und ihre Wärme zu fühlen? Ich trat rasch einen Schritt nach hinten. *Nimm dich zusammen*, flüsterte ich mir selbst zu. *Verschwinde und komm nie mehr zurück.*

Ich verschwand nicht, obwohl es das Einzige gewesen wäre, was ich wirklich hätte tun sollte. Aber ich redete mir ein, dass ich sie nicht alleine lassen durfte und dass ich mich ins Wohnzimmer zurückziehen würde und dass morgen mit dem ganzen Mist sowieso Schluss wäre. Aber diese eine Nacht wollte ich hierbleiben, und wenn es in einem anderen Zimmer war. Hierbleiben und wissen, dass die Frau, die ich mit einem Mal mehr wollte als alles andere, nur ein paar Schritte entfernt von mir war.

Ich erwachte früh aus einem unruhigen Schlaf, weil es laut polterte. Erschrocken fuhr ich hoch und brauchte einen Moment, um zu erfassen, wo ich war und was vorgefallen war. *Scheiße.* Auf das Poltern folgte ein Stöhnen und alarmiert eilte ich ins Schlafzimmer. Cara kniete neben ihrem Bett und sah mit großen, erschrockenen Augen zur Tür, in der ich so plötzlich auftauchte. Sie stieß sogar einen überraschten kleinen Schrei aus, als sie mich sah, dann atmete sie tief ein und schien zu begreifen, wer da in ihr Schlafzimmer gestürmt war.

»Nathan«, sagte sie und ich nickte dämlich. Dann sah sie an sich hinab und realisierte, dass sie außer dieser Wäsche nichts trug.

»Scheiße!«, schrie sie und riss hektisch die Decke vom Bett. Ich drehte mich um, während sie sich auf die Beine kämpfte.

»Alles gut bei dir?«, fragte ich vorsichtig und starrte stur auf die Wand vor mir.

»Sieht es so aus, als ob alles gut wäre?«, gab sie leicht hysterisch zurück. »Was machst du hier? Was mache ich hier? Wo sind meine Klamotten? Und ... oh, ist mir schlecht.«

»Komm schon, das ist in Ordnung.«

»Das ist es nicht. Du hast mich kotzen sehen.«

»Ja.« Ich grinste. »Und nicht nur heute.«

»Nein«, stöhnte sie und griff sich an den Kopf.

Ich schob ein Glas Wasser über den Tisch. »Hier, trink. Das wird dir helfen.«

»Ich kann mich an kaum etwas erinnern«, sagte sie und kniff die Augen ein wenig zusammen. »Ich war schlimm, oder?«

»Na ja«, sagte ich und sie stöhnte erneut.

»Wie schlimm? Auf einer Skala von eins bis zehn?«

Ich tat, als müsse ich überlegen. »Fünf.«

»Fünf«, wiederholte sie dumpf und vergrub die Hände erneut im Gesicht. »Was ist mit Alfie und den anderen? Haben die das mitbekommen?«

»Welche anderen?«

»Frank und Georg und Martha.«

»Als ich kam, wart ihr nur zu zweit.«

Sie kniff die Augen zusammen. »Stimmt. Die sind gegangen und ich wollte mit. Aber Alfie hat darauf bestanden, dass wir noch einen letzten Drink nehmen. Irgendetwas ganz Tolles. Es war mächtig süß und schmeckte ziemlich ungewohnt …« Sie verstummte.

»Du hattest ganz schön einen in der Krone«, sagte ich leise.

Sie stöhnte erneut, dann schlug sie die Augen nieder. Ihr Blick fiel auf ihren Bademantel, dessen Öffnung sich leicht verschoben hatte. Hastig griff sie danach und raffte ihn zusammen. »Hast du mich ausgezogen?«

»Nein.«

»Und du warst die ganze Nacht hier?«

»Ich war im Wohnzimmer. Falls du wieder … falls es dir noch einmal schlecht wird.«

»O Gott.« Sie stützte den Kopf ab und atmete tief ein und aus. »Es tut mir so leid. Echt, ich schäme mich so. Und ich fühle mich total beschissen. Ich habe einen Filmriss, glaube ich. Ich kann mich nicht erinnern …«

»Alles gut. Soll ich dir was sagen?« Sie sah so angeschlagen aus, dass ich alle Vorsicht fahren ließ. »Du warst sogar ziemlich süß gestern.«

»Danke«, sagte sie dumpf. Dann hob sie langsam den Kopf. »Alfie …«

»Den haben wir stehen lassen.«

»Wollte er mit mir ins Bett?«

»Was?«

»Wollte er? Ich meine, du als Mann, kannst du das einschätzen? Wollte er es wirklich?«

»Ja.« Ich stand auf und schob ihr die Wasserflasche hin. »Ich kann es einschätzen und er wollte es wirklich.«

Ich flüchtete mich ins Bad und goss mir literweise kaltes Wasser über den Kopf. Dann griff ich nach dem Handtuch und trocknete mir die Haare. Mein Gesicht im Spiegel war bleich und steinern und so fühlte ich mich auch. *Scheiße.* Sie fragte nach diesem Dreckskerl und so wie es klang, fragte sie, weil sie hören wollte, dass er scharf auf sie war. Damit wäre die Frage geklärt, für wen sie diese Unterwäsche angezogen hatte. Und ich musste ihr entweder sagen, was der Mistkerl für ein falsches Spiel mit ihr gespielt hatte, oder zusehen, wie er sie verletzte. Beides war keine Option. Doch wenn ich alles andere außer Acht ließ, was mich heute Nacht wie ein Gewittersturm überrannt hatte, dann war ich immerhin ihr Freund. Ihr bester schwuler Freund, der ihr versprochen hatte, immer für sie da zu sein. Und der damit die Verpflichtung hatte, ihr alles zu sagen. Alles von Alfie, dem getunten Glühwein und der altbekannten Masche, sich an einer betrunkenen Frau abzureagieren. Und wenn ich schon dabei war, würde ich mit ihr auch über ihren Hang zu einem Gläschen oder zwei reden müssen. Vermutlich war das dann das Ende unserer Freundschaft, aber ich musste es dennoch tun. Und vermutlich sollte ich froh sein, wenn sie mich hinterher nie mehr sehen wollte.

Kapitel 23

Cara

Als Nathan aus dem Bad zurückkam, saß ich immer noch am Tisch, die Hände vor dem Gesicht, und lauschte den wirren Gedanken, die in mir aufstiegen. Ich hoffte schwer, dass es sich dabei um die Nachwirkungen des Alkohols handelte, denn was sich da in winzigen Bildern vor meinem inneren Auge aufbaute, war einfach zu schrecklich. Wortfetzen zogen durch meinen Kopf, bei denen ich mir am liebsten die Hände auf die Ohren gepresst hätte. Von innen.

»Besser?«, fragte er und ich nickte, auch wenn es nicht stimmte.

»Denkst du, dass du schon einen Kaffee vertragen kannst?«, fragte er sanft und ich nickte erneut. Alles, was helfen könnte, dieses Wirrwarr in meinem Schädel zu vertreiben, war willkommen.

Nathan machte sich umständlich an der Maschine zu schaffen und öffnete einen Schrank.

»Links«, sagte ich müde und er holte zwei Tassen heraus. Dann wartete er schweigend, bis der Automat so weit war, und ich war wieder meinen Gedanken überlassen.

Der heiße Kaffee tat gut, allein schon der Geruch machte mich ein wenig ruhiger. Ich nahm einen vorsichtigen Schluck und wartete, ob mein Magen rebellieren würde. Er tat es nicht und ich nahm einen zweiten. Diese elenden Kopfschmerzen ließen endlich ein wenig nach und ich rieb mir dankbar die Schläfen.

»Habe ich mich schon bei dir bedankt? Ich weiß nicht, was ich getan hätte ohne dich.«

Er sagte nichts, aber sein Gesicht war mir Antwort genug. Eigentlich hätte er jetzt abwinken müssen und sagen, dass es schon alles nicht so schlimm gewesen war. Dass er es nicht tat, sprach Bände.

»Also gut. Die Tablette wirkt und mein Magen ist robust genug, um den Kaffee drin zu behalten. Ich denke, ich vertrage auch den Rest.«

»Sicher?«

»Ich kann das ertragen. Sag schon und lüg mich nicht an.«

»Du warst betrunken.«

»Vielen Dank.« Ich verzog das Gesicht. »Daran hätte ich mich nicht mehr erinnert.«

Nathan lachte leise. »Du warst sturzbesoffen.«

Ich rieb mir die Augen. »Ich hatte nicht mehr als Alfie. Und nur einen Becher mehr als die anderen. Vielleicht zwei, höchstens. Und als die gingen …« Ich dachte nach. »Als die gegangen sind, ging es mir noch gut. Dann hat Alfie Nachschub geholt …«

»Und dir das Spezialzeug untergejubelt.« Nathan fixierte mich. »Cara, wusstest du, dass das kein gewöhnlicher Glühwein war?«

»Er hat etwas gesagt.« Ich runzelte die Stirn. »Aber er sagte, das wäre im Prinzip Kinderpunsch mit einem Schuss Amaretto, auch nicht stärker als das übliche Zeug.«

»Er hat dich belogen. Und er hat sich selbst keine Spezialmischung verpasst. Er war noch recht gut bei Sinnen, als ich euch traf.«

Ich nickte langsam. »Aber weshalb hat er das gemacht? Was war der Zweck? Wenn er daran interessiert war, dass die Nacht noch weiterging, dann hätte er doch nicht gewollt, dass ich mich abschieße, oder?«

Nathan sagte nichts.

»Was hätte er davon gehabt? Wenn ich nicht mehr in der Lage gewesen wäre, einen normalen Satz zu formulieren und …«

»Meinst du im Ernst, dass er daran Interesse hatte? Dass du gepflegte Konversation mit ihm machst?« Nathan wirkte plötzlich ungewohnt zornig. »Cara, denk doch nach. Der wollte dich abfüllen und abschleppen.«

»Aber … Ich konnte kaum noch gehen. Wie hätte ich da …« Ich brach ab, zu verlegen, um den Satz zu Ende zu bringen.

»Ganz genau. Und das war offensichtlich der Plan. Dieser großartige Alfie wohnt nicht zufällig in der Nähe?«

»Doch«, sagte ich langsam. Er hatte das mit einem Augenzwinkern erwähnt, als die Kollegen gegangen waren. Dass er ganz in der Nähe ein Zimmer hatte und dass er sich um mich kümmern würde. Sein Blick dabei war mir aufgefallen, doch ich hatte es wohl falsch eingeschätzt. Ich war mir sicher gewesen, die Situation absolut im Griff zu haben. Alfie im Griff zu haben. Und ihn ein weiteres Mal auf dem Trockenen stehen zu lassen, wenn der Abend zu Ende war. Ich hatte, als ich hier wegging, tatsächlich darüber nachgedacht, dass es vielleicht passieren könnte, dass ich eventuell alle Hemmungen fallen lassen könnte und ihm glauben, dass er es ernst meinte. Der Gedanke hatte mich elektrisiert. Nicht weil ich in ihn verliebt war, sondern weil ich dachte, er gäbe mir Macht. Macht und endlich das Gefühl, nicht immer nur zweitrangig zu sein.

Als Nathan beharrlich weiter schwieg, sah ich ihn an. »Aber ich war komplett dicht. Im Ernst, Nathan, vermutlich hätte ich mich übergeben, wenn wir versucht hätten … Ich habe mich übergeben. Zweimal. Ohne dass ich … Oh mein Gott.«

Nathan seufzte. »Besser so.«

»Es tut mir leid«, sagte ich wieder. »Aber das zeigt doch, dass wir falschliegen. Oder nicht?« Ich hörte das Flehen in meiner Stimme und sah das Mitleid in seinen Augen. »Nein. Nein, das würde nicht mal Alfie tun.«

»Cara.« Ich sah, wie er sich straffte, und hatte erneut den Wunsch, mir die Ohren zuzuhalten. »Das ist eine Art Sport bei einer gewissen Sorte Männer. Wenn sie nicht so will wie gewünscht, dann füllt man sie ab.«

»Aber ich hätte doch gar nicht mitmachen können.«

»Darauf kommt es nicht an.« Er stand jählings auf und ging zum Fenster. Mit dem Rücken zu mir blieb er stehen. Seine Stimme klang völlig emotionslos. »Du wärst dort gewesen. Das ist alles, was zählt.«

Ich spürte, wie mein Magen nun doch gegen den Kaffee rebellierte. »Nein. Nein, das denkst du dir aus.«

»Ich habe es erlebt. Ich weiß, wie das läuft.«

Ich erstarrte. Himmel, das hatte ich nicht hören wollen. Ich dachte, dass das nur bei uns Heteros so scheiße lief. »Das tut mir leid«, flüsterte ich.

»Was? Nein! Du verstehst das falsch. Es ist nicht mir passiert. Und ich habe das auch nie getan«, fügte er hinzu, als glaubte er wirklich, dass ich das von ihm denken könnte. »Es war eine Art Sport, den die Kollegen gerne ausübten.«

»Sport«, wiederholte ich dumpf.

»Es tut mir leid.« Nun war es an ihm, den Satz des Tages zu wiederholen.

Ich presste mir die kühlen Handflächen an meine heißen Schläfen. Die ganze Zeit schon pochte dahinter ein Gedanke und ich war versucht, ihn niederzuringen. Doch er trieb immer wieder nach oben. *Mein Abend. Mein Mädchen. Mein Scheißgeld in ihr,* hörte ich Alfies gehässige Stimme. Und dann Nathan, scharf wie ein Messer: *Und das ist alles, was von dir in ihr stecken wird.* Ich stöhnte, dann sprang ich auf. Der Kaffee musste raus.

Ich blieb lange im Bad. Als ich in den Spiegel sah, erschrak ich mich fast zu Tode. Ich sah aus wie eben jener, bleich und mit zotteligen Haaren und riesigen Augen, unter denen die größten Schatten lagen, die auf ein Gesicht passten. Auf meiner Stirn prangte eine nette kleine Beule, die bereits dabei war, sich leicht ins Grünliche zu verfärben. Eine Weile saß ich einfach auf dem Klo und weigerte mich zu denken. Dann hämmerte Nathan an die Tür.

»Alles klar bei dir? Brauchst du Hilfe?«

»Nein«, rief ich zurück. »Ich werde nur schnell unter die Dusche springen, wenn es in Ordnung ist.« Ich riss mir den Bademantel vom Körper und sah mich dabei selbst im Spiegel. Dann blitzte ein weiteres schreckliches Bild auf. Ich ließ mich auf den Boden sinken. Ich würde den Rest meines Lebens in diesem Badezimmer verbringen müssen.

Ich verließ es natürlich wieder, weil Nathan irgendwann penetrant gegen die Tür hämmerte und drohte, dass er jetzt wirklich reinkäme, wenn ich nicht freiwillig hinauskam. Zu diesem Zeitpunkt hatte ich fast eine Viertelstunde unter dem Wasser gestanden. Es nutzte nichts, weder die Scham noch die Bilder ließen sich mit Duschgel entfernen. Ich trocknete mich ab und schlang mir ein Handtuch um den Kopf. Dann wickelte ich mich, so fest es ging, in meinen Bademantel und holte tief Luft.

Nathan stand ein paar Meter entfernt und seinem Gesicht nach machte er sich wirklich Sorgen, dass ich mich unter der Dusche ertränken könnte. Keine schlechte Idee, nur leider kam sie mir etwas zu spät. Ich holte noch einmal tief Luft.

»Es tut mir leid.«

»Das sagtest du bereits. Was genau meinst du jetzt?« Nathan klang unendlich geduldig, sehr nett und so wunderbar nach ihm selbst, dass mir die nächsten Worte ein bisschen leichter fielen.

»Das mit meinen Brüsten.«

Er starrte mich an. Immerhin hatte ich das Überraschungsmoment auf meiner Seite. Dann wandte er den Blick ab und machte eine seltsame kleine Geste.

»Vergiss es.«

»Was?«

»Es ist in Ordnung.«

»Nein.« Ich suchte die Worte zusammen, die ich mir vorher überlegt hatte. »Es ist nicht in Ordnung. Es ist ... umgekehrte sexuelle Belästigung und ich will mich entschuldigen. Es tut mir leid. Ich weiß, dass du dich nicht dafür interessierst, und ich weiß absolut nicht, was mich da geritten hat. Ich gehe normalerweise nicht mit ihnen hausieren und ich zeige sie auch nicht jedem, und, oh Gott, ich frage die Leute auch nicht, ob sie ihnen gefallen oder ob sie sie anfassen wollen und testen, ob sie in Ordnung sind. Es tut mir leid. Ehrlich, ich verspreche es dir, das wird nie wieder vorkommen. Du bist ab sofort absolut sicher vor ihnen.«

Kapitel 24

Nathan

Das Einzige, was mir einfiel, war das Falsche. Ich sah ihren Blick, die verzweifelte Bitte, diese Situation mit Würde zu tragen und sie irgendwie aus ihrer Scham zu retten. Deshalb nickte ich und sagte langsam: »Gut. Dann wäre das ja geklärt.«

Was hätte ich auch sonst sagen sollen? Dass ich die ganze Nacht dieses Bild vor Augen hatte? Dass sie sich täuschte, wenn sie dachte, sie wären nicht wunderbar? So wunderbar wie sie selbst? Dass ich mir nichts mehr wünschte, als dass sie sie auspackte und mir zeigte und ich sie, oh Gott, anfassen dürfte und meinen Kopf zwischen ihnen vergraben? Ich drehte mich um und sah aus dem Fenster. Cara schlüpfte zurück an den Tisch und saß stumm da.

»Es wird sich doch nichts ändern?«, fragte sie plötzlich leise. »Du bleibst mein Freund, oder?«

Langsam drehte ich mich um. »Ja. Ich bleibe dein Freund.«

»Gut«, sagte sie und holte tief Luft. »Mit der Schande kann ich leben. Ohne dich nicht.« Sie lachte leise, ein eigentümlich trauriges Geräusch. »Seltsam, was? Die ganzen Jahre hatte ich keine Freunde, und das war völlig in Ordnung, dachte ich. Und dann kommst du und plötzlich ist der Gedanke, dass ich dich nicht mehr sehen könnte, ganz schrecklich. Ich brauche dich, Nathan. Du hast gemerkt, wie sehr ich dich brauche. Jemanden, auf den Verlass ist. Der mich nicht nur benutzen will. Und der mich bremst, wenn ich wieder durchdrehe.«

»Und weshalb bist du durchgedreht? Weshalb hast du diesen Kerl nicht schon längst zum Teufel gejagt? Du bist eine clevere Frau. Wie konntest du das nicht bemerken?«

»Ich wollte es nicht bemerken. Ich wollte einfach auch einmal ein Stück vom Glück.«

»Indem du dich zulaufen lässt?« Ich merkte, wie sich meine Stimme veränderte. Mein Zorn auf Alfie und auf mich, auf diesen unzuverlässigen Körper, der sich nach ihrem sehnte, und mein schwaches Herz, das sich Hoffnungen auf etwas machte, was nicht zur Debatte stand, all das bündelte ich nun und richtete es gegen sie.

»Nein.« Wie zu erwarten war, sah sie ziemlich erschrocken aus wegen meines Ausfalls. »Natürlich nicht.«

»Nein?« Ich versuchte mich zu bremsen, aber es war zu spät. »Und dennoch tust du es immer wieder. Seit Wochen beobachte ich das. Bei jeder Gelegenheit kippst du dir ein Gläschen oder zwei hinter die Binde.«

»Nathan ...«

»Du hast sogar Eliza dazu geraten, es zu probieren. Ein Schnäpschen, um lockerer zu werden.«

»Aber das tun doch alle.«

»Nein. Nein, Cara, das tun nicht alle. Nicht in diesem Maße. Nicht mit System.«

»Ich mache es auch nicht mit System«, begehrte sie auf.

»Natürlich tust du das. Und du merkst es gar nicht mehr. Du bist es schon so gewohnt, dass es dir nicht mehr auffällt. Wie war das gestern? Warum hast du nicht aufgehört?«

»Weil es mir Mut gemacht hat«, sagte sie leise.

»Alkohol macht nicht mutig. Er macht nur dumm. Und er bringt dich dazu, Sachen im falschen Licht zu sehen.«

»Auch mich, was?«, fragte sie tonlos.

»Du hast das nicht nötig. Mein Gott, Cara, du brauchst das nicht. Du bist eine so großartige Frau ...«

»Und eine Schnapsdrossel.« Sie sah mich nicht an.

»Cara, bitte. Stopp das, solange es geht. Dieser Weg ... es ist so einfach, sich einzureden, dass Alkohol alles leichter macht. Und am Anfang ist es vielleicht harmlos, aber dann gewöhnst du dich daran. Und du denkst, dass du es brauchst ...«

»So war es vielleicht bei dir. Aber nicht bei mir. Ich saufe nicht. Ich trinke ab und zu etwas. Wenn ich denke, es zu ...« Sie verstummte.

»Es zu brauchen«, beendete ich langsam ihren Satz. »So beginnt es. So beginnt es immer. Und ja, ich weiß Bescheid. Weil ich diesen Weg auch gegangen bin. Weil ich dachte, ich hätte es im

Griff. Und dass ich das jederzeit beenden könnte, wenn ich es wollte. Aber ich wollte nicht, weil es mir half. Es hat mich stark gemacht und mutig. Ich war plötzlich ein toller Hecht, dem alles gelang. Ich hatte schlagartig, was ich so lange begehrte. Die Welt lag mir zu Füßen. Bis ich es war, der am Boden lag. Und viel zu spät bemerkte, was ich alles verloren hatte in meinem Rausch.« Ich stoppte und holte keuchend Luft, als wäre ich gerannt. Das hatte ich nicht sagen wollen. Das hatte ich nie mehr sagen wollen.

»Wie lange bist du schon trocken?«, fragte Cara leise.

»Ich habe nie getrunken.« Ich stand auf und sah sie an. Diese Augen, die mir alles entlocken wollten. Den Mund, leicht geöffnet, als erwarte er einen wunderbaren Kuss. Dann drehte ich mich um. »Du kommst jetzt alleine klar, oder? Es tut mir leid, ich muss los. Ich sollte schon längst auf dem Markt sein.« Ich wartete ihre Antwort nicht ab. Ich eilte aus der Wohnung, als wäre der Teufel hinter mir her, und tatsächlich war er das. Die Dämonen waren wieder da und ich musste mich endlich dem Kampf stellen, vor dem ich so lange geflüchtet war.

An diesem Tag durchlebte ich noch einmal die schrecklichen Stunden, die mich vor vier Jahren mit solcher Macht überrannt hatten, dass ich wirklich dachte, sterben zu müssen. Es war eine sehr reale Angst gewesen und es war ein harter Weg gewesen, dieser Gefahr zu entkommen. Ich hatte buchstäblich am Boden gelegen, klein und zusammengekrümmt. In jenen Stunden hatte ich entschieden, dass ich leben wollte. Dass ich es anders machen wollte. Und ich hatte gewusst, dass ich damit vieles hinter mir lassen müsste. Dass ich nie ganz wegkommen würde, dass die Gefahr immer an meiner Seite war. Und dass ich damit auch eine Gefahr für andere wurde. Für Menschen, die ich liebte. Und ganz besonders für Menschen, die anfällig waren, ähnlich abzurutschen.

Wenn ich klar hätte denken können, dann hätte ich vielleicht gesehen, dass Cara stärker war als ich. Und doch, auch ich war stark gewesen, hätte mir nie träumen lassen, dass diese Dinge mir passierten. Ich hatte die Gefahr unterschätzt und war mitten hineingelaufen. Und ich würde nicht mit ansehen, wie sie das auch tat. Es war mir bewusst, dass die Sachlage eine andere war, und trotzdem wusste ich, dass sich das ganz schnell ändern konnte. Mich hatte niemand gebremst. Im Gegenteil, mich hatten sie alle weiter hineingetrieben, mir das Gefühl gegeben, dass es cool war und richtig. Hätte ich rechtzeitig aufgehört, wenn Abigail mich gestoppt hätte? Wenn sie mit mir gesprochen hätte, mir vor Augen geführt, was ich da tat? Ich konnte es nicht sagen. Ich hatte es nicht erlebt, Abigail hatte nie versucht, mir das auszureden. Sie hatte sich stattdessen von mir mitziehen lassen, hatte mir geglaubt, dass es harmlos war und sozusagen dazugehörte. Aber sie hätte es ohne mich nie angefangen. Und deshalb war es alleine meine Schuld, dass sie in diesem Sumpf landete. Und alles, was dann kam, war ebenfalls meine Schuld. Deshalb musste ich jetzt eine Entscheidung treffen. Ich musste mich von den Menschen fernhalten, die mir vertrauten, die glaubten, ich wüsste, was ich tat. Es durfte sich nicht wiederholen. Das hatte ich mir geschworen, als ich da am Boden lag und zitterte und dachte, dass ich den nächsten Tag nicht mehr erleben würde, weil mein Herz so sehr hämmerte und völlig außer Kontrolle war. Als mich die Panikattacken mit solcher Wucht niederdrückten, dass ich keine Luft mehr bekam, im wahrsten Sinne das Wortes. Und weil ich eine Schuld auf mich geladen hatte, die ich mein Leben lang sühnen musste und die so schwer war, dass jeder, der davon wusste, sich abwenden und mich verlassen würde. Wie sollten sie mir etwas vergeben, was ich mir selbst nicht verzeihen konnte? Ich konnte nur flüchten und der Frau aus dem Weg gehen, die mein Glück hätte sein können.

Kapitel 25

Cara

Nach Nathans abruptem Abgang schleppte ich mich wieder ins Bett. Obwohl ich total fertig war, war an Schlaf nicht zu denken. Zu vieles ging mir im Kopf herum und ich wusste aus Erfahrung, dass ich keine Ruhe finden würde, ehe ich mich dem ganzen Mist nicht gestellt hatte. Es gab kein Thema, das auch nur annähernd angenehmer als das andere gewesen wäre, also begann ich einfach bei »A«. A wie Alfie.

Nathans Theorie war nicht besonders schön, doch je länger ich darüber nachdachte, desto sinniger erschien sie mir. Er war niemand, der hinter jeder Ecke Verschwörungstheorien vermutete, und ich kannte ihn als intelligenten, reflektierten Menschen. Und seine Behauptung, dass das durchaus öfter vorkam, hatte überhaupt nicht panisch geklungen oder übertrieben, sondern erschreckend wahr. In seinem Gesicht war ein Ausdruck gewesen, den ich nicht mit Lügen in Einklang bringen konnte. Weitere Erinnerungsfetzen tauchten auf. Frotzeleien zwischen Alfie, George und Frank, in denen es darum ging, wer den längeren Atem hatte und wer jetzt endlich mal Nägel mit Köpfen machen würde. Ich hatte es mitgehört, sie hatten keine Scheu gehabt, das alles vor meinen Ohren zu besprechen. Aber ich hatte doch im Traum nicht daran gedacht, dass Alfie an diese Art Nägel dachte. Jetzt, mit meinem neuen Hintergrundwissen, passte es ausgezeichnet. Ich hatte geglaubt, dass Alfie langsam wahnsinnig wurde vor, nun ja, Lust auf mich, aber es passte genauso gut, dass er mich einfach einmal hatte haben wollte, weil mittlerweile die ganze Firma darüber tuschelte, ob er sich an mir die Zähne ausbeißen würde. Die Eroberung der Eiskönigin war ausgerufen worden und er wollte als Sieger hervorgehen, egal mit welchen Mitteln. Es ging nur darum, den anderen zu sagen, dass er mich bestiegen hatte. Es ging nicht um mich als Person, als Menschen, den man so toll fand, dass man ganz wuschig wurde. Es ging tatsächlich nur darum, eine weitere Eroberung zu verbuchen.

Nicht weniger angenehm war das zweite A-Thema, doch in dieser Hinsicht war ich nicht so leicht zu überzeugen. In diesem Punkt hatte Nathan fraglos übertrieben. Er hatte mich hingestellt, als wäre ich eine Alkoholikerin, und da musste ich ganz vehement widersprechen. Ich soff mir mein Leben nicht schön. Ich brauchte keinen Alkohol, um den Tag zu überstehen. Ich trank oft tagelang gar nichts. Nun ja, ein Gläschen Wein am Abend vielleicht, aber hey, das war doch nicht saufen. Gut, in Gesellschaft hatte ich in letzter Zeit ein wenig mehr gehabt, aber ich war nie betrunken gewesen. Ich wusste, wann ich aufhören musste, und ich hörte auf. Ich bunkerte weder Schnaps noch sonst etwas. Okay, ich hätte Eliza vielleicht nicht dazu überreden sollen, es zu versuchen, aber ich hatte sie in keiner Weise gedrängt. In diesem Punkt, da war ich mir sicher, war tatsächlich seine Fantasie mit ihm durchgegangen. Er hatte selbst ein Problem damit, das wussten wir, und er hatte Angst, dass ich es, wie er, nicht beherrschen konnte. Einerseits fand ich das nett, weil er sich Sorgen machte, andererseits war ich dennoch verletzt, weil das Bild, das er offensichtlich in diesem Zusammenhang von mir hatte, nicht besonders schön war und ich nicht wollte, dass er mich so sah. *Ich habe nie getrunken*, hatte er gesagt. Sein Tonfall war sehr emotionslos gewesen und wahrscheinlich bedeutete das übersetzt *Ich habe gesoffen wie ein Loch*. So sah er mich also. Tja, ich hatte noch nie viel darauf gegeben, was andere von mir dachten. Dann drehte ich mich auf die Seite. Wem log ich hier etwas vor? Natürlich gab ich etwas drauf. Seit Ada in mein Leben getreten war und ich Kate, Eliza und Allie kennenlernte, seit ich spürte, dass sich in mir Sachen verschoben, gab ich weit mehr auf die Meinung anderer, als ich zugab. Ich hielt die Maske weiter vor mein Gesicht, tat nach außen, als ob mich nichts berührte, doch so war es nicht. Und weil das so war und ich angefangen hatte, unsicher zu werden, hatte ich auch begonnen, mir Mut anzutrinken. Mut, den ich früher einfach so gehabt hatte.

Und jetzt hatte mir Nathan wieder ein Stückchen dieses Mutes genommen. Mit seiner Ansage heute hatte er mich weit mehr getroffen, als ich ihm gezeigt hatte. Ihn hatte ich mir bis zum Schluss aufgehoben, denn noch schlimmer als seine Unterstellung, ich könne zu viel trinken, fand ich mein Verhalten. Und das ging ja in der Tat auf zu viel Alkohol zurück, was direkt mal ein Punkt für ihn war. Dann holte ich tief Luft und rekapitulierte den Schaden in seinem ganzen Ausmaß. Ich hatte mich von ihm dabei erwischen lassen, wie Alfie mich begrapschte wie ein billiges Flittchen. Dieses Bild hatte mich unter der Dusche überrascht und dafür gesorgt, dass ich mich beinahe ein weiteres Mal übergeben hätte. Und wo wir gerade beim Thema waren: Ich hatte mich in seiner Gesellschaft erbrochen, und zwar gleich mehrfach. Ich hatte ihm erzählt, dass ich schon viel zu lange *keinen mehr drin hatte.* Und ich hatte ihm meine Titten präsentiert und ihn gefragt, ob er sie schön fand. Ich zog mir das Kissen über den Kopf und stöhnte. Ich war erledigt.

Am Montag betrachtete ich Martha genau. Sie sah aus wie immer, aber ich dachte mir, es könne nicht schaden, nachzufragen.

»Bist du gut heimgekommen?«

»Ja, danke.«

»Gut.« Ich tippte ein paar Sätze, dann sah ich wieder auf. »Haben dich Frank und George heimgebracht?«

»Bis zum Taxistand.« Sie senkte den Blick. »George wollte mich begleiten, aber irgendwie hatte ich ein komisches Gefühl. Die waren so seltsam, ganz überdreht. Ist dir das nicht aufgefallen?«

»Nein«, sagte ich und bemühte mich um einen gleichmütigen Tonfall.

»Immerzu haben die so seltsame Kommentare abgelassen, die ich nicht verstand. Ich weiß nicht, ich fand die plötzlich gar nicht mehr so toll wie sonst.« Sie rieb sich nachdenklich die Nase.

»Das fand ich auch«, gab ich ihr recht und sie sah erleichtert aus.

»Du bist natürlich nicht so dumm wie ich. Du hast das immer schon gesagt. Und du hast Alfie ja auch kräftig Paroli geboten. Die waren, glaube ich, mächtig beeindruckt.« Sie sah mich vorsichtig an. »Wie war es denn noch bei euch? Ich wollte dich ja fragen, ob du ein Taxi mit mir teilst, aber Alfie hat gemeint, du brauchst keines.«

»Stimmt, ich wohne ganz in der Nähe«, sagte ich leichthin. »Und wir haben auch nicht mehr lange gemacht. Ein guter Freund von mir kam vorbei und hat sich angeboten, mich nach Hause zu begleiten.«

»Gut«, sagte sie und sah richtig erleichtert aus. »Ich hatte ein unbehagliches Gefühl, als ich ging. Aber dann dachte ich, um Cara muss man sich keine Sorgen machen, die hat alles im Griff. Und du warst ja bei Alfie, also in guten Händen.«

Ich nickte und wandte mich wieder meiner Arbeit zu.

In den nächsten Tagen versuchte ich, ein wenig auf den Buschfunk zu lauschen. Leider rächte sich jetzt, dass ich mich normalerweise aus diesen Dingen komplett raushielt. Keiner kam, um mir etwas ins Ohr zu flüstern, um mir zu sagen, ob ich das Thema war oder nicht. Martha würde hoffentlich dichthalten und die Kollegen waren wieder draußen unterwegs. Wenn ich Glück hatte, dann würde ich nicht zum Gesprächsthema werden. Und überhaupt, es war ja nichts passiert. Nichts, was Alfie mit stolzgeschwellter Brust erzählen konnte.

Und dann ging ich auch endlich wieder auf den Portobello-Market. Ich hatte drei Tage gebraucht, um genug Mut zu sammeln – ganz ohne ein einziges Glas Alkohol, wie ich hier festhalten will. Mein Kopf war immer noch nicht wieder ganz da, fühlte sich seltsam an, wie vollgestopft mit Watte. Das war beängstigend und urplötzlich überkam mich Angst, dass Alfie noch etwas anderes in den Glühwein gemischt haben könnte als Alkohol. Ich hatte in der Mittagspause danach gegoogelt und erschrocken gelesen, dass es möglich war. In einer entsprechend geringen Dosis sorgten K.-o.-Tropfen anscheinend dafür, dass man enthemmt wurde und sexuell stimuliert. Das war die Stufe vor dem totalen Blackout und äußerte sich unter anderem auch in Übelkeit, Müdigkeit und eben diesem Gefühl, tagelang einen Kater zu haben. Ich konnte es ihm nicht nachweisen und ich wollte es nicht glauben, nicht einmal bei Alfie. Aber die Zeichen waren da und ich musste mich der Tatsache stellen, dass es zumindest eine Möglichkeit war. Ich hatte sogar meinen Arzt angerufen und gefragt, ob man das immer noch feststellen könnte, aber er hatte mir wenig Hoffnung gemacht. Einen Tag danach, sagte er, aber dann würde der Test nicht mehr anschlagen. Er hörte sich meine Schilderungen an und meinte nachdenklich, dass es durchaus möglich wäre, dass man mir etwas in einer geringen Menge untergejubelt habe. *Es klingt nicht danach, dass man Sie komplett ausknocken wollte, aber die Anzeichen sind verdächtig. Man benutzt das Zeug auch als sogenannte Partydroge, um sich oder den anderen sexuell zu enthemmen*, hatte er gesagt. *Aber natürlich ist die Dosierung schwierig, die Übergänge sind fließend. Seien Sie froh, dass Sie so glimpflich davongekommen sind. Ich kann Ihnen versichern, dass es nicht jedes Mal so ist.*

Ich hatte mich nachdenklich bedankt und mir vorgenommen, dass es kein nächstes Mal geben würde. Und ich ahnte immer mehr, dass ich Nathan vielleicht weit mehr verdankte, als wir bisher dachten. Wäre er nicht so hartnäckig gewesen oder gar nicht erst aufgetaucht, hätte ich vermutlich Alfie meine Titten gezeigt, und der hätte sich bestimmt nicht wie ein anständiger Mann zur Wand umgedreht.

Dieser Vorfall hing mir weit mehr an, als ich anfangs zugegeben hatte. Plötzlich war aus einem Flirt unter Kollegen eine Sache geworden, die mich unglaublich ängstigte. Und das Schlimmste daran war, dass ich wohl nie Gewissheit erlangen würde. Mein Misstrauen bekam neues Futter und dieses Mal völlig zu Recht. Ich begann ernsthaft darüber nachzudenken, wie oft ich in letzter Zeit mit einem Typ einen Drink gehabt hatte. Mit Kerlen wie Alfie, die ich meinte zu kennen und bei denen ich nie im Leben an so etwas gedacht hätte. Und darüber, wie es sein würde, wenn ich ihn demnächst wieder treffen würde. Wo ich jetzt den Mut hernehmen sollte, wenn ich ihn mir nicht in Form von Alkohol zuführen wollte.

Kapitel 26

Nathan

Als Cara plötzlich auftauchte, war zum Glück gerade viel los am Stand. So konnte ich einfach nur kurz lächeln und winken und dann weiter mit der netten alten Dame plaudern, die immer für reichlich Umsatz sorgte. Mein Herz hatte Zeit, wieder zu seinem Rhythmus zu finden, und ich, um durchzuatmen. Lieber Himmel, wenn das nun immer so gehen würde, wenn ich sie traf? Damit reduzierte sich meine Lebenszeit vermutlich gleich mal um mehrere Jahre.

Als ich endlich Zeit hatte, sie zu begrüßen, baute sie sich gewohnt forsch vor mir auf.

»Wir sollten ein paar Dinge klären.«

»Ja?«

»Ja. Es gibt da ein paar Sachen, die ich unbedingt loswerden muss.« Sie trat zur Seite, weil eine neue Kundin auftauchte. »Hey, Darcy. Alles klar bei dir?«, fragte sie freundlich und zwinkerte mir wieder einmal frech zu.

Dann schlenderte sie hinüber zur anderen Seite des Standes und begann, interessiert die Äpfel zu studieren, während wir auf der Gemüseseite blieben. Ich lächelte Darcy an und versuchte zu vergessen, dass Cara drüben auf mich wartete. Das konnte dauern. Darcy war seit unserer Bekanntschaft regelmäßig hier aufgetaucht und ließ sich jedes Mal ausführlich beraten. Sie fragte, wie man die einzelnen Sorten am besten zubereiten konnte, und berichtete dann beim nächsten Mal ausführlich, wie ihr das Essen geschmeckt hatte.

»Was ich schon die ganze Zeit fragen wollte«, begann sie das Gespräch und lächelte zaghaft. »Ich plane das Weihnachtsessen. Man soll ja zeitig anfangen, nicht? Also lese ich gerade Rezepte und so.« Sie sah sich auf der Auslage um. »Und da habe ich eines gefunden, das sehr toll klingt. Aber dazu brauche ich grünen

Spargel und ich glaube nicht …« Sie betrachtete einen Moment nachdenklich den Stangensellerie.

»Nun, da muss ich passen. Spargel gibt es nur in der Saison im Frühjahr.«

»Aber vielleicht importierten? Heutzutage wird doch alles importiert.«

Ich schüttelte den Kopf.

»So wie Erdbeeren? Die gibt es doch auch zu Weihnachten«, hakte sie flehentlich nach.

»Nicht bei mir«, antwortete ich lächelnd.

»Das ist aber dumm«, sagte sie. »Nicht die Erdbeeren. Der Spargel. Was mache ich denn jetzt?«

»Nun, wir könnten versuchen, ihn zu ersetzen. Was soll es denn dazu geben?«

»Oh, das ist ein Pfannengericht. Dazu kommen noch Champignons«, sie sah sich um und ich nickte leicht.

»Die gibt es.«

»Und dann noch«, sie runzelte kurz die Stirn, »Speck in dünnen Scheiben und Zwiebeln, Knoblauch und natürlich Salz und Pfeffer. Ach, und dazu zertrümmerte Lasagneplatten als Nudelflecken.« Sie atmete auf. »Klingt doch toll, oder?«

»Das klingt richtig toll. Und eigentlich würde ich sagen, du könntest auf den Salicorn ausweichen, den Spargel des Meeres. Der würde bestimmt gut passen und gäbe dem Ganzen eine besondere Note. Aber leider ist da die Saison auch vorbei. Und zur getrockneten Variante würde ich nicht raten, der ist zu salzig. Ich würde eher zu Brokkoli tendieren. Oder aber du bist mutig und versuchst es einmal mit der Schwarzwurzel. Die nennt man auch Winterspargel und sie hat einen etwas anderen, erdigeren und recht würzigen Geschmack. Ich könnte mir vorstellen, dass das gut zu den Pilzen harmoniert.«

Darcy strahlte. Aus den Augenwinkeln sah ich, dass Cara unruhig wurde. »Wir könnten natürlich auch Pak Choi probieren, dann wären wir geschmacklich wieder mehr im Kohlbereich. Hier, riech mal.« Ich sah erneut zu Cara, die angefangen hatte, unruhig zu trippeln. »Ich bin gleich zurück.«

Ich trat zu meiner ungeduldigen Freundin, die mich breit angrinste. »Bekommt das jeder? Das volle Programm? Ich wurde noch nie so umfangreich beraten.«

»Weil du nie fragst. Du kommst nur und bellst deine Wünsche heraus.«

Sie grinste. »Das muss ich mir abgewöhnen. Wenn du über dein Gemüse sprichst, dann könnte man ewig zuhören. Weißt du, dass du dabei klingst, als würdest du über die sinnlichste Sache der Welt reden?«

Ich schluckte. »Nun, essen ist sinnlich, oder?«

»Essen. Der Sex des Alters«, rief sie und Darcy sah interessiert zu uns hinüber.

Ich bedeutete ihr, etwas leiser zu sein, und wieder grinste sie. »Ich bin auch schon weg, ich habe noch ein paar Erledigungen zu machen«, flüsterte sie. »Vielleicht können wir heute Abend reden. Hast du Zeit? Lass uns auf ein ...«, sie stockte kurz, » ... auf ein Glas Wasser in den Pub gehen. Bitte«, setzte sie dazu und dieses ganz eigene Cara-Lächeln auf, bei dem ich nicht Nein sagen konnte.

»Um acht?«

»Perfekt.« Sie beugte sich vor und küsste mich auf die Wange. »Und nun husch, zurück zu deinem Gemüse.«

Als ich in den Pub kam, war sie schon da und hatte kein Wasser, dafür eine Cola vor sich stehen. Ich verharrte kurz und betrachtete sie, wie sie nachdenklich mit den Tannenzweigen des kleinen Gestecks spielte, das auf dem Tisch stand. Dann hob sie den Blick und ihr Gesicht hellte sich auf.

»Hey du«, sagte sie.

»Hey. Ich hole mir nur eben was zu trinken. Du bist noch versorgt?«

Sie nickte und ich nutzte die Zeit an der Bar, um noch einmal durchzuatmen.

»Und? Wie ging das Spargelduell aus?«, fragte Cara und verzog amüsiert den Mund.

Ich musste lachen. »Sie wird den Brokkoli probieren.«

»Und du bist nicht ganz glücklich, was?«

»Ich hätte mir etwas mehr Mut gewünscht. Aber den haben nicht alle. Ich könnte mir die Schwarzwurzel wirklich gut vorstellen.«

»Sei froh, dass sie nicht so mutig ist. Hast du bemerkt, wie sie dich ansah? Sie hätte am liebsten den Verkäufer gehabt und dann wäre sie wohl auch auf deinen Schwanzwurz eingegangen.« Sie kicherte.

»Schwarzwurzel.«

»Schon klar. Oh Mann, Nathan, ich wusste gar nicht, dass Gemüse so unterhaltsam sein kann.«

»Du solltest mich öfter besuchen kommen. Ich habe viele Talente«, sagte ich spontan.

»Das bezweifle ich nicht. Arme Darcy«, sie seufzte. »Sie ist wirklich nett, weißt du.«

»Das sind viele. Du bist es auch.«

»Aber nicht so wie Darcy. Also, du weißt schon ...« Sie verdrehte die Augen und grinste breit.

»Schon klar. Und wir hatten beschlossen, diese Art der Nettigkeit nicht anzusprechen, wenn du dich erinnern willst.«

Cara antwortete nicht. Ihr Lachen ebbte ab und sie sah mich plötzlich so durchdringend an, dass ich begann, mir verlegen durch den Bart zu streichen. »Ist da etwas?«

»Nein, alles gut. Du bist schön wie eh und je.«

»Was ist los mit dir? Wo ist die Cara, die ich kenne?«

»Das ist das Problem«, sagte sie und wurde endgültig ernst. »Das weiß ich selbst nicht mehr.«

»Was ist passiert?«, fragte ich beunruhigt.

»Erstens will ich mich«, sie holte tief Luft, »noch ein letztes Mal entschuldigen. Für das, was ich getan und gesagt habe.« Sie hob die Hand, als ich etwas erwidern wollte. »Mit klarem Verstand und ohne Kater. Es tut mir leid. Ich schäme mich, das kannst du mir glauben. Und ich will nicht, dass das zwischen uns steht.«

Ich nickte leicht.

»Ganz ehrlich, so verhalte ich mich normalerweise nie, egal welche Fehler ich sonst auch habe. Das hat mich erschreckt und nachdenklich werden lassen. Und es bringt mich zu zweitens.

Diese Sache, die du da vermutest. Du sagst, dass du das von Kollegen kennst. War das die ganze Wahrheit? Oder kann es sein, dass da außer Alkohol auch andere Substanzen im Spiel waren?«

»Das könnte sein.« Der Gedanke war mir ebenfalls gekommen, aber ich hatte sie nicht noch mehr beunruhigen wollen.

»Dieses Schwein«, sagte sie und klang erschreckend ruhig dabei. »Und weißt du, was mich wirklich sauer macht? Ich kann nichts tun. Ich kann nichts mehr beweisen und ich habe nichts in der Hand. Aber er kann damit prahlen, dass er mich in aller Öffentlichkeit begrapscht hat und ich nur wie eine dumme Kuh dazu kicherte.« Sie rupfte einen winzigen Zweig des Gestecks ab.

»Ich kann nachvollziehen, wie das sein muss. Es tut mir leid, wenn wir zeitnah daran gedacht hätten, wäre ein Test möglich gewesen.«

»Der Gedanke ist erschreckend, dass dir jemand so etwas angetan haben könnte. Ich hatte gerade begonnen, ihm zu glauben … Und nun weiß ich nicht, was ich tue, wenn ich ihn wieder sehe. Die Weihnachtsfeier steht an und es wäre unpassend, ihn an diesem Tag zu erwürgen, oder?« Sie lachte dünn. »Aber ich will ihm auch nicht unter die Augen treten und so tun, als wäre alles in Ordnung. Das ist es nicht, so oder so. Und ich werde ganz sicher nicht zulassen, dass er mich so klein bekommt, dass ich gar nicht hingehe. Die schauen da drauf, wer kommt und wer nicht, und ich werde nicht meine Karriere riskieren.«

Wieder zupfte sie an dieser armen Dekoration herum. Dann hob sie den Blick. »Du hast nicht zufällig frei? Kommenden Freitag? Wir bringen unsere Partner mit«, sie verzog das Gesicht. »Und ich bin natürlich jedes Jahr die, die alleine kommt. Du könntest mitgehen. Und aufpassen, dass ich niemanden umbringe.«

»Ich weiß nicht, ob das eine gute Idee ist.«

»Bitte. Überleg es dir zumindest. Nur als Freund.«

»Ich werde darüber nachdenken.«

»Gut. Echt, wie ich das hasse. So tief wäre ich früher nie gesunken, dass ich einen Kerl anheuern muss, um zu einer Party zu gehen. Ich hasse Alfie, ich hasse alle Männer und ich weiß, weshalb ich ansonsten bei Thor und meinen Batterien bleibe«, platzte sie heraus.

»Bei was?«

»Vergiss es.« Sie errötete, was bezaubernd aussah und mich natürlich über diese Batterien nachdenken ließ. Oh Mann.

»Was hast du gemeint, als du sagtest, dass du nicht mehr weißt, wer du bist?«, wechselte ich sicherheitshalber das Thema.

»Genau das. Dass ich mich mit dem Gedanken herumschlage, dich zu bezahlen, um mit mir auf diese Weihnachtsfeier zu gehen. Habe ich das erwähnt? Ich würde dich bezahlen.«

Ich lachte.

»Und dass ich mich schäme, weil ich mich danebenbenommen habe. Und dass es mir so wichtig ist, was die anderen über mich denken. Ich versuche, den Flurfunk abzuhören, obwohl da schon immer über mich gelästert wurde und mir das bisher herzlich egal war. Und dass es mir noch wichtiger ist, was du von mir denkst. Manches, was du mir an den Kopf geworfen hast, hat mich ziemlich getroffen.« Sie sah mich an. »Das macht mich nachdenklich. Einiges hat mich verletzt, das hast du mitbekommen. Früher wäre ich in so einer Situation einfach gegangen. Aber das will ich nicht. Ich möchte, dass du mir auch in Zukunft sagst, wenn ich etwas falsch mache.«

Ich nickte. »Das werde ich tun.«

»Und zu guter Letzt und drittens«, noch einmal holte sie tief Luft. Dann beugte sie sich vor und legte ihre Hand auf meine. »Rede ich hier immer nur von mir. Aber ich bin nicht die Einzige mit Problemen, oder? Nathan, was du da angedeutet hast, das hat mich erschreckt. Dein Gesicht hat mich erschreckt und wenn ich irgend kann, dann möchte ich dir helfen.«

Kapitel 27

Cara

Ich sah sofort, dass ich dünnes Eis betreten hatte.

»Nathan, ich werde dich zu nichts drängen. Ich werde es auch nicht mehr ansprechen, wenn du das nicht willst. Aber ich muss es dir einmal sagen, dass ich für dich da bin. Ich höre dir zu. Und ich werde alles tun, was ich kann, um dich davor zu bewahren …« Ich suchte nach den richtigen Worten. »Ich habe es gesehen«, fuhr ich leise fort. »Dein Gesicht, es war unbeschreiblich. Selbst in meinem Zustand habe ich gesehen, wie schlecht es dir geht. Du bist stark, Nathan, und du gibst uns allen so viel. Du hast für jeden ein Lächeln und ein nettes Wort, selbst wenn man nur Grünkohl will.« Ich verzog den Mund. Natürlich zündete der Witz überhaupt nicht. Nathans Gesicht war wie versteinert. »Wieso kannst du das, was du gibst, nicht annehmen? Wieso lässt du nicht zu, dass man dir hilft?«

Nathans Augen waren immer der Hammer und nicht nur Eliza war der Meinung, dass er damit röntgen konnte. Wenn er das gerade nicht tat, waren sie einfach nur blau, kühl und warm zugleich, wissend und durchdringend und ohne Weiteres in der Lage, dir die beste Art Gänsehaut zu bescheren, die es gab. Nun aber schob sich ein Schatten davor und alle Wärme war verschwunden. Hätte ich ihn nicht so gut gekannt, hätte ich mich vor ihm gefürchtet.

»Lass das«, sagte er rau. »Das ist nichts, worüber ich reden will.«

»Aber manchmal muss man das tun.«

»Nein.« Er stand auf und der Stuhl wurde brüsk nach hinten geschoben.

»Nathan.« Ich sprang auf und eilte hinter ihm aus dem Pub. »Bitte. Jetzt warte doch.«

Er war schon an der Ecke und der Abstand wurde größer. Ich musste rennen, um ihn einzuholen. Dann packte ich entschlossen seinen Arm und zwang ihn stehen zu bleiben.

»Wieso bist du nur so ein Sturkopf, Nathan …« Ich unterbrach mich und sah ihn streng an. »Ich weiß nicht einmal, wie du mit Nachnamen heißt!«

»Bell«, sagte er und klang nicht mehr ganz so kalt.

»Du bist so ein Sturkopf, Nathan Bell. Merkst du denn nicht, dass ich dich mag?«

Einen Moment schien die Zeit stehen zu bleiben. Um uns herum glitzerte London, irgendwo spielte Weihnachtsmusik, eine recht jazzige Version von *Have yourself a merry little christmas* und Nathan und ich standen dicht beieinander. Ich konnte sehen, wie sich sein Gesicht ganz langsam entspannte und er einmal tief einatmete. Ich packte seinen Jackenaufschlag und ließ mich dann einfach gegen ihn sinken, bis mein Kopf an seiner Brust ruhte. Dann spürte ich, wie er sich bewegte, seine Arme sich fest um mich schlossen und sein Kinn auf meinem Kopf ruhte. Wenn das jetzt ein Film wäre, dann hätte er mich jetzt geküsst, dachte ich. Und dann würde er mir sagen, was ihn umtrieb, und ich könnte ihn heilen. Und dann … Und dann riss ich mich entschlossen zusammen. Verdammt, das war Nathan und ich war Cara. Und schon gar nicht waren wir die Helden in einem Film. Er spürte, wie sich meine Körperspannung veränderte, und ließ mich los.

»So, und nun genug mit den Sentimentalitäten«, sagte ich und war froh, dass meine Stimme wieder fast wie sonst klang. »Im Ernst, du machst mich echt fertig.«

»Du hast es versprochen!« Ein paar Tage später war ich wieder auf dem Markt und recht angriffslustig gestimmt.

»Ich sagte, ich denke darüber nach.«

»Und? Hast du?«

»Ich glaube, dass das keine gute Idee ist«, meinte Nathan ruhig.

»Natürlich ist das eine gute Idee. Ich muss da hin.«

»Aber ich nicht.«

»Lass mich doch nicht so betteln.«

»Darum geht es nicht.«

»Oh doch, mein Lieber, genau darum geht es. Dass ich betteln muss. Komm schon, es gibt jede Menge zu essen und leider auch ein paar Reden. Und dann können wir wieder gehen.«

»Ich passe nicht dahin.« Nathan war heute wirklich entschlossen, mich zur Weißglut zu treiben.

»Du darfst mir auch den Unterschied zwischen Weißkohl und Spitzkohl erklären.«

Jetzt grinste er immerhin. »Das ist jetzt allerdings verlockend.«

»Nathan, bitte. Es ist mir bewusst, wie schwach das ist, und ich finde es selbst verachtenswert. Aber du würdest mir wirklich eine riesengroße Last von den Schultern nehmen.«

Er seufzte und ich wusste, ich hatte gewonnen.

»Ich trage keinen Anzug.«

»Kein Problem.« Ich beugte mich zu ihm und küsste ihn auf die Wange. »Also dann, am Freitag um sieben. Ich bin dir was schuldig.«

Ich hätte nie gedacht, dass ich einmal eine dieser Frauen sein würde, die mit einem gemieteten Mann zu einer Party gingen. Dieses Verhalten hatte früher bei mir nur tiefste Verachtung ausgelöst. Aber früher hätte ich es auch alleine mit Alfie aufgenommen. Vermutlich würde ich das auch heute noch hinbekommen, aber nachdem sich der Gedanke, Nathan mitzunehmen, einmal festgesetzt hatte, war er einfach nicht mehr aus dem Kopf zu bekommen. Ich wollte es mir selbst nicht eingestehen, wie sehr mich diese Ungewissheit, ob Alfie mir wirklich etwas in den Glühwein gemischt hatte oder mich nur, was nicht weniger schlimm war, mit Alkohol hatte außer Gefecht setzen wollen, zusetzte. Dass er die Regeln unseres Spiels so lässig missachtet und zu Tricks gegriffen hatte, an die ich nie gedacht hätte. Ich würde mich auf alle Fälle sicherer fühlen mit einem Freund an meiner Seite, dem ich bedingungslos vertrauen konnte. Außerdem hatte ich nicht vor, mit Nathan eine Nummer abzuziehen und so zu tun, als wäre er mein Freund. Nein, ich wollte nur seine Gesellschaft und seinen Rückhalt. Und ich würde ihn schön korrekt als *einen Freund* vorstellen.

Nathan erschien pünktlich und war in seiner schwarzen Jeans und dem hellblauen Hemd sehr präsentabel. Seine Augen leuchteten in Kombination mit diesem Kleidungsstück noch mehr, dachte ich spontan. Es war einer der seltenen Tage, an denen er sein Haar offen trug. Sanft gewellt reichte es ihm bis knapp über die Schultern, mit einem unglaublichen Glanz und Strähnchen, wie von der Sonne ausgebleicht und großartiger als alles, was mein teurer Friseur je zustande gebracht hatte. Es sah unverschämt lässig und cool aus und wieder einmal war ich kurz überwältigt, was für ein außerordentlich attraktiver Mann er war.

»Ich weiß nicht, weshalb ich mich darauf eingelassen habe«, brummte er zur Begrüßung.

»Weil du mich gern hast«, sagte ich und klimperte versuchsweise mit den Augen.

»Das habe ich«, sagte er und grinste.

»Und keine Sorge, du bist nicht *mein* Freund«, nahm ich ihm die Angst. »Du musst also nichts tun, was dir unangenehm wäre.«

Nathan räusperte sich. »Direkt wie immer.«

»Na, ich dachte, wir klären das, ist doch besser. Und jetzt los. Auf in den Kampf.«

Die Feier fand in einem Hotelsaal statt, der gigantische Ausmaße hatte. Natürlich war es meine Aufgabe gewesen, alles zu organisieren, und ich hatte versucht, das Beste aus den Vorgaben und vor allem den bewilligten finanziellen Mitteln herauszuholen. Das Essen wurde an runden Tischen serviert, an denen jeweils sechs bis zwölf Personen sitzen konnten, und sollte für jeden Geschmack etwas bieten. Eine Band gab es nicht, aber das Hotel hatte angeboten, Weihnachtslieder vom Band in einer Endlosschleife spielen zu lassen.

Am Eingang gab ich mein Geschenk ab. Das hatte sich die Geschäftsleitung dieses Jahr überlegt: Anstatt dass die Firma uns Präsente machte, durften wir das selbst tun. Sie waren auf die originelle Idee gekommen, die Gäste wichteln zu lassen. Jeder hatte einen Namen zugelost bekommen und sollte diesem Kollegen etwas besorgen. Ich hatte versucht, das Ganze in eine Art

Spaßwichteln umzuwandeln, damit man wenigstens etwas zu lachen hatte und entsetzt sein Geschenk in die Höhe halten konnte und nicht so tun musste, als wäre man entzückt. Im Ernst, das waren doch teilweise wildfremde Menschen. Wie sollte man wissen, was ihnen gefallen würde? Aber nein, wir nahmen das ernst und ich hatte nun also nach tagelangem Nachdenken und Nachforschen und indem ich wie ein Stalker sämtliche Kollegen nach Mary Smiths Vorlieben, die niemand kannte, ausgefragt hatte, doch zu einem Verlegenheitsgeschenk gegriffen und ihr in der Parfümerie ein teures Set aus veganer Bodylotion samt Duschgel gekauft. Das war zumindest praktisch und sie würde es mir hoffentlich danken, dass ich nicht zu einem Gartenzwerg oder so gegriffen hatte.

Klugerweise waren wir zeitig da und noch klüger von mir war es gewesen, mich mit Martha und Finlay, der gerade bei uns als Lehrling eingeteilt war, zu verabreden. Ich besetzte also einen der kleinen Sechsertische und harrte der Dinge, die kommen sollten.

Zuerst lief alles wie erwartet. Martha kam dieses Jahr alleine, Finlay hatte seine großflächig tätowierte Freundin dabei. Sie hieß Imke und war aus Deutschland, was man aber nicht hörte. Vor allem war sie sympathisch und gesprächig und so verbrachten wir erst einmal eine nette Zeit. Ich hatte brav erklärt, dass Nathan mein bester Freund wäre, was stimmte, und als er herausfand, dass Imkes Eltern einen Bio-Bauernhof betrieben, hatte auch er Spaß an dem Abend. Das Essen war wie erwartet gut, ohne etwas Besonderes zu sein, und die ersten Reden hatten wir auch schon hinter uns.

In den vier Ecken des Saales standen prächtig dekorierte Weihnachtsbäume, die bis zur Decke reichten. Auf den Tischen hatte man großzügig Kerzen und Holzsterne verteilt und so langsam kam auch bei mir die passende Stimmung auf. Entgegen der Androhungen wurden die Weihnachts-CDs immer mal wieder ausgetauscht und im Moment war Robbie Williams dran, uns in Stimmung zu versetzen. Und er machte das gut. Ich beugte mich zu Nathan und legte ihm kurz meine Hand auf den Schenkel.

»Und? Ist doch ganz nett hier, oder?«

»Du wolltest doch nicht alleine kommen.«

»Ich weiß. Aber jetzt«, ich seufzte, »jetzt finde ich es wirklich nett. Und weit und breit keine Spur von Alfie.«

Als Koordinatorin dieser Festlichkeit hatte ich seine Zusage bekommen, dass er anwesend sein würde, was mir doch ein wenig Magenschmerzen verursacht hatte. Natürlich würden wir uns wieder sehen, das war nicht zu verhindern, aber ich war mir noch nicht ganz sicher, wie ich dann reagieren sollte. Und ganz besonders schlimm fand ich seinen Zusatz, dass er sich darauf freue und wir dringend gemeinsam ein Gläschen trinken müssten. Das würde ganz sicher nie mehr passieren, doch die Dreistigkeit dieses Satzes empfand ich als ziemlich krass. War ich auf einer falschen Fährte oder war er wirklich skrupelloser, als selbst ich ihm unterstellte? Dachte er, ich hätte keine Ahnung und würde ihm eine zweite Chance geben, mich abzufüllen oder zuzudröhnen? Ich wusste es nicht, aber dass er nun doch fehlte und ich noch etwas Zeit zum Nachdenken haben würde, war durchaus eine Erleichterung.

»Und nun kommen wir zu den Geschenken«, unterbrach unser Geschäftsführer meine Gedanken. »Der Höhepunkt des Abends.«

Der Höhepunkt des Abends war vor allem eine Aneinanderreihung peinlicher Momente, wie ich das befürchtet hatte. Mary Smith bekam mindestens zehn Tauschangebote für ihr Duschgel, darunter eine entsetzlich hässliche Vase, eine Tortenplatte, der man ansah, dass sie seit Jahren in einem Keller stand, denn die Kartonage, in der sie verpackt war, war wellig und ausgebleicht. Und tatsächlich einen Gartenzwerg, der gleichzeitig Hintern und Mittelfinger präsentierte. Es war, als hätten die Kollegen einfach selbst ein Schrott-Wichteln aus der Sache gemacht, nur dass man jetzt nicht entsetzt aufstöhnen und *Ist das hässlich!* ins Mikrofon rufen durfte. Stattdessen musste man den Namen des Spenders nennen und die Scheußlichkeit hochhalten und sich auch noch bedanken. Und dann wurde ich aufgerufen und nach vorne gebeten, um so zu tun, als hätte ich gerade das tollste Geschenk meines Lebens bekommen.

Kapitel 28

Nathan

Ich sah zu, wie Cara mit höflichem Gesichtsausdruck ihr Geschenk entgegennahm. Sie schien Glück zu haben, denn es war eine kleine flache Schachtel, in der sich keine besonders ausufernde Scheußlichkeit verstecken konnte. Konzentriert öffnete sie die Schleife und nahm den Deckel ab. Und dann richtete ich mich auf. Sie hatte sich im Griff, doch ich kannte sie mittlerweile gut genug, um zu sehen, wie sie sich anspannte. Sie lächelte auf eine angestrengte Art und trat zögernd ans Mikrofon.

»Danke an Alfie McAllis«, sagte sie langsam und beherrscht.

»Nun, nun, liebe Mrs Goodfellow, lassen Sie uns teilhaben. Was hat der gute Alfie Ihnen geschenkt?«, fragte der Kerl, der durch diesen Programmpunkt führte, betont munter. Entweder merkte er nicht, wie die Kollegen seit Beginn dieser Geschenkaktion litten, oder er war ein ganz besonders sadistisch veranlagter Mensch.

»Einen Gutschein.«

»Und weiter? Machen Sie es nicht so spannend. Wir sind alle aufgeregt, nicht wahr?«

Ein klägliches Murmeln war die Antwort, die er dafür auch verdient hatte.

»Einen Gutschein für eine Schnupperstunde Yoga«, sagte Cara. »Wie passend, damit ich meine innere Ruhe finde.« Sie lachte und es klang künstlich.

»Nun, das ist ja ein interessantes Geschenk.« Er riss ihr umstandslos die Schachtel aus den Händen und spähte hinein.

»Oh, das ist ein wirkliches interessantes Geschenk«, ließ er uns wissen und klang so sensationslüstern, dass er mit einem Schlag alle Aufmerksamkeit hatte. »Nicht einfach Yoga. Eine Stunde *Gin-Yoga.*« Er machte eine Pause. »Und für alle, die das so wenig kennen wie ich ... Hier steht: *Verbinde deine beiden größten Vor-*

lieben und entdecke eine ganz neue Seite an deinem Körper. Du bist eher der Party-Typ als der Yogi? Dann wirst du unser Gin-Yoga lieben. Ein Glas Gin vor dem Yoga entfaltet seine muskelentspannende Eigenschaft und macht deine Gelenke beweglicher. Du wirst die Übungen mit einer ganz neuen Intensität erleben und intensiveres Dehnen und Strecken kennenlernen. Mit Gin-Yoga geht alles besser und … oho … tiefer.«

Er schwenkte den Flyer, den er uns eben vorgelesen hatte, und grunzte in das Mikrofon. »Vielleicht sollte ich mir das merken und meiner Freundin so einen zu Weihnachten schenken. Die ist ebenfalls aus der Gin-Fraktion und tiefer ist immer gut, haha.«

»Dieser Arsch.« Cara kochte. »Ich weiß zufällig, dass er nicht mein Geschenk hätte besorgen müssen, weil ich die blöde Aktion am Hals hatte und mein Name an George ausgelost wurde. Er hat ihn sich geschnappt, um mir eins reinzuwürgen. Und dieser Arsch Steven Malony. Das war ein abgekartetes Spiel, dass er ausgerechnet mein Geschenk vorliest. Ich wette, Alfie hat auch das arrangiert, damit es ja jeder mitbekommt.«

»Reg dich nicht auf«, sagte ich leise.

»Ich wusste nicht, dass es so etwas wie Gin-Yoga gibt«, meinte Martha.

»Nun weißt du es.« Cara warf ihr das Geschenk hin. »Der Fitness-Trend des Jahres. Steht zumindest hier. Du kannst es gerne behalten.«

»Gefällt es dir nicht, Mia Cara? Ich habe mir lange überlegt, was ich dir schenken soll.«

Cara fuhr herum, als Alfie so plötzlich hinter ihr aufgetaucht war.

»Du hast dich noch gar nicht bedankt. Das könntest du jetzt an der Bar tun.« Er grinste.

»Wofür bedankt? Für das Geschenk?« Ich sah, wie sie aufsprang und ihre Augen gefährlich zusammenkniff. Ihre ganze Haltung war angriffslustig und ich war froh, dass sie sich so gut unter Kontrolle hatte und ihm nicht zeigte, wie verunsichert er sie hatte. »Oder dafür, dass du mich auf dem Weihnachtsmarkt nicht nur begrapscht, sondern mir auch Drogen in den Glühwein gemischt hast?«

»Spinnst du?« Er war sichtlich überrumpelt und sah sich um, ob jemand ihre Worte gehört hatte. »Du willst behaupten, ich hätte dir etwas untergeschoben? Nein. Das habe ich nicht nötig.«

»Offensichtlich nicht.«

»Es ist gefährlich, solche Gerüchte in die Welt zu setzen«, sagte er wieder ein wenig gefasster. »Und es klingt doch zu sehr nach Drama. Ich meine, die kennen mich. Die wissen, dass ich das nicht nötig habe«, behauptete er ein zweites Mal.

»Ja, die kennen dich«, sagte Cara langsam. »Und manche besser, als du denkst. Aber natürlich kannst du dir auch einreden, dass niemand darüber nachdenken würde, wer von uns die Wahrheit sagt. Du kannst vieles über mich behaupten, aber nicht, dass ich nicht den Mut habe, zu sagen, was Sache ist, oder Dramen inszeniere, die keine sind.«

»Du kannst nichts beweisen.« Jetzt beugte er sich zu ihr vor. Sein Mund war dicht an ihrem Ohr und ich war dicht davor, aufzuspringen und ihm eine reinzudonnern.

»Und wenn doch? Weißt du, dass man bestimmte Substanzen noch nach zwei Tagen im Blut nachweisen kann?«, sagte sie fast verträumt.

Er war sich einen Moment nicht sicher. Dann lachte er viel zu laut. »Du hast nichts. Und du wirst Probleme bekommen, wenn du das verbreitest, das schwöre ich dir.«

»Und du wirst Probleme bekommen, wenn du nicht aufhörst, über mich Gerüchte zu streuen. Ich will nicht mehr hören, dass ich bald geknackt bin. Oder dass ich es einfach nur besorgt bekommen muss.«

Ich sah sie an und hätte sie am liebsten auf der Stelle geküsst. Cara brauchte mich nicht als Schutz, sie war stark und absolut Herr der Lage.

»Und ich will keine Anspielungen mehr hören, dass ich zu viel trinke. Du wirst meinen Namen nur noch dann in den Mund nehmen, wenn du etwas Geschäftliches mit mir zu regeln hast. Und falls ich irgendwo auch nur den Hauch eines Hinweises finde, dass du dasselbe nicht nur mit mir versucht hast oder es in

Zukunft bei einer Kollegin probierst ...« Sie ließ den Satz eine Weile in der Luft stehen.

Alfies Gesicht wurde blass und verschlossen. Er begann, sich nervös die Krawatte zu richten, und ließ Cara nicht aus dem Blick.

»Haben wir uns verstanden?«, fragte sie endlich und hob herausfordernd den Kopf.

»Ist das ein Deal?«, erkundigte er sich unsicher.

»Das ist die einzige Chance, die ich dir geben werde.«

Ich konnte nicht anders, ich starrte sie bewundernd an, auch noch, als Alfie zügig unseren Tisch verlassen hatte.

»Was?«, blaffte sie, was zeigte, dass sie eben nicht ganz sie selbst gewesen war. Ich hatte nichts gesagt, sie nur angesehen, und die anderen am Tisch hatten dem Gespräch gar nicht zugehört. Sie atmete plötzlich schwer, als wäre sie kilometerweit gerannt.

»Du warst unglaublich.«

»Ach ja?« Sie ließ sich neben mich auf den Stuhl fallen und sah sich um. Alfie saß jetzt zwei Tische weiter, konnte die Augen nicht von ihr wenden und unterhielt sich mit diesem Steven Malony. Als sie Caras Blick bemerkten, lachten sie laut.

»Lass dich nicht provozieren. Die tun nur so als ob«, sagte ich leise.

»Woher willst du das wissen?«

»Ich weiß es eben.« Ich seufzte. Es waren die typischen Gebaren, hohl und leer. McAllis war kein Dummkopf und würde nichts riskieren. Es war eine Sache, mit den Kolleginnen zu flirten, aber eine ganz andere, jemandem Drogen unterzujubeln, und er wusste das. Und meine schlaue Freundin war klug genug gewesen, nichts zu behaupten, aber anzudeuten, dass es eventuell doch Beweise geben könnte.

»Ah!«, rief sie und sah aus, als wolle sie kräftig mit dem Fuß aufstampfen. »Das ist so frustrierend. Er hat es eben doch indirekt zugegeben und ich kann nichts machen. Sein Wort gegen meines. Kannst du nicht als mein Zeuge auftreten? Du hast es doch mitbekommen.«

»Er hat es nicht wirklich zugegeben und du weißt das. Es würde nicht ausreichen.«

»Aber du hattest auch das Gefühl, dass ich ins Schwarze getroffen habe, oder?«

Ich nickte langsam. »Falls es dir hilft, ich denke, den bist du los. Und er wird es sich zweimal überlegen, es wieder zu tun.«

»Das hilft nicht, weil er dennoch davonkommt. Und vielleicht hat die Nächste keinen Freund, der sie rechtzeitig findet.«

Darauf konnte ich nichts erwidern. Dafür registrierte ich, dass wir langsam, aber sicher die Aufmerksamkeit der anderen auf uns zogen.

»Wir sind zu laut. Versuch, dich zu beruhigen.«

»Ich will mich nicht beruhigen. Ich will mich aufregen und am liebsten würde ich jetzt dort hinübermarschieren und denen meine Meinung sagen.« Sie sah noch einmal zu Alfie, der sich jetzt weit besser unter Kontrolle hatte als sie und mit seinem Kumpel immer noch lachend eine Show abzog, von der er wissen musste, dass sie Cara zur Weißglut trieb.

»Das ist keine gute Idee und du würdest ihm nur in die Karten spielen.«

»Aber ich … ah, ich platze gleich. Das ist so frustrierend.«

Ich überlegte. Robbie hatte ausgesungen und nun kamen wieder die alten Bing Crosby-Klassiker an die Reihe. *White Christmas* machte den Anfang und ich zog Cara spontan von ihrem Platz.

»Genug geärgert. Gönne ihm diesen Triumph nicht. Schlag ihn mit seinen eigenen Waffen. Es ist Zeit, sich zu amüsieren.«

Es war das unpassendste Lied, um darauf zu tanzen, das war mir klar. Und es war generell eine ganz blöde Idee, das zu tun, aber mir war auf die Schnelle nichts anderes eingefallen, wie ich sie rausholen konnte aus dieser schwarzen Wolke aus Frust und gerechtem Zorn, die sie eingehüllt hatte. Und da bereits erstaunlich viele Menschen die improvisierte Tanzfläche gestürmt hatten, war ich eben auf diese Idee verfallen. Zumindest waren wir dann nicht mehr auf dem Serviertablett und vor allem vor allzu neugierigen Ohren geschützt.

Anfangs war sie steif und schien jeden Moment weglaufen zu wollen, weshalb ich meinen Griff ein wenig verstärkte und sie näher an mich zog. Dann spürte ich, wie sie sich langsam entspannte und sich so gut an meine Bewegungen und meinen Körper anpasste, dass ich mich selbst verfluchte, weil ich mich in diese Situation gebracht hatte. Ihre Haare rochen nach einem teuren Parfum und ihre Haut war so weich und zart. Und ihre Brüste drückten sich gegen meine Brust und wollten offensichtlich schon wieder, dass ich sie endlich berührte. Ich unterdrückte ein Stöhnen. Was war ich für ein Idiot, sie auch noch zum Tanzen zu bitten, sie zu halten und zu wissen, dass ich ihr nie näherkommen durfte. Ich wusste es doch besser. Und dennoch, ich hätte es jederzeit wieder getan. Nur um sie zu schützen.

»Nathan«, begann sie nach einem Moment und klang recht zaghaft.

»Hmm?«

»Als ich gerade da vorne stand«, sie atmete tief ein. Ich hielt meinen Atem an, denn diese Aktion brachte mich in ärgste Bedrängnis. Wussten Frauen nicht, dass sich dabei der Brustkorb ausdehnte und sich auf eine ungemein anregende Weise an den gegenüber befindlichen Körper presste? »Das war schrecklich.«

»Vergiss es.« Selbst wenn ich es gewollt hätte, im Moment war ich nicht in der Lage, ihr einen Rat zu erteilen.

»Das kann ich nicht. Weil«, wieder holte sie tief Luft. »Weil ich plötzlich daran dachte, was du gesagt hast. Dass ich es vielleicht ein wenig übertrieben habe mit dem Trinken. Und dass du offensichtlich nicht der Einzige warst, dem das aufgefallen ist. Und wenn du und Alfie das bemerkten, dann habe ich vielleicht doch ein Problem. Vielleicht habe ich es tatsächlich ein wenig übertrieben und ich will das nicht. Ich will nicht, dass die Leute mich ansehen und sagen: Da kommt wieder die alte Spritnase.«

»Das werden sie nicht. Du hast es selbst in der Hand.«

»Ich weiß. Aber ich habe Angst. Weil du recht hattest. Es ist eine Hilfe und ich fühle mich besser und stärker, wenn ich Alkohol trinke. Denk doch nur an heute. Du musst diese furchtbare Veranstaltung über dich ergehen lassen, weil ich Angst hatte, es nicht alleine zu schaffen.«

»Natürlich schaffst du das. Du kannst es so gut wie alle anderen. Du darfst dir nur nicht einreden, dass es nicht so ist.«

»Und bis ich das wieder in meinem Kopf habe? Dieses Wissen, dass ich eine solche Krücke gar nicht brauche?«

»Solange bin ich da und helfe dir«, sagte ich, weil ihre Augen mir gar keine andere Wahl ließen.

Kapitel 29

Cara

»Weißt du, was ich heute festgestellt habe?« Ich lag gemütlich auf meinem Sofa, eine Tasse wunderbar duftenden Kräutertee neben mir und eine Schale mit dem besten Weihnachtsgebäck der Welt im Schoß, das ich heute bei Allie erstanden hatte. Draußen regnete es in Strömen und ich hatte alle Kerzen, die ich besaß, angezündet.

»Was denn?«, fragte Nathan am anderen Ende der Telefonleitung.

»Dass in zehn Tagen schon Weihnachten ist.«

Nathan lachte leise. »Du bist ja eine von der schnellen Truppe, was?«

Ich verzog das Gesicht. »Lach nur. Ich hatte das ein wenig verdrängt im Trubel der letzten Tage.«

»Und? Hast du dich schon entschieden, was du machen willst?«

»Es wurde entschieden, fürchte ich. Ich habe Ada eingeladen.«

»Das ist gut.«

»Ja, das ist es. Ich musste sie lange überreden. Ada ist nicht dumm. Sie hat durchaus bemerkt, wie es letztes Jahr war.«

»Und nun? Wieso höre ich ein Aber heraus?«

»Weil gestern meine Mutter angerufen hat. Sie ist fest entschlossen, Weihnachten mit ihrer Tochter zu feiern.«

»Oh.«

»Ganz genau. Das ganze Jahr über sehe ich sie kaum noch. Aber an Weihnachten müssen wir eins auf heile Familie machen.«

»So schlimm wird es schon nicht werden.«

»Sag das noch einmal und ich lade dich ebenfalls ein. Ich schwöre, nicht mal du würdest dann dem Eierlikör widerstehen können.«

Nathan sagte nichts.

»Ich werde Ada nicht absagen, das steht fest. Ich werde meiner Mutter sagen, dass sie sich benehmen muss. Ganz genau so werde ich vorgehen.«

»Du schaffst das schon.«

»Was machst du denn über die Feiertage?«

»Weshalb?« Er klang eindeutig misstrauisch. Wahrscheinlich hatte er Angst, dass ich ihn wirklich einladen könnte. Genauso große Angst, wie ich hatte, es zu tun und ihn auf meine Mutter treffen zu lassen.

»Einfach weil ich es wissen will.«

»Nichts Besonderes. Ich werde die Ruhe genießen, Kerzen anstecken, etwas Gutes kochen ...«

»Lass mich raten. Kohlgemüse?«, fuhr ich dazwischen.

»Du bist manchmal ganz schön frech.«

»Macht es dir nichts aus? Ganz alleine zu sein?«

»Hm. Nein, ich denke nicht. Ich bin generell gerne alleine.«

»Keiner, der dir die Ohren mit dummem Zeug vollquatscht, was?« Ich lachte.

»Auch.«

Ich wartete, aber er sagte nichts mehr.

»Wenn es mir hier zu viel wird, dann weiß ich jetzt ja, wo ich Ruhe finden kann.«

»Und ausreichend Kohl«, sagte er mit leisem Spott.

Wir schwiegen eine Weile. Das hasste ich normalerweise am Telefon, wenn man dasaß und wartete, ob der andere noch etwas sagen wollte, und man selbst eigentlich nichts mehr wusste, was man erzählen konnte, und sich irgendwie dieses Schweigen aufbaute. Mit ihm fand ich das nicht schlimm. Es war sehr gemütlich und vertraut. Ich aß zwei Zimtsterne und einen Vanillemond und nahm einen Schluck Tee. Dann sah ich die Schüssel, zuckte die Achsel und nahm mir einen dritten Zimtstern. Die waren einfach zu gut, weich und aromatisch und wunderbar süß.

»Was machst du denn nebenher?«, fragte Nathan schließlich.

»Ich effe.«

»Was?«

Schnell schluckte ich den Rest hinunter. »Ich esse Zimtsterne.«

»Das sind meine Lieblingsweihnachtskekse.«

»Meine auch. Hast du Allies schon probiert? Mach es nicht. Ich werde mir demnächst neue Hosen zulegen müssen. Aber sie sind es verdammt wert.«

Nathan lachte. »Dann werde ich dringend bei ihr vorbeigehen müssen. Und danke nebenbei, dass ich jetzt den ganzen Abend daran denke.«

»Nun, ich hätte noch welche.« Ich sah in die Schüssel. »Aber es sind nur noch zwei und ich fürchte, bis du hier wärst, sind die weg. Also sorry.«

»Wie nett. Jetzt weiß ich wieder, weshalb wir befreundet sind«, sagte er lachend.

»Zimtsterne sind leider außer Konkurrenz. Aber alles andere würde ich sofort mit dir teilen.«

»Na dann«, sagte er und wir schwiegen wieder.

Als auch die restlichen Zimtsterne den Weg in meinen Magen gefunden hatten und ich mit dem letzten Rest Tee nachgespült hatte, fühlte ich mich rundum wohl und zufrieden. Ich hörte Nathans Atem, war satt und hatte noch diesen wunderbaren Geschmack im Mund. Ich schloss für einen Moment die Augen.

»Kennst du das? Wenn du einfach glücklich bist? Ohne Grund? Oder nur aus dem Grund, dass du gerade jede Menge Kalorien gefuttert hast?«

»Ja.«

»Ich bin es. Genau jetzt.«

»Das freut mich.« Nun klang seine Stimme wieder so wunderbar sanft, dass ich lächeln musste.

»Und du? Bist du glücklich, Nathan?«

»Ja, das bin ich. Genau jetzt.«

Ich seufzte zufrieden. »Das ist schön. Darf ich dich noch etwas fragen?«

»Probier es.«

»Warst du schon einmal richtig verliebt? Ich meine, so wirklich richtig? Mit allem, was dazugehört?«

Er ließ eine lange Pause entstehen. »Ich denke schon«, sagte er endlich und klang alles andere als glücklich.

»Und wieso hat es nicht funktioniert?«

»Das waren viele Gründe. Zu viele.«

»Hm.« Ich konnte es mittlerweile gut heraushören, ob er sich einfach aus Gewohnheit kurzfasste oder ob er ein Thema nicht weiter verfolgen wollte. Dieses Mal war es Option zwei, wie ich ohne Überraschung feststellte.

»Bei mir hat es auch nicht funktioniert«, sagte ich deshalb, weil er nichts mehr zu diesem Thema beitragen würde, ich aber darüber reden wollte. Keine Ahnung, weshalb mir das seit Tagen im Kopf herumging. Seit Neustem war diese ganze Sache mit der Liebe wieder viel zu präsent für meinen Geschmack und ich musste das endlich aus dem Hirn bekommen. »Ich habe ihn mehr geliebt als er mich. Als er ging, sagte er eine Menge unschöner Dinge. Nicht nur über meine Schenkel, die voller Dellen sind, oder die Auswirkung der Schwerkraft auf diverse Körperteile. Er fand mich auch zu hart, zu selbstbestimmt und zu kompromisslos. Und vielleicht hatte er sogar recht. Ich habe manchmal zu viel geredet und bin vom Hundertsten ins Tausendste gekommen. Ich war manchmal ziemlich schlecht gelaunt. Aber er war auch nicht immer nett. Und manchmal, da hätte ich mir einfach gewünscht, dass er mich packt und küsst. Wie in diesem Lied, kennst du das? Wo er sagt, sie soll doch endlich die Klappe halten und einfach mit ihm tanzen? Das ist mein Traum von einer Beziehung. Dass der andere es schafft, leicht zu sein, wo ich das nicht kann. Und wo ich auch so sein darf. Zu Christopher hätte ich nie so etwas sagen dürfen. Er wäre nie auf die Idee gekommen, mich einfach dadurch zu stoppen, dass er mich an die Wand presst und küsst, bis ich gar nicht mehr reden will.« Ich seufzte.

»Irgendwann wird der Mann kommen, der genau das tut.«

»Nein. Ich habe damit abgeschlossen.«

»Das hast du nicht. Das wäre zu schade.«

»Weißt du, was zu schade ist? Dass du auf Männer stehst.« Ich lachte leise. »Sonst würde ich mir das vielleicht doch noch mal überlegen. Ich meine, du kennst alle meine Macken, meine ganzen körperlichen Schwachstellen und du hast eine Engelsgeduld. Und du siehst auch noch gut aus.«

Nathan sagte nichts. Nun, daran war ich mittlerweile gewohnt und ich redete ja ganz gerne, also machte ich weiter.

»Wir könnten einen Deal schließen. Ich bleib alleine, das steht fest, und du sagst auch immer, dass du keine Beziehung mehr willst. Also werden wir so etwas wie Familie. Wir passen aufeinander auf und sorgen dafür, dass der andere keine Dummheiten macht. Du könntest kochen und ich kann von dir eine Menge über Gemüse lernen. Wir kümmern uns, wenn einer krank wird, und haben ansonsten Spaß miteinander. Wie ein Ehepaar, nur ohne Sex und all den Kram.«

»Ach, Cara«, sagte er und ich meinte zu hören, dass er doch kurz lächelte. »Schlaf gut und komm nicht auf noch mehr so verrückte Gedanken.«

Nein, dachte ich, als ich das Telefon weggelegt hatte. Das war keine verrückte Idee, sondern mit Abstand die brillanteste, die ich je hatte. Wenn ich mir etwas wünschen dürfte zu Weihnachten, dann genau das, stellte ich fest. Mit jedem Tag nahm Nathan mehr Raum ein in meinem Leben und ich hatte absolut nichts dagegen. Ich hätte auch nichts dagegen, wenn er wirklich an Weihnachten käme oder noch mehr Zeit mit mir verbringen würde oder wir sogar zusammen wohnten, eine WG gründeten ... Und wie ein Ehepaar lebten, ohne Sex. Nur dass dieser Gedanke sich gerade nicht mehr besonders verlockend anfühlte. *Ach du Scheiße*. Ich saß plötzlich auf dem Sofa. Die Schüssel mit den restlichen Plätzchen rutschte von meinem Bauch und polterte auf den Boden. Ich sah gar nicht hin, obwohl ein letzter, gut versteckter Zimtstern mitten auf dem Teppich lag. Ich war doch nicht etwa dabei, mich in meinen besten und leider schwulen Freund zu verlieben?

Kapitel 30

Nathan

»Nathan? Waren wir verabredet? Hatten wir heute etwas vor?«

»Nun, du hast mir doch von Allies Weihnachtsgebäck vorgeschwärmt. Und da sie heute wieder zu einem ihrer berühmten Adventssonntage einlädt, die ich nebenbei noch nie erlebt habe, dachte ich, wir zwei werden uns das jetzt einmal ansehen.«

»Im Ernst?« Caras Augen begannen zu leuchten.

»Klar. Und jetzt setz dir eine Mütze auf, es ist kalt draußen, und komm.« Ich wartete an der Tür, während Cara sich hastig ihre Stiefel anzog und nach Handschuhen kramte. In den letzten Tagen hatten mich ihre Worte nicht losgelassen. Ihre fixe Idee, dass sie sich Mut antrinken müsste, um Spaß zu haben oder locker zu sein. Was war nur mit diesem Mädchen los? Warum sah sie nicht, wie cool und frech sie war, und gleichzeitig so unglaublich verständnisvoll und fürsorglich. Wenn sie sich endlich erlauben würde, einfach sie selbst zu sein, dann würden ihr die Männer zu Füßen liegen. Nicht gerade das, was ich mir am liebsten vorstellte. Aber was ich mir jeden Tag vorstellte, war, dass sie glücklich war. Wie ihr Gesicht aufleuchtete, wenn sie etwas sah, das sie mochte. Wie ihre Augen blitzten, wenn sie sich auf einen kleinen Schlagabtausch einließ, den sie zu gewinnen beabsichtigte. Und wie sie lachte, laut und ungehemmt, und damit alle in einem Kilometer Umkreis ansteckte. Und ich wünschte ihr, dass sie jeden Tag so glücklich war. Ich wollte sie einfach nur glücklich sehen, selbst wenn das hieß, dass ich dabei zusehen musste, wie sie mit einem anderen Mann dieses Glück erlebte. Und deshalb hatte ich beschlossen, dass ich ihr den Glauben an sich selbst wiedergeben würde. Ich hatte es ihr oft genug gesagt und sie hatte es mir oft genug nicht geglaubt. Also würde ich es ihr zeigen. Wir würden zusammen hinausgehen und Spaß haben, ganz ohne Alkohol, und ich zweifelte nicht daran, dass es nicht lange dauern würde, bis auch anderen diese Frau auffiel. Und ganz nebenbei konnte ich so ohne schlechtes Gewissen mehr Zeit mit ihr verbringen. So viel dann auch dazu, wie stark und klug ich wirklich war.

»So, fertig«, strahlte Cara und schob mich aus der Wohnung. »Aber eine Mütze kannst du vergessen.«

Als wir beim *Cupcake* ankamen, begrüßte uns das Café mit anheimelndem Licht. Es war heute nicht nur kalt, sondern auch trüb und grau, wenn auch trocken. Das Café leuchtete schon von Weitem in warmem Licht. Um die Tür hatte Allie eine opulente Girlande angebracht, mit Tausenden Lämpchen, wie es schien, weißen Kugeln und Eiskristallen und Sternen. Es sah aus wie der Eingang zur Weihnachtswelt und ich hörte, wie Cara neben mir die Luft einzog. Es herrschte reger Betrieb und selbst draußen an den normalerweise verwaisten Tischen waren alle Plätze belegt. Die Gäste hatten sich tapfer in die bereitliegenden Decken gehüllt und hantierten ungeschickt mit den Kuchengabeln, weil ihre Hände in dicken Handschuhen steckten. Und doch sahen sie glücklich aus und lächelten uns an, als wir an ihnen vorbeigingen.

Drinnen herrschte noch mehr Trubel, die Menschen standen an der Theke, um sich Kuchen mitzunehmen, oder mit wartenden Gesichtern am Durchgang zum Café, um sich einen frei werdenden Platz zu sichern.

»Wie es aussieht, war es eine gute Idee, aber leider hatten die auch noch jede Menge anderer. Wie schade.« Cara hatte durch das Schaufenster gespäht und drehte sich jetzt mit enttäuschtem Gesichtsausdruck um.

»Ich bin nicht umsonst der Hoflieferant dieses Ladens. Komm mit.« Ich griff nach ihrer Hand und zog sie hinter mir her in das Innere. Hier drin hatte Allie sich ebenfalls ausgetobt. Überall funkelten elektrische Lichterketten, die in filigrane Weihnachtsgirlanden eingearbeitet waren. Auch sie waren übersät mit winzigen Eiskristallen, Zapfen und Kugeln. Auf den Tischen standen altmodische Kerzenleuchter, Teller aus Metall mit einem kleinen Ring zum bequemeren Herumtragen, wie man sie vor langer Zeit dazu benutzt hatte, um nachts durch das dunkle Haus zu gehen. Daneben waren auch hier kleine Gestecke zu finden, die ebenfalls das Winterthema aufgriffen. Und in der Luft lag ein betörender Duft nach Zimt und Vanille.

»Nathan!« Viie hob grüßend die Hand und begann zu strahlen.

Ich lächelte zurück. Viie war eine betörende Persönlichkeit, was nicht zuletzt daran lag, dass sie sich weigerte, ihr Geschlecht zu verraten. Das hört sich verrückt an und ist es ohne Zweifel auch, aber seit Allie sie eingestellt hatte, erschien sie mal als Frau, dann wieder als Mann, und in beiden Erscheinungen war sie absolut überzeugend. So überzeugend, dass ich es aufgegeben hatte, dahinterzukommen, welche davon nun echt war. Das stellte uns alle vor eine ziemliche Herausforderung, denn wir wussten nie, wie wir sie nun korrekt bezeichnen sollten. Wie Allie so schön sagte, stimmte weder *Sie* noch *Er* wirklich und *Es* klang einfach zu falsch. Ich für meinen Teil hatte mir deshalb angewöhnt, es der tagesaktuellen Erscheinungsform anzupassen, auch wenn das vielleicht nicht ganz richtig war. Heute trug Viie ein zauberhaftes Kleid, das einen absolut überzeugenden Busen in Szene setzte, dazu ihre »weibliche Frisur«, lange blonde Haare, und ich war einmal mehr davon überzeugt, dass diese Erscheinung kein Fake sein konnte.

Viie war nicht nur eine angehende Meisterbäckerin, wenn man Allie glauben wollte, sondern nebenbei auch topfit im Service und freute sich immer, wenn sie wieder einmal Gelegenheit hatte, im Laden mit anzupacken. Allie hatte lachend erzählt, dass Viie am liebsten jedes Wochenende eine Zusatzschicht eingeschoben hätte, damit sie unter der Woche ihre Ausbildung in der Backstube wahrnehmen konnte, aber nicht ganz auf den Kontakt mit den Menschen verzichten musste.

»Ihr habt Tisch neun. Ganz hinten«, rief sie und nickte mit dem Kopf Richtung Durchgang. »Ich komme gleich.«

Im hinteren Teil trafen wir kurz auf Allie, die mit leuchtenden Wangen und strahlendem Gesicht herumwirbelte.

»Schön, dass ihr da seid.« Sie drückte uns ein Küsschen auf die Wangen. »Euer Tisch ist eben frei geworden.«

Ich schob mich vor Cara durch den Raum bis hin zu einem kleinen Tisch mit zwei einladenden Sesseln, von dem aus man einen guten Überblick hatte. Wir saßen noch nicht lange, als schon Viie zu uns trat, mit einem voll beladenen Tablett in den Händen.

»Nathan war so schlau, das große Weihnachtspaket zu bestellen«, sagte sie fröhlich. »Ich hoffe, ihr habt die letzten Tage nichts gegessen.«

Sie stellte eine nostalgisch anmutende Teekanne mit weißen Sternen auf rotem Grund vor uns ab und passende Tassen, meine in Grau, Caras in Dunkelgrün, ebenfalls mit Sternen übersät. Dann folgte eine kleine Glasschale mit einem hohen Fuß, in der die akkuratesten Zimtsterne lagen, die ich je gesehen hatte. Die weiße Glasur leuchtete verlockend. Daneben fanden sich Monde, die nach Vanille dufteten, und Eiskristalle, die aussahen, als wären darin alle Gewürze der Welt verarbeitet. Eine filigrane Zuckergussdekoration war um die Kanten aufgebracht. Und zu guter Letzt stellte sie uns die aufwendigsten Cupcakes hin, die jemals gebacken wurden. Kleine weiße Meisterwerke, so makellos gearbeitet, dass ich mich kaum trauen würde, sie zu essen. Dunkle Schokolade bedeckte die Oberseite und schien an den Rändern hinabzutropfen. Ein Tannenbaum aus rot-weiß marmoriertem Fondant und viele kleine Zucker-Weihnachtsbaumkugeln in denselben Farben waren darauf arrangiert. Quer über dem Meisterwerk lag eine gestreifte Zuckerstange und eine kunstvoll gearbeitete Minilebkuchenfigur krönte das Ganze.

»Wow«, sagte Cara.

»Guten Appetit«. Viie strahlte zufrieden. »Das sind übrigens Gingerbreadtörtchen mit einer Lebkuchenganache, die euch durchdrehen lassen werden, so gut schmecken sie.«

»Na dann«, sagte ich und sah Cara an. »Bereit?«

»Oh mein Gott! Wenn das meine Zukunft ist, dann habe ich keine Angst mehr, alt zu werden. Ich muss mir nur einen festen Stammplatz hier reservieren.«

»Wie soll ich das verstehen?«

»Na, der Sex des Alters. Wenn die das damit meinen, dann werde ich für den Rest meines Lebens absolut glücklich sein.«

»Du bist noch nicht alt«, lachte ich.

»Sagst du. Ich werde vierzig und habe damit statistisch gesehen die Hälfte meines Lebens hinter mir. Mindestens.« Sie machte eine kleine Pause und sah auf die Schale mit den Keksen. »So betrachtet, sollte ich die restliche Zeit nicht damit verschwenden, auf etwas zu verzichten.« Sie griff nach einem Zimtstern, schob ihn in den Mund und verzog das Gesicht zu einer so wollüstigen Miene, dass es fast unanständig war. »Oh mein Gott«, sagte sie noch einmal und betonte jede Silbe. »Probier die bloß nicht.«

»So gut?«, fragte ich und konnte kaum den Blick von ihr wenden.

»Nein.« Sie schüttelte den Kopf. »Überhaupt nicht. Würde dir nicht schmecken.« Dann lachte sie und sah mich an. »Na gut. Mund auf.«

Sie lockte mich mit einem Keks und ich konnte nicht anders. Langsam öffnete ich meine Lippen und ließ zu, dass sie ihn mir in den Mund schob. Der Geschmack war großartig, aber nichts gegen das Gefühl, als ihre Finger kurz meine Lippen streiften. Ich schloss die Augen.

»Und?«, fragte sie.

»Wahnsinn«, gab ich zurück und meinte gleichzeitig den Geschmack, sie und meine Lippen, die immer noch prickelten.

»Und nun?«, fragte ich, als wir schweren Herzens Allies Weihnachtswunderland verlassen hatten, beide pappsatt, aber sehr glücklich.

»Geht es denn noch weiter?«, fragte Cara zurück.

»Ich denke, nach dieser Orgie würden uns ein paar Schritte guttun. Was meinst du?«

»Ich stimme dir voll zu, wie fast immer«, gab sie zurück und hängte sich bei mir ein.

Langsam schlenderten wir die Straßen entlang und genossen die zauberhaften Dekorationen. In der düsteren grauen Stimmung des Tages waren sie fast noch schöner als sonst, fand ich. Oder es lag daran, dass wir sie gemeinsam erlebten. Ohne uns abzusprechen, drehten wir eine große Runde, blieben eine Weile vor dem *Roses and Thorns* stehen, dessen Schaufenster es jederzeit mit Allies Laden aufnehmen konnten. Ich spürte, wie mich das alles nicht nur ruhig machte, sondern eine lange nicht mehr erlebte Vorfreude auf die kommenden Tage in mir weckte. Dann gingen wir weiter und kamen irgendwann bei Eliza vorbei. Auch das *BOOKS OF LOVE* erstrahlte in weihnachtlichem Glanz. Schwere rote Kugeln hingen in den Schaufenstern und auch hier leuchteten mehr Lichterketten, als ich bisher insgesamt in meinem Leben aufgehängt hatte. Drinnen hatte Eliza einen Weihnachtsbaum aufgestellt und opulent geschmückt und ihre Eingangstür wurde durch eine prächtige Tannengirlande mit akkurat gebundenen Schleifen geschmückt.

Cara seufzte neben mir. »Toll, oder? Da versteht man, was die Leute mit dem Zauber der Weihnachtszeit meinen.«

Kapitel 31

Cara

Langsam wurde es dunkel. In einiger Entfernung waren die Lichter des Weihnachtsmarktes zu sehen und Weihnachtsmusik klang herüber.

»Da ist wohl ein Konzert«, sagte ich.

»Lass uns hingehen.« Nathan war schon wieder Feuer und Flamme, wie den ganzen Tag.

»Ernsthaft?« Ich sah ihn an. Mit Weihnachtsmärkten hatte ich so meine Erfahrungen, wie jeder weiß. Und außerdem, ging man dort nicht nur hin, um sich am Glühweinstand herumzutreiben? Und was würden wir zwei dann tun?

»Klar, komm mit.« Nathans blaue Augen funkelten unter der grauen Wollmütze, um die ich ihn langsam, aber sicher beneidete. Es war in der Tat kalt, richtig kalt, und meine Ohren hatten schon vor einiger Zeit aufgegeben und waren mittlerweile gefühllos.

Ich war es gewohnt, recht zügig an den einzelnen Buden vorbeizugehen. Die meisten boten irgendeine Art der folkloristischen Kunst, die nicht so ganz zu mir passte, oder Bienenwachskerzen, die ich schon deshalb nicht kaufen konnte, weil die Wohnung meiner Mutter nach ihnen roch. Nathan allerdings hielt nichts vom zügigen Abgehen der Stände. Er zog mich mit zum ersten und wir betrachteten Krippenfiguren. Kleine, kunstvoll geschnitzte Holzgestalten, große, auf eine seltsame Art modern wirkende Figuren, die, wie der nette Mann am Stand erklärte, aus gefärbtem Sackleinen hergestellt wurden, das man mit Tapetenkleister verfestigte. Die Köpfe waren aus einem feinen Leinenstoff gearbeitet und goldglänzende Haare umgaben sie. Die Gesichter waren einfach glatte Kugeln, ohne Augen oder Mund, und doch waren diese Figuren so kunstvoll gearbeitet, hatten einen ganz eigenen Schwung und verschiedene Körperhaltungen. Fasziniert nahm ich eine in die Hand.

»Die sind wunderschön«, sagte ich langsam.

»Ja. Und schau dir mal den hier an. Der sieht aus wie Boris Johnson.«

Ich musste lachen. »Du hast recht! Die Frisur!«

»Und dort hinten steht Elton John«, machte Nathan weiter und zeigte auf einen Engel, der ein etwas ausuferndes Sternengewand trug.

Kichernd zogen wir weiter zum nächsten Stand. Dort gab es die unumgänglichen Kerzen, aber heute fand ich sie richtig schön. An einer kleinen, mit viel Tannengrün herausgeputzten Hütte verliebte ich mich augenblicklich in ein Paar wunderschöner Ohrringe. Die smaragdgrünen, geschliffenen Steine wurden von einem Kranz kleinerer Steine in derselben Farbe umrahmt und gaben dem Schmuckstück die Form einer Blume. Die Verkäuferin erzählte uns, dass sie alles, was es hier gab, selbst designte und anfertigte und dass jedes Stück ein Unikat sei und nur einmal verfügbar. Dann brachte sie mich vollends um den Verstand, als sie mir einen Spiegel hinhielt, damit ich sehen konnte, ob sie mir stehen.

»Wow«, sagte ich und hatte das Gefühl, dass meine Augen, die sonst eher langweilig grün-braun waren, eine ganz neue Strahlkraft hatten.

»Das sieht umwerfend aus. Wenn du die nicht kaufst, wirst du dich ewig ärgern«, prophezeite Nathan.

Ich dachte darüber nach. Er hatte recht. Aber ich trug selten so ausgefallenen Schmuck. Ich hatte mir über die Jahre eine nette kleine Auswahl zusammengekauft, doch um ehrlich zu sein, trug ich letztendlich immer nur die dezenten Perlenstecker. Das war einfach mein Look für das Büro und ansonsten war mein gesellschaftliches Leben relativ überschaubar.

»Ich fürchte, ich kann sie nicht mitnehmen. Sie sind bestimmt jeden Penny wert, aber es wäre eine unnötige Ausgabe. Völlig verrückt. Sie sollten von jemandem gekauft werden, der sie dann auch trägt. Sie sind viel zu schade für die Schmuckschatulle, und dort würden sie bei mir landen.«

Das war die Wahrheit. Außerdem hatte ich bereits viel mehr Geld als geplant in Weihnachtsgeschenke gesteckt. Zum ersten

Mal hatte ich das Bedürfnis, etwas zu verschenken, ohne das Wissen, dass ich das musste, weil ich selbst ein Geschenk zu erwarten hatte. Und so hatte ich in den letzten Tagen für meine Freunde etwas besorgt. Ein warmes Gefühl stieg in mir auf, als ich das dachte. *Meine Freunde*. Auch für Ada und Ewa hatte ich mich nicht lumpen lassen und da meine Mutter immer noch darauf bestand, den Weihnachtsabend mit mir zu verbringen, hatte ich auch für sie etwas gekauft. Außerdem hatte ich kurz entschlossen ein Paket für Elaine gepackt. Wir hatten ein paar Mal telefoniert und sie hatte mir ohne große Aufregung verkündet, dass sie sich sehr freute, von mir zu hören, aber nicht vorhatte, an den Feiertagen zu kommen.

»Das tu ich mir nicht an und meiner Familie schon gar nicht. Die Kleine ist jetzt alt genug, um das Fest so richtig zu erleben, und ich will, dass es wunderschön wird und friedlich und gemütlich.«

Ich verstand das nur zu gut. Das sagte ich ihr und dann erzählte ich ihr zum ersten Mal seit Jahren von mir. Also nicht das übliche Arbeitszeug und die erwarteten Beteuerungen, dass es einem gut gehe und man über eine Badsanierung nachdachte. Ich berichtete von Ada, wie sehr ich es genoss, in ihrer Gegenwart zu sein. Ich erzählte von Allie, Kate und Eliza und erwähnte auch Nathan. Und schließlich, weil das Gespräch so gut lief und Elaine wirklich eine Meisterin darin war, zuzuhören, gab ich zu, wie sehr ich mich vor diesem Weihnachtsfest fürchtete. Am Ende hatten wir beschlossen, dass wir uns im neuen Jahr unbedingt sehen mussten.

»Du bist nicht wie sie«, meinte Elaine entschieden. »Ich fürchtete all die Jahre, dass du ihr immer ähnlicher wirst. Es gab eine Zeit, da hatte sie viel zu viel Einfluss auf dich. Aber jetzt glaube ich, dass du auch *eine von den anderen* bist«, flüsterte sie mit vielsagendem Ton.

»Du hast das gehört? Du hast gewusst, dass sie dich so nennt?«, fragte ich besorgt.

»Natürlich. Und weißt du was? Ich hab's als Kompliment genommen. Und du solltest das auch tun.«

»Also, nimmst du sie mit? Sie sind wie für dich gemacht.« Nathan holte mich aus meinen Gedanken zurück.

»Es tut mir leid.« Ich reichte sie der netten Frau und schüttelte bedauernd den Kopf. »Ich bin keine Frau für Blümchenohrringe, wenn wir ehrlich sind.«

Er öffnete den Mund und schloss ihn wieder. Er sah mich nur nachdenklich an und ich griff entschlossen nach seiner Hand und zog ihn weiter.

»Komm schon. Es gibt bestimmt noch vieles zu entdecken hier.«

Danach bewunderten wir noch einen Stand, an dem es filigrane Metallsterne gab, mit funkelnden Perlen besetzt, die sich großartig in Allies Dekoration machen würden. Ich kaufte ein halbes Dutzend, die ich als Hingucker auf meine Weihnachtsgeschenke binden wollte und damit meine rudimentären Verpackungskünste mächtig aufwerten würde. Daneben gab es tolles Kinderspielzeug aus Holz und spontan erstanden wir eine Watschelente für Caleb, die er irgendwann an einem Stab vor sich herschieben konnte und die dabei ganz witzige, flappende Geräusche machte mit ihren viel zu großen Gummifüßen. Dann traten wir an eine Bude, die den abgefahrensten Weihnachtsschmuck verkaufte, den ich je gesehen hatte. Da gab es alles, von Einhörnern bis zu Kakerlaken mit Sonnenbrillen. Wir ersannen verrückte Theorien, wer sich wohl eine Kakerlake an den Weihnachtsbaum hängen würde, und lachten uns halb tot dabei. Dann ließen wir unseren Blick wandern von den Tieren zu den Früchten. Rot glänzende Äpfel aus Glas lagen neben den berühmten grünen Weihnachtsgurken. Doch auch Wassermelonen, Ananas und rotwangige Pfirsiche gab es zu kaufen. Außerdem Pilze und, ich hielt die Luft an, Brokkoli.

»Hey. Hier ist deine Abteilung.« Ich stupste Nathan übermütig an. »Wie wär's? Schau mal, da gibt es auch Karotten und sogar Spargel. Himmel, ist das verrückt. Und was soll das sein?«

»Ich tippe auf Ingwer«, meinte er, nachdem er sich das seltsame Gebilde länger angeschaut hatte.

»Ich wusste ja, dass wir Engländer verrückt sind, aber das übertrifft sogar meine Vorstellungen«, sagte ich zufrieden.

Am Ende der Bude war die Promi-Ecke, wie Nathan bemerkte. Da gab es alles, was man so kannte und liebte. Eine ganze Palette an Hogwarts-Schmuck, das Schloss, die einzelnen Charaktere, die Tiere. Sie waren wunderschön gearbeitet und so teuer, dass mir die Luft wegblieb. Daneben gab es jede Menge anderer Filmhelden. Superman sauste durch die Luft, einige Avengers warteten auf ihren Einsatz und sahen dabei der Eiskönigin zu, die sanft an ihrem Haken im Wind tanzte. Und dann sah ich Thor. Mit seinen blitzenden Augen, noch blauer als im Film, doch seine langen blonden Haare waren nicht ganz so zerzaust und vermutlich wegen Weihnachten hatte man ihm ein nettes kleines Lächeln aufgemalt. Es war eine bombastische Figur und ich nahm sie vorsichtig in die Hand.

»Das ’n Renner«, sagte der kaugummikauende Jugendliche schleppend, der hinter der Theke stand und uns mit mäßigem Interesse betrachtet hatte. Vermutlich hatte er Anweisungen, potenzielle Kunden nicht von der Angel zu lassen, und kam dem auf seine gechillte Art nach. Eine rote Weihnachtsmannmütze saß unmotiviert und schief auf seinem Kopf und er sah aus, als könne er spontan zehn Orte nennen, an denen er jetzt lieber wäre.

»Und ganz schön happig im Preis«, gab ich zurück und betrachtete das Preisschild.

»Das is Merch«, verkündete er und betrachtete mich dann genauer. »Ne Marke. Da hat irgend ’ne fette Firma Rechte dran und lässt sich das vergolden«, fügte er für Menschen wie mich hinzu, die er gekonnt als zu alt klassifizierte, um sich mit Dingen wie Merchandising auszukennen.

»Merch«, wiederholte ich und zog das Wort noch mehr in die Länge als er. »Das ’s krönungsbedürftig, isch schwör.«

Er verdrehte die Augen. Man sah es richtig, was er dachte. *Oh Mann, ist die peinlich.* Oder eher *Was ’n mit dem Krampfadergeschwader los?*

»Kost ’nen Zwanziger, ey. Die Preise sind safe«, gab er dann Auskunft und ich nickte langsam. Das war es wert.

»Fresh. Nehm ich.« Ich reichte ihm die Figur und sah zu, wie er Thor in eine hübsche kleine Schachtel packte und diese mit einem Siegel verschloss.

»Gechillte Weihnachten«, wünschte er uns höflich und wandte sich dem nächsten Opfer zu.

»Krönungsbedüftig?«, fragte Nathan und sah mich an, als wir weitergingen. »Echt jetzt?«

»Ich bin eine gebildete Frau. Ich spreche mit vielen Zungen«, gab ich übermütig zurück. »Und dieser Alpha-Kevin hat mich herausgefordert.«

»Alpha-Kevin? Du bist gemein, meine Liebe.« Dann beugte er sich zu meinem Ohr. »Aber ich steh drauf. Sag noch was.«

»Was? Nein.«

»Komm schon. Trau dich. Na gut, ich fang an. Arschfax.« Nathan sah mich herausfordernd an.

»Langweilig. Wie wäre es mit Alugurke?«

»Und das heißt?«

»Fahrrad.«

»Okay. Weiter.«

»Schattenparker.«

»Lahm. Das kannst du besser.« Seine Augen funkelten.

»Hm. Trachtengruppe.«

»Will heißen?«

Ich zeigte grinsend auf zwei Uniformierte, die eben an uns vorbeischlenderten.

»Etwas besser«, beschied er.

Ich dachte nach. »Analhusten«, sagte ich langsam.

Er grinste. »Ich kann's mir denken.«

»Und was ist mit Alimentenkabel?«, fragte ich, ohne nachzudenken.

Er brauchte einen Moment. »Nicht im Ernst, oder? Die haben jetzt ein Alimentenkabel?«

»Scheint so. Ich stelle es mir gar nicht vor. Wie unerotisch ist das denn? *Mein Alimentenkabel ist hart.* Oder sagen die dann: *Es brennt durch*?«

Nathan schien sich verschluckt zu haben.

»Alles gediegen bei dir?«, fragte ich und klopfte sicherheitshalber einmal auf seinen Rücken.

»Alles klar.«

»Na dann komm, du Schnitzel.«

»Schnitzel? Ist das so abwertend, wie das klingt?«, fragte er misstrauisch.

»Das wirst du selbst herausfinden müssen«, sagte ich und nahm seine Hand. »Na los, da vorne gibt es Lebkuchenherzen.«

Kapitel 32

Nathan

Es war wie ein Rausch. Nein, besser als jeder Rausch, besser als alles, was ich kannte. Meine Sinne waren viel schärfer als üblich. Wenn ich mit Cara unterwegs war, nahm ich alles um mich herum mit einer Intensität wahr, die ich nicht mehr zu haben glaubte. Sie überraschte mich und brachte mich zum Lachen, wenn sie mit ihren verrückten Ideen daherkam. Wir hatten uns wie überdrehte Jugendliche lachend von Bude zu Bude bewegt und schließlich, ihre Idee, eine Runde auf dem alten, meisterhaft restaurierten Karussell gedreht. Sie hatte sich halb tot gelacht, weil ich unbedingt auf das Feuerwehrauto wollte, und mir dann von ihrem Pferd herab hoheitsvoll zugewunken. Danach kaufte ich ihr eine Zuckerwatte, weil sie fand, dass das sowieso nur Luft war und somit wieder in den Magen passte, und sie überraschte mich mit einem Lebkuchenherz, auf dem schlicht *Danke* stand. Sie kicherte, weil ich an einem Stand einen Satz selbst gestrickter Socken kaufte, und ich erklärte ihr ernsthaft, dass nichts die Füße besser warmhielt, wenn man den ganzen Tag draußen war. Es war mittlerweile dunkel und wir dachten eben darüber nach, aufzubrechen, als ein Chor die kleine Bühne betrat und sich aufstellte. Die ganze Zeit über hatte es hier diverse musikalische Darbietungen gegeben, weshalb wir dem erst keine Aufmerksamkeit schenkten. Doch dann begannen sie zu singen und automatisch blieben wir stehen. Die Stimmen klangen kraftvoll und rein und die altvertrauten Melodien berührten mich auf eine seltsame Weise. Ich dachte einen Moment an längst vergangene Zeiten, an Kindertage, die glücklich gewesen waren. Dann schoben sich andere Bilder vor meine Augen, als diese Lieder nicht gespielt wurden zu Weihnachten, als auch diese Tage schnell und wild und bunt sein mussten. Ich hatte nicht auf Cara geachtet, die dicht neben mir zu stehen gekommen war und sich jetzt vor mich schob. Sie griff einfach nach hinten, packte meine Arme und legte sie sich um die Mitte. Und ich trat einen Schritt näher und spürte, dass ihre Anwesenheit mächtiger war als alles, was man mir in den letzten Jahren beigebracht hatte. Ich roch ihr Parfum, vermischt mit dem Geruch von Zuckerwatte, und die Bilder verloren an Kraft. Stattdessen tauchten andere auf, schönere, und in allen kam sie vor. Ich packte ihre Hände und neigte mich vor.

»Danke«, flüsterte ich an ihrem Ohr. »Für diesen Tag.«

Sie neigte leicht den Kopf und mein Mund berührte ihre Haut. Einen Moment war ich wie elektrisiert, dann ließ ich meinen Kopf in sichere Entfernung rucken.

»Deine Ohren sind eiskalt«, sagte ich, um nicht zu sagen, dass ich sie nie mehr loslassen würde und nie mehr hier weggehen und für immer im Schutz ihrer Anwesenheit bleiben wollte.

»Ich weiß«, gab sie zurück. »Aber ich mochte nichts sagen, sonst hättest du womöglich gedacht, dass ich heimgehen will.«

»Und? Willst du?«

»Nein.« Sie lachte. »Was sind schon ein paar Ohren? Gegen einen wunderschönen Tag?«

»Na, dann muss ich mich wohl opfern.« Ohne lange nachzudenken, nahm ich meine eigene Mütze ab und stülpte sie ihr über den Kopf. Sie seufzte so laut, dass ich es über die Musik hinweg hören konnte.

»Du bist mein Held«, sagte sie und drehte ihren Kopf wieder zur Bühne. Und der Held stand hinter ihr, legte einmal mehr die Arme um sie und wünschte sich verzweifelt, dass sie recht hätte.

»Kommst du noch mit hoch?«

Ich hatte darauf gehofft und mich gleichzeitig davor gefürchtet. Ich wollte, dass dieser Tag nie endete, weil er einfach perfekt gewesen war. Früher einmal hätte ich in so einem Moment sofort genickt und *Jackpot* gedacht. Heute dachte ich *Scheiße!* und es hatte rein gar nichts mit ihr zu tun. Trotzdem nickte ich, weil ich so wenig wie sie wollte, dass es zu Ende wäre.

Cara zündete ungefähr hundert Kerzen an, während ich auf dem Sofa saß und ihr dabei zusah, wie sie sich durch den Raum bewegte. Dabei plapperte sie unentwegt. Als wäre der Tag schon

Jahrzehnte her, sagte sie ständig Dinge wie: *Erinnerst du sich noch an den Gesichtsausdruck dieses Mannes, als du sagtest, seine Krippenfigur sieht aus wie unser Premierminister?* Und *Ich denke, so ein kandierter Apfel hätte doch noch reingepasst.* Ich hörte ihr zu und wünschte, dass es immer so sein könnte. Dass ich hier ganz zu Hause war und dass ich sie jeden Abend hören konnte, wenn sie mir Sachen erzählte, die ich kurz zuvor erst mit ihr erlebt hatte. Dann ließ sie sich neben mich plumpsen und legte mir ihre Füße in den Schoß.

»Du brauchst wohl auch neue Socken. Die sind mindestens genauso kalt wie deine Ohren.«

»Die haben langsam wieder Betriebstemperatur«, grinste sie, ehe wir beide in Lachen ausbrachen.

»Kein Wunder. Ob ich diese Mütze jemals wieder zurückbekomme?« Ich deutete auf ihren Kopf, wo meine altgediente Wollmütze immer noch thronte.

»Ich fürchte nicht. Nicht vor April. Oder eher Mai.«

»Das ist meine Lieblingsmütze«, sagte ich und begann, sanft ihre Füße zu massieren, die wirklich erschreckend kalt waren.

»Und ich bin deine Lieblingsfreundin, oder nicht?«, fragte sie mit kecker Stimme.

Ich sah sie einen Moment an. »Ja. Ja, das bist du.«

»Na dann.« Sie grinste und ich nahm meine Arbeit an ihren Füßen wieder auf.

»Und als Nächstes willst du meine Schuhe, habe ich recht? Hast du keine anständigen Winterstiefel?«

Nachdem sie befunden hatte, dass sie jetzt ihre Zehen wieder spürte und zudem Hunger habe, war sie in der Küche verschwunden und kurze Zeit später mit zwei Tellern heißer Gemüsesuppe wiedergekommen.

»Selbst gekocht«, teilte sie hoheitsvoll mit. »Und ich glaube, da ist auch Brokkoli drin.«

»Du glaubst es? Du hast die selbst gekocht und weißt nicht, was drin ist?«

»Ich gebe zu, dass ich sie schon vor ein paar Wochen gemacht habe und eben nur aus dem Tiefkühler nehmen und aufwärmen musste. Ich habe nicht immer Zeit zu kochen und deshalb stets ein paar Gerichte auf Vorrat. Aber das Gemüse ist von dir, da bin ich mir sicher.«

»Das schmeckt eher nach Kürbis«, sagte ich nach dem ersten Löffel. »Aber sehr gut. Kürbis mit Orange und einem Hauch Ingwer, hab ich recht?«

»Das kann sein«, gab sie unbekümmert zu. »Ich habe auch ein neues Kürbisrezept ausprobiert und vermutlich vergessen, die Beschriftung auf der Dose zu aktualisieren. Was waren das noch für Zeiten, als die wasserfesten Stifte nicht wasserfest waren und sich in der Spülmaschine einfach auflösten.« Sie lachte. »Und du hast recht. Die Farbe kommt gar nicht hin für eine Gemüsesuppe. Ich wollte dich nur beeindrucken.«

Dazu brauchst du keine Suppen, dachte ich.

»Also, was ich noch fragen wollte, und der wahre Grund, weshalb du diese Köstlichkeit überhaupt bekommen hast«, fuhr sie plötzlich recht aufgeräumt fort. »Ich habe noch keinen Weihnachtsbaum und ich könnte etwas Hilfe brauchen, ihn diese ganzen Treppen hochzuschleppen. Die letzten Jahre hatte ich ein kleines Bäumchen, so wie ich das von früher kenne. *Kein Grund, Unmengen Geld auszugeben*, hatte meine Mutter immer gesagt. *In zwei Wochen landet er auf der Straße, da tut es auch ein kleiner, der ist auch schneller geschmückt.* Aber weißt du was?«, sie stellte mit Schwung ihren Teller ab. »Dieses Jahr nicht. Dieses Jahr ist mir nach einem Riesenbaum und es ist mir egal, wenn er teuer ist. Und ich will ganz viel Schmuck dranhängen und stundenlang damit beschäftigt sein, während im Hintergrund Weihnachtsmusik läuft. Und vielleicht kaufe ich mir noch Boris Johnson und stelle ihn darunter, neben Elton John.« Sie lachte. »Nein, eher nicht. Aber ein Baum muss her und die Zeit wird knapp.«

»Dann sollten wir es nicht auf die lange Bank schieben. Wie sieht es aus? Morgen ist es schlecht, aber am Dienstag hätte ich Zeit. Der Markt schließt um sechs, du darfst mich abholen.«

Als ich endlich ging, war es spät. Wir waren beide müde und zumindest ich wäre am liebsten einfach auf diesem Sofa liegen geblieben und hätte sie in meine Arme gezogen. Aber Cara hatte nach der Fußmassage penibel darauf geachtet, auf ihrer Seite zu bleiben und mir nicht mehr zu nahe zu kommen, was ich sehr bedauerte. Sie war munter gewesen und hatte ohne Unterlass geredet und gelacht und ich hatte einfach die Zeit genossen. In ihrer Gegenwart fiel es mir immer schwerer, mich auf das zu besinnen, was sonst stets in meinem Hinterkopf war. Ich wurde entspannt und leider auch nachlässig. Ich vergaß, dass das nur ein Traum war, der umso schöner und schlimmer wurde, je länger man ihn träumte, weil das Aufwachen mit jeder Sekunde, die man ihn ihm verweilte, schrecklicher sein würde. Warum musste es ausgerechnet diese Frau sein, die mich mit solch einer Urgewalt aus meinem zufriedenen und glücklichen Leben riss? Bei keiner anderen wäre meine Liebe so gefährlich wie bei ihr, redete ich mir ein. Anstatt einfach darauf zu vertrauen, dass sie weit stärker war als ich und stark genug für uns beide.

Kapitel 33

Cara

»Genau der.« Triumphierend umklammerte ich den Baum, damit ihn mir niemand mehr wegschnappen konnte. Seit einer halben Stunde schon ließ ich Nathan einen Weihnachtsbaum nach dem anderen festhalten, damit ich ihn mit nachdenklicher Miene umrunden und ihn von allen Seiten betrachten konnte. Und jetzt endlich hatte ich ihn gefunden, den schönsten Baum der Welt, dicht und sattgrün und ein ganz klein wenig krumm, weil ich fand, dass mein Weihnachtsbaum auch einen kleinen Makel haben musste. Ich stellte mir stets vor, wie andere Menschen ihn betrachteten und glücklich ausriefen: *Der ist perfekt!* Und dann gingen sie um ihn herum und sahen, dass er von der Seite betrachtet einen Linksknick hatte, und sie stellten den armen Baum wieder zurück und nahmen einen anderen, der aufrecht und gerade war. Es war albern und sentimental, aber es war mein Baum, da durfte ich tun und lassen, was ich wollte.

Der hilfsbereite Verkäufer kam und netzte ihn ein und dann packten wir ihn und schleppten ihn lachend nach Hause. Zumindest am Anfang lachend. Denn was in Filmen immer so romantisch aussieht und jede Frau seufzen lässt, wenn die Heldin in der Geschichte gemeinsam mit einem tollen Kerl einen Weihnachtsbaum trägt und man weiß, jetzt geht es an das Ende und bald schneit es und dann wird er sie endlich küssen, ist in Wahrheit ein ganz schöner Kraftakt. Nicht einmal die Gedanken an belohnende Küsse, die es in unserem Fall nie geben würde, konnten das auf Dauer ändern und schließlich ächzte ich laut genug, dass Nathan stoppte und sich umsah.

»Ich brauch ’ne Pause.«

Er lachte auf. »Ich hab es dir gleich gesagt«, meinte er zufrieden.

»Ich schaff das schon.«

»Gib mir eine Chance«, sagte er mit einem Augenzwinkern. »Wir mögen das, wenn ihr auch mal schwach seid und wir die starken Helden sein dürfen.« Er hievte sich den Stamm auf die Schulter und sah mich an. »Los geht's.«

Ich ging neben ihm und fand, dass es durchaus seine schönen Seiten hatte, nicht alles machen zu müssen. Ich konnte beschwingt meines Weges gehen, ihn auf die ganzen entzückenden kleinen Details aufmerksam machen, die ich in Schaufenstern entdeckte, und dem dicken Weihnachtsmann mit der Spendenbüchse und dem Hinweisschild, dass er Geld für eine lokale Hilfsorganisation sammelte, einen Geldschein zustecken, ganz ohne Probleme. Ich könnte sogar neben ihm herhüpfen, weil ich so glücklich war in diesen Tagen. Es war, als hätte jemand ein Tütchen Glitzer über meinem Leben ausgekippt. Im Büro gab es keinerlei Andeutungen mehr, dass ich mir mein Leben schön trinken musste. Alfie hatte sich nicht einmal mehr per E-Mail gemeldet und die von meiner Seite stark gekürzte letzte Spesenabrechnung klaglos akzeptiert und Ada war endlich überzeugt, dass ich auf gar keinen Fall an Weihnachten auf sie verzichten würde. Ich fühlte mich wirklich wie in einem dieser kitschig-wunderbaren Filme, die ich nur heimlich sah, weil es mir peinlich war, und in denen die Guten am Schluss immer glücklich waren und geküsst wurden. Ich schielte zu Nathan hinüber und spürte, wie mein Herz einen Moment aussetzte, weil er so stark aussah und sanft und sein Gesicht so zufrieden wirkte und er ganz alleine den Baum schulterte und das alles für mich tat.

Als wir die Treppe hoch mussten, packte ich dann wieder mit an und schließlich hatten wir es geschafft, ihn durch die Tür zu bugsieren. Nathan lehnte ihn an die Wand.

»Gutes Augenmaß. Der dürfte keine zehn Zentimeter mehr haben.«

Ich grinste zufrieden. Ich hatte keinen Augenblick darüber nachgedacht, ob er passen würde oder nicht. Denn wenn nicht, dann würde sich Nathan etwas einfallen lassen. Und er würde ihn auch in meinen Ständer bekommen, der seit Jahren klemmte und den ich immer hatte ersetzen wollen.

Nathan schaffte es, den Seilzug erst zu lösen und dann mit dem Baum darin zu verspannen, und erklärte mir, dass das Ding nicht klemmte, sondern eine Sicherungsschraube hatte, an die ich nicht mehr gedacht hatte.

»Und jetzt die Lichter.« Ich drückte ihm das eine Ende der langen Kette in die Hand, um ihm keine Gelegenheit zu geben, sich zu verabschieden. Ich hatte mich noch nie im Leben so sehr darauf gefreut, den Baum zu schmücken wie in diesem Jahr, und ich wusste, woran das lag. Die ganzen letzten Tage hatte ich mich in seiner Gegenwart gefühlt, als hätte ich den besten Champagner der Welt getrunken, nur glücklicher. Aber ich war genauso berauscht und mutig und ich hatte viel zu viel geredet, um keine Pausen entstehen zu lassen, in denen ich ihn vielleicht nur betrachtete und meine Augen ihm verraten könnten, wie gern ich ihn hatte. Manchmal, wenn er mich mit diesen Hammer-Augen ansah, hatte ich gedacht: *Was soll's. Ich küss ihn einfach.* Und dann hatte ich erschrocken schnell wieder über das Nächstbeste geredet, das mir in den Sinn kam, und mich hinterher dafür am liebsten in den Hintern gebissen, weil es nicht immer Dinge waren, die ich sonst gesagt hätte. Er hatte eine ganz fatale Wirkung auf mich und ich wünschte mir mehr als einmal, dass er mich plötzlich in den Arm nahm und mir gestand, dass ich alles ganz falsch verstanden und er sich aus unerklärlichen Gründen ausgerechnet in mich verliebt hatte. Ich meine, klar, mit einem gut gebauten Homo-Mann konnte ich es nie im Leben aufnehmen, aber selbst wenn er nicht auf das eigene Geschlecht gestanden hätte, wäre ich vermutlich ziemlich weit hinten in der Reihe. Ich könnte aus dem Stegreif mindestens fünf Kundinnen benennen, die sich in der letzten Zeit an seinem Stand besabbert hatten, und das war nur in der kurzen Zeit gewesen, in der ich dort war. Alle waren verrückt nach ihm und verdammt, ich war es auch. Und trotzdem, obwohl wir nie eine Chance haben würden, war ich glücklich, nur weil er hier war und meine Lichter mit solch einer Konzentration platzierte. Früher wäre ich in so einer Situation fuchsteufelswild geworden und hätte das Schicksal und das Universum verflucht, weil sie es zuließen, dass ich mich ausgerechnet in einen Mann verliebte, den ich nie würde bekommen können.

Aber seltsamerweise war es dieses Mal nicht so. Ich wollte ihn, oh ja, aber ich wollte vor allem, dass er glücklich war. Ich wollte ihn zum Lachen bringen, weil seine Augen viel zu oft diesen Ausdruck bekamen, der mir schreckliche Angst machte. Ich wollte ihn daraus verscheuchen und für immer bannen, damit er wieder bereit war, sein Glück zu finden. Es war mir nicht entgangen, dass ich fast nichts über ihn wusste und dass es Themen gab, bei denen er sofort dichtmachte. Ich akzeptierte das, weil mir nichts anderes übrig blieb, wenn ich ihn nicht verschrecken wollte. Ich hätte zu gerne gewusst, was er so schlimm fand, dass er nicht darüber sprechen konnte, und hatte gleichzeitig Angst, es zu erfahren, weil er kein Mann war, der etwas Harmloses so aufplusterte. Was immer ihn beherrschte, musste groß sein und schrecklich. Und andererseits konnte ich mir nicht vorstellen, dass ein Mann wie er irgendetwas getan haben könnte, das nicht nachvollziehbar war. Hatte er getrunken und einen Menschen dabei angefahren? War es das? Ich hatte mir schon vieles ausgedacht, viele Szenarien durchgespielt und nach Worten gesucht, um ihn von seiner Schuld zu befreien. Denn da war ich mir recht sicher: Er verwehrte es sich deshalb, wieder glücklich zu werden, weil er dachte, seine Schulden abbüßen zu müssen. Und egal mit wem, ich wünschte ihm, dass er das einfach wieder sein konnte.

»Wie geht es weiter?«

Ich konnte gerade noch rechtzeitig ein Lächeln aufsetzen, ehe Nathan sich umdrehte und mir stolz seine Arbeit präsentierte.

»Ich hole die Kugeln.« Ich eilte ins Schlafzimmer, wo ich schon alles bereitgestellt hatte. Dann kam ich mit meinem Karton zurück, sah den Baum und schüttelte den Kopf.

»Ich fürchte, ich habe viel zu wenig.«

»Warte es ab. Wir bekommen das schon hin.«

Wie schön das klang, wenn er *wir* sagte. Ich musste mich beherrschen, um nicht dahinzuschmelzen und ihn dämlich anzugrinsen, also sagte ich forsch: »Gut, dann fang mal an. Der muss ganz oben auf die Spitze.«

»Was? Die Spitze stößt an die Decke.«

»Na dann. Überleg dir was, du Held.«

Er stöhnte, als er den Baum ansah, dessen oberer Kranz sich an die Decke drückte, und ich grinste zufrieden. Na bitte. Ich hatte es voll im Griff. Stimmung gerettet und wieder komplett im Freunde-Modus.

Natürlich hatte es auch Nathan im Griff und eine Stunde später ließ ich Mariah Carey die dritte Runde singen.

»Ist das die einzige CD, die du hast?«, fragte Nathan und stieg vom Stuhl. Der Stern glänzte endlich oben auf der stark zurückgestutzten Spitze, die diesen Namen eigentlich nicht mehr verdiente, und dennoch sah es toll aus.

»Nein. Aber es ist nun mal die allerschönste Weihnachts-CD der Welt und man kann sie nicht oft genug hören, meiner bescheidenen Meinung nach. Und *All I want for christmas* ist der schönste Song der Welt.«

Er nickte und sah dann zu seinem Werk hinauf. »Und du hast nun den allerschönsten Baum der Welt.«

»Fast.« Ich ging hinüber zur Kommode und griff nach der kleinen Schachtel. Langsam zuppelte ich das Siegel ab und holte Thor hinaus. Dann hängte ich ihn so auf, dass er auf Augenhöhe war und ganz vorne und jedem sofort ins Auge fallen musste.

»Du hast eine Vorliebe für diesen Kerl, was? Irgendwie erinnert er mich an jemanden.«

Ich schluckte. Gerade eben hatte ich es auch bemerkt, war es mir wie Schuppen von den Augen gefallen. Die Statur war bei Thor muskulöser, keine Frage. Und er trug sein Haar wilder, nicht zu einem Dutt gebunden. Und seine Augen, sorry, Chris, hatten keine Chance gegen die anderen. Und natürlich war Thors Gesicht voller und runder und seine Züge nicht ganz so fein geschnitten wie die in dem Gesicht neben mir. Er sah wilder aus, aber nicht männlicher, fand ich. Und natürlich hatte Thor noch kein einziges graues Haar, im Gegensatz zu Nathan. Aber im Großen und Ganzen war es nicht zu leugnen, dass da eine gewisse Ähnlichkeit bestand. Und ich hatte ihm ungehemmt von Thor vorgeschwärmt und – oh mein Gott – ihn sogar in Zusammenhang mit Batterien erwähnt. Warum hatte ich mich nie gefragt, weshalb mich dieser Kerl seit Neustem so wuschig machte und ich ihn so bereitwillig in meine erotischen Fantasien gelassen hatte?

»Na, ich werde schon noch dahinterkommen«, sagte Nathan. Ich nickte und hoffte, dass es recht lange dauern würde.

Kapitel 34

Nathan

»Nathan«, begann Cara in diesem besonderen, langsamen Tonfall, den sie immer dann anschlug, wenn etwas kam, von dem sie wusste, dass es gefährlich war.

Wir hatten nach der Baumschmückaktion zusammen gekocht und zum vierten Mal diese CD gehört. Die Kerzen brannten wieder und draußen war ein scharfer Wind aufgekommen. Er schenkte uns die Hoffnung auf Schnee, die sich wohl neuerlich nicht erfüllen würde, aber es war schön, davon zu träumen. So schön, wie hier in diesem Zimmer zu sitzen und den Baum anzusehen und so zu tun, als wäre alles in Ordnung und das mein Leben.

»Nathan, möchtest du mit uns Weihnachten feiern?«

»Ist deine Mutter so schlimm?«

»Ich meine das ernst. Willst du nicht zu mir kommen?«

»Ach, Cara. Weihnachten ist ein Fest der Familie.«

»Ja.« Sie klang plötzlich entschlossen. »Ganz toll, besonders wenn die Familie so liebevoll miteinander umgeht. Und Ada würde bestimmt ein Stein vom Herzen fallen, wenn noch jemand da wäre. Und überhaupt«, sie holte tief Luft, »ist es das Fest der Liebe und der Freunde. Und ich hätte zu gerne einen Freund dabei.«

»Ich weiß nicht …« Ich stand auf und ging ans Fenster. Ich würde nichts lieber tun, als Weihnachten mit ihr zu feiern. Aber es würde so schwer werden wie nichts zuvor, an diesen Tagen bei ihr zu sein und trotzdem so weit weg.

»Ich kann mir denken, dass du dir etwas Schöneres vorstellen kannst. Und dabei kennst du meine Mutter noch gar nicht.« Sie lachte auf, kein freudiges Lachen. »Schon klar. Es war eine dumme Idee.«

»Nein.« Ich konnte nichts machen, es kam einfach aus meinem Mund heraus. »Nein, ich würde sehr gerne mit euch feiern.«

Ich sah, wie ihr Gesicht aufleuchtete. »Echt? Oh Mann, du weißt gar nicht, was für ein Stein mir gerade vom Herzen fällt. Und du hast für immer und ewig etwas gut bei mir.«

Und dann fiel sie mir um den Hals. Sie schmiegte sich an mich und war mir so nahe, dass ich ihr Herz klopfen hören konnte, schnell und wild.

»Und wir haben noch so vieles zu besprechen.« Aufgeregt hob sie den Kopf und sah mich an. Sie löste sich aber nicht von mir und ich tat es auch nicht, obwohl ich es besser hätte wissen müssen. »Ich muss noch das Essen planen und ich gestehe, ich bin in Wahrheit keine gute Köchin. Das Einzige, was ich hinbekomme, sind Suppen, und die auch nur, weil meine fabelhafte Küchenmaschine die nahezu alleine macht. Kennst du die Dinger? Die sagen dir alles, was du wann in welcher Menge reinkippen musst, und die wissen dann alleine, wie lange sie das kochen oder pürieren müssen. Und meine Mutter will bestimmt eine Gans, weil sie das früher immer gekocht hat, aber in Wahrheit hasse ich die total.« Sie holte tief Luft und sah mich fragend an.

Wie kannst du jetzt nur an Küchenmaschinen und Gänse denken, dachte ich. Aber stattdessen sagte ich: »Wir bekommen das hin. Ich werde dir helfen.«

»Kannst du kochen?«

»Ich denke, es wird reichen.« Ich grinste, weil sie so überrascht aussah.

»Ich weiß nur nicht«, sie krauste nachdenklich ihre Stirn und zog die Unterlippe zwischen die Zähne. Ich hätte gerne gestöhnt oder mich zumindest ans andere Ende des Zimmers verzogen, aber sie hielt mich immer noch fest, und das wollte ich ebenfalls. »Ob meine Mutter so der große Gemüsefan ist. Also, sie isst es schon gerne, aber für sie ist es eben eine Beilage.«

»Und?«

»Nun, und du …« Sie ruderte ein wenig mit einer Hand und nahm dann auch die andere weg. Langsam trat sie einen Schritt zurück und sah mich wieder mit diesem zerknautschten Gesicht an. »Nun ja, du bist der Gemüse-Mann.«

Ich hob die Augenbrauen. »Ja. Ich verkaufe Gemüse.«

»Nun ja, und meine Mutter hat es nicht so mit dem Vegetarismus.«

»Und?«, fragte ich noch mal, obwohl ich wusste, worauf sie hinauswollte. Aber sie war zu süß in ihrer Qual.

»Nun ja, Tatsache ist, dass sie an Weihnachten nun mal Fleisch erwartet.«

»Dann denke ich«, sagte ich langsam, »dass sie dieses Jahr ...«

Cara holte tief Luft.

»... zur Abwechslung einmal ein gutes Stück Filet serviert bekommt.«

»Das würdest du tun? Fleisch kochen? Braten? Was auch immer?«

Ich sah sie an und spürte, wie sich mein Mund von alleine verzog. »Ich bin kein großer Fleischesser, aber ab und zu gönne ich mir ein Stück. Ich kenne einen großartigen Biobauer, den ich gerne anrufen könnte.«

»Du ...« Sie sah mich an, dann begann sie zu meiner größten Überraschung plötzlich, wie eine Verrückte auf meinen Brustkorb einzuschlagen. »Du blöder Kerl. Du hast es genau gewusst und mich hier rumstottern lassen. Und überhaupt ist das nicht fair. Gibt es nichts, was du nicht kannst? Du kannst kochen und Weihnachtsbäume schleppen und du weißt immer die richtige Antwort und ...«

Ich packte ihre Handgelenke und hielt sie fest. Nicht dass es besonders wehtat, aber sie brachte sich langsam in Rage. Und auch wenn es ein Spiel war, spürte ich, dass es gefährlich werden konnte, wenn ich zuließ, dass sie mir weiterhin so nahe war. »Cara, glaub mir, es gibt eine ganze Menge, was ich nicht kann.«

»Danke, Nathan. Du bist wirklich der netteste Mensch, den ich in meinem ganzen Leben kennengelernt habe«, hatte Cara zum Abschied gesagt und leider darauf verzichtet, mich wie sonst auf die Wange zu küssen. Ihre Stimme hatte dabei einen ganz neuen Klang gehabt, kleiner als sonst und wärmer. Eine Stimme, die mitten ins Herz trifft und dort Wunden schlagen kann, so groß wie Stonehenge. Mindestens.

Wir hatten eine Liste erstellt, weil sie darauf bestanden hatte, und ein Weihnachtsmenü geplant, das ihre Mutter zufriedenstellen sollte. Um das Dessert wollte sich Cara kümmern. Anscheinend kannte ihre tolle Maschine ein paar ebenso einfache wie schmackhafte Rezepte. Zur Sicherheit würde sie zusätzlich bei Allie eine große Tüte Gebäck besorgen und ich vermutete, dass sie keine Skrupel haben würde, dieses dann als ihr eigenes auszugeben. Ich war selbstredend für das Gemüse zuständig und das Fleisch und die eine oder andere Zutat, die in ihrer eher spärlich bestückten Küche fehlte.

Plötzlich freute ich mich auf Weihnachten. Trotz ihrer Mutter, die vermutlich nur halb so schlimm war, wie Cara tat, und obwohl ich an diesem Tag einen Traum leben würde, der sich nie erfüllen konnte. Aber in diesem Moment war es mir egal. Ich hätte wenigstens eine Erinnerung. Ich würde wissen, wie es sein könnte, und ich würde einfach mal ein paar Stunden alles zur Seite schieben und genießen, was ich geschenkt bekam.

Kapitel 35

Cara

»Oh mein Gott! Schon so spät! Die können jeden Moment hier auftauchen.« Ich drehte mich um meine eigene Achse. »Ist der Wein im Kühlschrank?«

»Ja. Immer noch.« Nathan schenkte mir einen seiner Blicke, die sofort wie eine Beruhigungspille wirkten. »Entspann dich. Wir sind fast fertig. Alles läuft gut.«

»Ja.« Ich sah mich noch einmal um. »Ja«, bekräftigte ich dann, um mich zu beruhigen. Dies hier könnte das beste Weihnachtsfest meines Lebens werden. Es war bereits das beste Weihnachtsfest. Nathan war am frühen Nachmittag hier aufgetaucht, bepackt mit Tüten und einer Ruhe, um die ich ihn ernstlich beneidete. Er hatte gelassen die Küche übernommen und mich als Hilfskraft eingestellt. Wir hatten zusammen die Karotten vorbereitet und den Salat und er hatte mir seine geliebte Schwarzwurzel vorgestellt. Dann hatte ich das Dessert gemacht und er sich um das Fleisch gekümmert. Und die ganze Zeit hatten wir gelacht und einen Heidenspaß gehabt. Aber je später es wurde, desto nervöser wurde ich. Erst vorgestern hatte meine Mutter mich wieder unter Druck gesetzt, dass ich Ada ausladen müsse, und auch auf die Neuigkeit, dass ein Freund ebenfalls zu Gast sein würde, hatte sie verschnupft reagiert.

»Es ist Weihnachten«, hatte sie spitz gesagt.

»Ich weiß. Deshalb kommt er ja.«

»Ist das dein Freund?«

»Nein.« Ich hatte einen Seufzer unterdrückt. »Er ist nur ein Freund. Ein sehr guter Freund.«

»Und was hat er dann an Weihnachten bei dir verloren? Hat er keine eigene Familie?«

»Leider nein.«

»Aha«, hatte sie gesagt, als wäre das eine Schande. »Nun, anscheinend wirst du weich. Ich hatte mich so darauf gefreut, mit dir zu feiern.«

Das bezweifelte ich. »Wir feiern doch zusammen. Aber es ist doch auch nett, wenn wir nicht ganz alleine sind.«

»Hm.« Sie hatte ein Geräusch gemacht, das ich zu gut kannte. Meine Mutter war sehr gut im Geräuschemachen. Sie konnte alles mit einem Geräusch ausdrücken und ich riss mich zusammen.

»Es wird bestimmt ein wunderschöner Abend.«

»Mit Fremden.«

»Ada ist keine Fremde«, sagte ich leise.

»Sie ist nicht meine Familie. Sie hat immer nur Zwist gesät und nun nimmt sie mir meine einzige Tochter.«

»Du hast zwei Töchter, Mutter.« Ich musste mich sehr beherrschen.

»Eine hat mich schon lange verlassen. Und die zweite ist auf dem Sprung.«

»Das bin ich nicht.« Aber ich würde es bald sein. Doch ich wollte so kurz vor Weihnachten keinen Streit vom Zaun brechen. »Also, um sieben geht es los.«

»Ist das nicht reichlich spät?«

»Ich denke nicht. Wir sind ja keine Kinder mehr, die um neun ins Bett müssen.« Ich hörte ihren Unwillen. »Und Nathan muss morgens noch arbeiten.«

»Am Heiligen Abend?«

»Nun, ja.«

»Was macht er denn?«

Ich überlegte kurz, ob ich sie anlügen sollte, aber das kam sowieso heraus. Und es würde Nathan verletzen und überhaupt gab es keinen Grund dazu. »Er betreibt einen Marktstand. Das beste Gemüse und Obst, das du dir vorstellen kannst. Auf dem Portobello-Market.«

»Einen Marktstand?« Ich hörte, wie sie verächtlich den Mund verzog, ich schwöre es. Und in diesem Moment gelobte ich mir, dass ich es nicht zulassen würde, wenn sie ihn deshalb kränkte.

»Ja. Und nun muss ich Schluss machen. Die Zimtsterne sind im Ofen und ich muss sie rausholen«, log ich ohne schlechtes Gewissen.

Seither hatte ich nicht mehr mit ihr gesprochen. Vielleicht hätte ich das tun sollen, aber es war zu spät. Und dann klingelte es und ich holte ein letztes Mal tief Luft.

»Ada. Wie schön.« Ich freute mich aufrichtig, als ich meine Tante an der Tür begrüßte. Sie hatte einen netten Taxifahrer im Schlepptau, der ihren Rollator die Treppe hochtrug, während ich sie stützte. Ich hatte ihr mehrfach angeboten, dass ich oder auch Nathan sie abholen würde, aber sie hatte das strikt abgelehnt.

»Du hast genug zu tun. Ich schaffe das alleine«, hatte sie gesagt und ich hatte schließlich nachgegeben. Ich wusste, dass sie das brauchte, dieses Gefühl, nicht ganz hilflos zu sein, und dass sie diese Gabe hatte, genau die richtigen Menschen zu erwischen. Wie diesen Taxifahrer, der uns jetzt frohe Weihnachten wünschte. Ich bot ihm einen Keks an und er mümmelte glücklich, als er ging.

Ich hatte Ada schon mit einem kleinen Sherry und Nathan und mich mit Wasser versorgt, als es erneut klingelte. Ich vermied es, den anderen einen bedeutsamen Blick zuzuwerfen, und stand auf.

»Mutter.«

»Frohe Weihnachten. Gut siehst du aus. Ein wenig kräftiger um die Hüfte, kann das sein?«

»Eigentlich nicht. Eher das Gegenteil.« Weil ich seit Tagen kaum mehr gegessen hatte, was neben allem anderen auch an ihr lag.

»Nun, du hast vermutlich recht. Die Goodfellow-Frauen halten sich im Alter. Ich habe in meinem ganzen Leben kein Gramm zugenommen.«

»Und du siehst großartig aus«, sagte ich und küsste endlich die Wange, die sie mir hinhielt. »Komm rein.«

Als sie hinter mir in den Raum trat, entstand eine kleine Stille.

»Das ist Nathan, ein Freund. Und du kennst natürlich Tante Ada«, sagte ich mit einem leise warnenden Unterton.

»Guten Abend.« Sie nickte knapp in den Raum. Das war alles. Keine Hand, kein *Freut-mich-sehr.*

»Karen«, sagte Ada und stand auf. Ihre Augen blickten warm und freundlich. »Es freut mich, dich zu sehen.«

Geh ihr entgegen, dachte ich. *Gib ihr die Hand und denk daran, dass Weihnachten ist.*

»Ada. Dir geht es wieder besser, wie man sieht.« Nicht die Spur eines Lächelns begleitete den Satz, die Stimme klang uninteressiert und kühl.

»Solange ich jammern kann, bin ich am Leben«, entgegnete die alte Dame mit einem Lächeln.

»Und jammern konntest du schon immer.«

Ich schloss die Augen.

»Nun, fröhliche Weihnachten. Ich denke, ich sollte dankbar sein, dass meine Tochter mich eingeladen hat. Wie ich gesagt bekommen habe, ist das heutzutage keine Selbstverständlichkeit mehr.« Sie lächelte dünn. »Gibt es hier etwas zu trinken?«

»Und Sie sind ein Freund?«

»Das bin ich«, sagte Nathan ruhig.

»Ein Glas Wein?«, fragte sie und nahm die Flasche hoch.

»Nein, danke. Ich trinke nicht.«

»Niemals?« Sie lachte auf.

»Nein.«

»Nun denn.« Sie starrte ihn einen Moment an. Dann wandte sie sich mir zu. »Dein Glas, Cara.«

»Danke.« Ich warf Nathan einen raschen Blick zu. »Für mich heute auch nicht.«

Sie kniff kurz die Augen zusammen und schenkte dann sich nach. Tante Ada wurde lässig übergangen.

»Sie betreiben einen Marktstand?«, setzte sie die Befragung fort.

»Das stimmt.«

Ich sah von einem zum anderen. Meine Mutter hatte sich dazu entschieden, Ada außen vor zu lassen, wofür ich dankbar sein sollte. Letztes Jahr war es zu einer hässlichen Szene gekommen, in der meine Mutter alles, was sie ihrer Meinung nach hätte bekommen sollen, aufzählte, um dann damit weiterzumachen, was sie an Opfern hatte bringen müssen, um uns aufzuziehen. Ich wusste, dass es nicht leicht war, alleine zwei Kinder großzuziehen, aber ich wusste auch, dass sie maßlos übertrieb. Sie hatte ebenfalls eine Erbschaft gemacht, wenn auch weit weniger als Tante Ada. Und mein Vater, man konnte sagen, was man wollte, hatte immer pünktlich Unterhalt bezahlt. Aber das vergaß meine Mutter gerne. Heute jedoch behandelte sie Ada zwar kühl, aber immerhin mit einem Grundmaß an Respekt. Doch dafür hatte sie sich jetzt Nathan vorgenommen, was mich nicht minder stresste. Es war wirklich schade um das Essen, das großartig war, aber in meinem Mund schmeckte wie Pappe.

»Kann man davon leben?«

»Mutter!«, rief ich. »Es reicht.«

Nathan ließ sich nicht aus der Ruhe bringen. »Ich kann es«, sagte er einfach.

»Aber eine Familie können Sie davon nicht ernähren«, befand meine Mutter und lehnte sich zurück.

»Ich habe keine Familie«, erwiderte Nathan gelassen.

»Und auch keine Pläne?«

»Mutter«, rief ich wieder.

»Was denn? Er ist hier, an Weihnachten. Das hat doch einen Grund. Und du bist nicht ganz unvermögend und aus den besten Jahren heraus …«

»Mutter!« Mein Ton wurde eindeutig schärfer. »Das ist nicht angemessen.«

»Das hat man mir früher auch immer gesagt. Es gehört sich nicht, über Geld zu reden. Aber es ist alles, was zählt. Und deshalb sollte man unbedingt darüber reden. Und sich Gedanken machen, solange man das kann. So wie du.« Sie sah mich an und plötzlich hatte ich wirklich Angst.

»Kein Wort mehr«, sagte ich leise.

»Wenn du meinst«, gab sie überraschend sanft zurück und warf Ada einen kleinen Blick zu. »Ich werde natürlich nichts verraten und einfach schweigen.«

Überraschenderweise tat sie das. Sie lehnte sich zurück und brachte sogar ein Lob für das Essen über sich. Nathan und Ada sprachen über die Vorzüge des biologischen Feldanbaus und beide waren ziemlich begeistert bei der Sache. Ich spürte, dass ich mich langsam entspannte. Meine Mutter tat ihre Meinung kund, dass zumindest die Einschränkung von Giftstoffen in der Landwirtschaft eine gute Errungenschaft der Neuzeit wäre, und stellte sogar ein paar Fragen. Es war fast eine entspannte Runde und als sie dann obendrein Ada ein Glas Wein anbot, dachte ich wirklich, dass wir das schon alles gut hinbekommen würden. Fast beschwingt stand ich auf und trug das Geschirr ab.

»Wie wäre es jetzt mit dem Dessert?«

»Gerne. Ich helfe dir.« Meine Mutter erhob sich und lächelte Nathan zu. »Bleiben Sie sitzen. Sie haben heute bereits genug getan, das eigentlich die Aufgabe meiner Tochter gewesen wäre. Nun ja, beim Kochen war sie schon immer ein hoffnungsloser Fall.«

Kapitel 36

Nathan

Ich sah Ada an, als Cara mit ihrer Mutter in der Küche verschwunden war. Die lächelte entschuldigend.

»Sie hatte es nicht leicht.«

Ich nickte nur und meine Bewunderung für die alte Dame wuchs. Cara hatte nicht übertrieben. Es war mir ein Rätsel, wie zwei Frauen, die sich äußerlich so glichen, so verschieden sein konnten. Als sie ihre Mutter in den Raum geführt hatte, war ich einen Moment überrascht, wie sehr sie sich ähnelten. Karen Goodfellow war auf den ersten Blick eine wunderschöne Frau, darin glich sie ihrer Tochter, doch ihre Augen waren hart und missmutig und offensichtlich war sie gewillt, sich nicht so einfach zu amüsieren.

Ich hatte eigentlich keine Probleme mit Menschen, doch diese Frau machte es mir nicht leicht. Auch Cara war ziemlich direkt, im Vergleich zu ihrer Mutter glich sie allerdings einem scheuen Reh. Ich hörte die unterschwelligen Andeutungen natürlich, hatte aber nicht vor, mich davon aus der Ruhe bringen zu lassen. Ich konnte förmlich sehen, wie Cara sich neben mir verspannte, und wollte alles tun, um diesen Abend nicht zu dem werden lassen, was sie erwartete. Wie hatte sich Cara gefreut, als wir den Baum schmückten, und Ada hatte ihn mit leuchtenden Augen bewundert. Doch ihre Mutter hatte nach einem langen Blick den Kopf gewandt und gesagt: *»Was hängt denn da an deinem Baum? Was soll diese hässliche Figur mit dem Hammer? Das ist ein Weihnachtsbaum und keine Präsentationsfläche für schlechten Geschmack.«*

Ich sah, wie Caras Gesicht sich versteifte, und hatte mich gleich zu Beginn unbeliebt gemacht.

»Ich fürchte, daran bin ich schuld. Ich fand ihn amüsant und habe ihn heute Ihrer Tochter geschenkt.«

»Ein reizendes Geschenk«, hatte ich mit vor Ironie triefender Stimme beschieden bekommen und gewusst, dass ich mich zielsicher ins Aus geschossen hatte.

»Ihr Herz ist schon lange verbittert«, fuhr Ada leise fort. »Ich hätte es ihr sehr gewünscht, dass es irgendwann heilt.«

»Nun«, begann ich, als ich von lauten Stimmen aus der Küche unterbrochen wurde.

»Mutter, das geht dich nichts an.«

»An deinem Baum hängt eine Figur, die aussieht wie er.«

Ich hielt die Luft an. Sie hat recht, dachte ich langsam. Das war es, was mir bekannt vorkam. Dieses Gesicht, das ich viel zu selten im Spiegel ansah.

»Mutter, bitte. Und es stimmt nicht. Das ist eine Figur aus einem Film, den ich liebe.«

»Und ihn? Liebst du ihn auch, den Habenichts?«

»Das geht dich nichts an. Und er hat nicht nichts. Im Gegenteil, er hat so viel mehr, als du dir vorstellen kannst.«

»Ach ja? Was denn?«

»Ein großes Herz. Humor. Nächstenliebe.« Caras Stimme war kaum zu hören.

»Davon wird man nicht satt.«

»Und von Geld alleine offensichtlich nicht glücklich.«

»Seit wann bist du so naiv? Habe ich dich so erzogen? Das sind Träume, Cara, und die enden nie gut.«

»Nein, so hast du mich nicht erzogen.« Caras Stimme wurde lauter. »Du hast mich dazu erzogen, dass ich niemandem traue und immer nur auf mein eigenes Wohl aus bin. Aber das will ich nicht mehr. Ich will nicht so enden wie du, so verbittert und wütend auf die ganze Welt.«

»Schweig.« Der Ton wurde lauter und ich dachte einen Moment daran, einfach hinüberzugehen.

»Haben Sie morgen etwas Besonderes vor?«, machte Ada den schwachen Versuch, das Gespräch auszublenden.

»Nein …« Ich verstummte wieder, als es drüben weiterging.

»Mutter, bitte. Heute ist Weihnachten. Können wir nicht einmal …«

»Oh, natürlich. Das könnten wir, wenn du nicht diese Menschen eingeladen hättest.«

»Du weißt, weshalb«, gab Cara zurück und klang, als müsste sie sich sehr beherrschen.

»Natürlich. Weil du offensichtlich verrückt bist nach diesem Mann und ihm dafür alles hinwirfst, was du hast. Und er wird dich ausnehmen und dann wieder verschwinden. Glaubst du wirklich, ein Mann wie er würde sich ernsthaft für eine Frau wie dich interessieren?«

»Mutter.« Cara klang wie ein verwundetes Tier. Ich hatte mich neulich noch vor mir selbst erschrocken, als ich den Wunsch verspürte, Alfie zu schlagen. Jetzt hätte ich zu gerne eine Frau geohrfeigt.

»Ich kann es nie recht machen, oder? Egal was ich tue, es reicht nie aus.« In Caras Stimme klang eine Müdigkeit, die mich dazu brachte, die Fäuste zu ballen.

»Doch, Cara, das kannst du. Und du tust es. Du kümmerst dich äußerst geschickt um deine Tante.«

Ich sah zu Ada und wollte schon die Luft ausstoßen.

»Du machst dich beliebt und du wickelst sie gekonnt ein. Und am Ende wird das Geld endlich dorthin kommen, wo es schon immer sein sollte. Zu uns.«

Ich warf Ada nur einen kurzen Blick zu, als ich schon dabei war, aufzuspringen. Sie nickte kaum merklich und ich stürmte in die Küche. Cara stand mitten im Raum, die Arme hingen ihr rechts und links wie leblos am Körper. Ihr Gesicht war blass, die Augen groß und feucht. Sie hatte mich nicht bemerkt, ebenso wenig wie ihre Mutter, die plötzlich gar keine Ähnlichkeit mehr mit ihrer Tochter hatte. Das Gesicht war eine hässliche Fratze, in der blanker Hass zu lesen war.

»Das stimmt nicht«, sagte Cara leise. »Nichts davon. Ich kümmere mich nicht um Ada, weil ich etwas von ihr erben will. Ich tue es, weil ich sie wirklich sehr mag. Sie ist die großartigste Frau, die ich kenne. Voller Güte und Liebe.«

»Eine närrische Alte ist sie, die sich jetzt eine teure Pflegerin leistet und alles verprasst, was ihr nichtsnutziger Mann nicht verschleudert hat.«

»Das reicht, Mutter.«

»Und du bist genauso dumm. Männer. Sie sind alle gleich. Du darfst keinem trauen. Wie oft habe ich dir das gesagt?«

»Und wie lange habe ich dir das geglaubt. Aber du hast unrecht. Und egal was du sagst, ich liebe Nathan.« Sie holte tief Luft. »Ich liebe ihn mehr, als du dir vorstellen kannst. Aber keine Angst, er liebt mich nicht. Nicht so, wie ich ihn liebe. Mein Geld ist also sicher vor ihm.«

Sie sah in diesem Moment so verletzt aus, dass ich alle Vorsicht vergaß und sich jeder gute Vorsatz in Luft auflöste.

»Dein Geld ist mir egal«, sagte ich laut und deutlich. »Ich habe selbst genug. Aber ansonsten hast auch du unrecht. Ich liebe dich ebenfalls, Cara. Mehr als mein Leben.«

»Nicht doch. Es ist gut.« Ich saß mit Cara auf dem Sofa und streichelte immer wieder ihren Rücken. Wie sehr hatte ich ihr gewünscht, dass sie ein wundervolles Weihnachtsfest erleben durfte, und nun hatte es in einem Desaster geendet. Und es würde noch viel schlimmer kommen, was sie nicht ahnte. Wenn ich ihr sagen musste, dass ich sie zwar liebte, aber nicht mit ihr zusammen sein konnte.

Ihre Mutter hatte die Feier fluchtartig verlassen und auch Ada hatte sich ein Taxi genommen. Cara war vor Verzweiflung wie ein Tier in der Wohnung hin- und hergelaufen. Ich wollte die alte Dame nach Hause begleiten, aber mit einem Blick auf ihre Nichte hatte sie mit dem Kopf geschüttelt.

»Ich schaffe das, keine Angst. Sie braucht Sie dringender«, hatte sie gesagt und nur zugelassen, dass ich sie die paar Schritte bis zur Straße begleitete und mich versicherte, dass sie einen zuverlässigen Fahrer hatte.

Dann hatte ich tief Luft geholt und war zurückgegangen. Und hatte versucht, mich zu entscheiden, was ich jetzt tun sollte. Ich könnte behaupten, dass ich es nur ihrer Mutter wegen gesagt hatte und dass dieser eine wunderbare Kuss, der folgte und dafür sorgte, dass diese wutschnaubend die Wohnung verlassen hatte, der erste und letzte blieb. Oder ich konnte ihr die Gründe sagen, weshalb ich nie mehr eine Beziehung eingehen konnte. Beides würde ihr das Herz brechen und beides würde zum gleichen Ergebnis führen. Der Traum war ausgeträumt, noch ehe er richtig begonnen hatte.

Kapitel 37

Cara

»Ich hasse sie«, sagte ich leise. »Ich hasse sie so sehr, wie ich dich liebe.«

»Sag das nicht«, antwortete Nathan traurig an meinem Hinterkopf.

Als er mit Ada hinuntergegangen war, hatte ich mich kraftlos und zugleich so glücklich wie nie in meinem ganzen Leben auf das Sofa sinken lassen. Ich hätte tanzen sollen vor Glück über das, was eben passierte, das wusste ich. Nicht wegen meiner Mutter, die noch ein paar sehr hässliche und rundum verletzende Worte gefunden hatte, ehe sie türenschlagend die Wohnung verließ. Und auch nicht wegen Ada, die so unglaublich verständig gewesen war und ihren Schmerz über die letzten Worte meiner Mutter so gut verbarg und mich stattdessen in ihren Armen hielt und mir Worte zuflüsterte, die Wunden heilen konnten, irgendwann. Aber wegen Nathan. Wegen seines unfassbaren Geständnisses, dass er mich ebenfalls liebte. Und wegen dieses Kusses, der uns für einen Moment an einen anderen Ort brachte, wo es weder Hass noch Neid gab. Aber dann zwang sie uns mit ihren boshaften Kommentaren, in die Realität zurückzukehren und erst einmal die Scherben zusammenzukehren, ehe wir dort weitermachen konnten, wonach ich mich so sehnte. Nachdem Mutter uns verlassen hatte, hatte er Ada nach unten begleitet und meine Beine hatten plötzlich ihren Dienst versagt. Ich hatte keine Kraft mehr gehabt, mich gegen all die widersprüchlichen Gefühle zu wehren, die in mir tobten. Wieso konnte sie diese alten Geschichten nicht vergessen? Und weshalb konnte sie sich nicht einfach wie jede normale Mutter für mich freuen, dass ich endlich mein Glück gefunden hatte? Dass ich endlich geliebt wurde? Weshalb musste sie Ada noch einen finalen Schlag verpassen und Nathan mit vor Hohn triefender Stimme gratulieren, dass er sein Ziel erreicht habe und ich offensichtlich dumm genug sei, auf ihn hereinzufallen? *Glückwunsch*, hatte sie ausgespien, *meine sentimentale Tochter wird Sie also in Zukunft durchfüttern.*

Als er zurückkam, schüttelte mich ein Weinkrampf, der unbesiegbar schien. Er hatte stumm neben mir Platz genommen und seine starken Arme um mich gelegt. Erst als ich beinahe sein Shirt durchnässt hatte, gelang es mir, mich zu beruhigen, und ich atmete ein paar Mal tief durch. Dann schloss ich kurz die Augen und dachte eigentlich, dass wir nun zum besseren Teil des Abends übergehen könnten. Und sollte mich wohl einmal mehr auf eine Planänderung einstellen.

»Weshalb? Weshalb sollte ich nicht sagen, dass ich dich liebe?« Ich hob den Kopf und sah ihn an. In seinen Augen fand ich nicht das, was ich erwartet hatte, und mein Herz wurde mit einem Mal eiskalt.

»Oh Gott! Du hast es nur gesagt, weil du sie ausbremsen wolltest.« Ich rückte von ihm ab. »Du hast es gar nicht so gemeint. Du hast gesehen, wie sie ist und was auch in mir steckt.« Erschrocken sprang ich auf und ging ein paar Schritte rückwärts, während ich versuchte, in seinem Gesicht zu lesen, die bittere Wahrheit zu entdecken.

»Nein.«

»Sie hat alles kaputt gemacht. Sie hat Weihnachten ruiniert und sie hat Ada weismachen wollen, dass ich sie nur ausnutze. Und sie hat mir das kaputt gemacht, was ich mir am allermeisten wünschte. Wie sehr hatte ich gehofft, dass du diese Worte einmal zu mir sagst. Für einen Moment war ich glücklich.«

Er war ebenfalls aufgesprungen und kam zu mir. »Nein. Ich habe das nicht ihretwegen gesagt. Ich habe noch nie etwas so sehr gemeint wie diesen Satz.«

Ich sah ihn an und seine Augen waren für diesen Moment ganz sanft.

»Ich liebe dich, Cara«, sagte er so weich, dass ich erneut aufschluchzte. Dann legte er seine Arme um mich und zog mich an sich. Ich spürte seinen Atem, dann seine Lippen und dann den schönsten Kuss, den ich je bekommen hatte.

»Nathan«, sagte ich, weil *du Mistkerl* in dieser Situation unangemessen gewesen wäre und ich es auch nur deshalb kurz im Sinn hatte, weil er mir eben die schlimmsten zehn Sekunden meines Lebens beschert hatte. Und dann sagte ich gar nichts mehr, sondern küsste ihn wieder. Er hielt mich nicht auf und ich würde mich auch nicht zurücknehmen. Ich spürte, wie sehr ich das gehofft, gewollt und gebraucht hatte, und verdammt, es auch verdiente. Ich hatte endlich auch ein wenig Glück verdient. Und schon bald würde ich noch sehr viel glücklicher sein. Ich ließ meine Hände unter sein Shirt wandern. Wie fest und muskulös sein Oberkörper war. Ich verbot es mir, wieder einmal darüber nachzudenken, ob mein eigener oder zumindest bestimmte Regionen davon wirklich zu weich waren. Aber tatsächlich hatte ich kaum Zeit, um mich mit so unwichtigen Dingen zu beschäftigen. Ich küsste den wunderbarsten Mann der Welt, den es überhaupt nicht scherte, ob mein Körper halb nackt auf dem Cover eines Magazins gut aussehen würde oder nicht. Und außerdem, es war Weihnachten und ich hatte lange genug gewartet. Ich hatte das beste Geschenk, das ich je bekommen hatte, in den Händen und ich wollte es jetzt endlich auspacken und ganz genießen.

Ich kam bis zu seinem Gürtel. Ich hatte eben die Schnalle geöffnet, als ich merkte, dass er sich versteifte. Leider nicht nur partiell, sondern der ganze Kerl. Und schon packten seine Hände wieder einmal nach meinen Handgelenken, hart und fast grob. Er zog sich so schnell zurück, dass meine Lippen einen Augenblick in der Luft festhingen und ich sicherlich aussah wie ein Karpfen auf dem Trockenen. Und wie ein Fisch an Land schnappte ich nach Luft und hatte das Gefühl, dass sich mein Brustkorb zusammenzog.

»Nein«, sagte er und atmete schwer.

»Bitte«, sagte ich und sah ihn an. »Nathan, ich will …«

»Nein, Cara«, unterbrach er mein Flehen barsch. Ich zuckte zurück.

»Aber …«, begann ich und er hob die Hände. Sein Blick war schwer zu deuten, wie so oft, aber ich sah eine ganz fremde Härte darin. »Ist es, weil du schwul bist?«, fragte ich leise und wusste nicht, welche Antwort ich am liebsten bekommen hätte.

»Ich bin nicht schwul«, sagte er mit einem Geräusch, das fast wie ein Lachen klingen könnte.

»Aber du hast es Eliza gesagt ...«

»Ich habe nichts gesagt.« Er war langsam rückwärts ausgewichen, einen Schritt nach dem anderen, und noch immer mit erhobenen Händen. Als wäre ich ein Feind, dachte ich, den man sich vom Hals halten musste. »Sie hat es vermutet.«

»Du hast es nicht aufgeklärt.«

»Weil es einfacher war. Es war die perfekte Ausrede.«

»Ausrede? Weshalb brauchst du eine Ausrede?«

Er gab keine Antwort, verschränkte nur die Hände vor der Brust. Die klassische Abwehrhaltung. Ich spürte, wie sich in meinem Hals ein brennender, dicker Kloß bildete, gegen den ich kaum anschlucken konnte.

»Sag es mir!« Ich hätte gerne geschrien, aber es kamen nur heisere Worte heraus. »Bitte. Was ist so schlimm, dass du lieber als schwul geoutet werden willst, als es uns zu sagen?«

Wieder gab er keine Antwort und ich spürte, wie mich die Verzweiflung packte. »Du liebst mich. Das hast du gesagt.«

Er nickte zumindest, ganz schwach zwar, aber nicht zu übersehen.

»Und ich liebe dich. Und egal was dich belastet, wir werden das zusammen schaffen.« Ich ging langsam auf ihn zu, doch er streckte erneut die Arme in einer abwehrenden Geste aus. Sein Kopfschütteln erschien mir endgültig und tödlich.

»Ich würde alles dafür tun, Nathan«, sagte ich langsam. »Ich tue doch schon alles. Ich bemühe mich, ein besserer Mensch zu sein. Du bist großartig und du machst alles richtig und ich nicht, das ist mir klar. Aber ich versuche es. Ich habe seit dieser Weihnachtsfeier keinen Tropfen mehr getrunken und ich ...« Ich brach ab.

»Ach, Cara.« Nun klang seine Stimme wieder ein wenig sanfter. »Darum geht es doch nicht.«

»Doch. Du hattest recht, ich war schwach, aber ich bekomme das hin. Ich werde nie mehr etwas trinken und ...«

»Das ist nicht das Problem.« Wie schnell er in seiner Stimmung schwanken konnte. Eben noch hatte ich Hoffnung, die er nun wieder auf die Probe stellte, so bestimmt, wie er sprach. »Du musst nicht ganz aufhören, nur weil ich nichts trinke. Du solltest nur erkennen, dass du in den letzten Monaten zu viel hattest. Du solltest ein Gespür dafür entwickeln, ehe es zu spät ist. Ehe du es nicht mehr kontrollieren kannst und dich den Rest deines Lebens davor fürchten musst.«

»Das ist es, nicht? Du warst Alkoholiker.«

»Nein«, sagte er und ich sah, wie etwas in ihm zerbrach. Es war, als schrumpfe er um ein paar Zentimeter, als würde eine Rüstung von ihm genommen, die ihn aufrecht und gerade hielt. Ich sah, dass sein Schutzschild endlich zerbarst und gleichzeitig ein Schmerz in sein Gesicht trat, der so schrecklich war, dass ich ihn beinahe körperlich spüren konnte.

»Ich war ein Junkie.«

Ich starrte den gepflegten, kultivierten Mann an, der vor mir stand und der so gar nichts mit einem Junkie gemein hatte, zumindest nicht, wie ich ihn mir vorstellte.

»Du …« Ich schüttelte den Kopf und dachte nach, »du hast Heroin genommen?« Das war das Einzige, was mir einfiel, und das, was ich damit verband. Das große »H«, von dem man immer hörte, die Endstation.

»Nein«, sagte er rau, »Heroin war so ziemlich das Einzige, was ich mir nicht eingeworfen habe.«

»Aber«, begann ich wieder, weil ich das einfach nicht verstehen konnte. »Aber das passt nicht … ich meine, ich kann mir das nicht vorstellen, dass du auf der Straße liegst und …« Ich brach ab. Jedes Wort klang falsch, aber auch jeder Gedanke, dass Nathan so etwas getan hatte, war falsch.

»Nicht jeder Drogenabhängige lebt auf der Straße und setzt sich mit einer dreckigen Nadel den finalen Schuss. Es gibt eine Welt, in der sind die Junkies gebildet und erfolgreich. Sie tragen teure Anzüge und fahren schnelle Autos. Und sie würden es sich verbitten, so genannt zu werden, denn immerhin haben sie die besten Jobs. Und natürlich gibt es keine Beschaffungskriminalität, weil sie genug Geld haben, um sich all den Mist zu finanzieren. Aber um dieses Geld zu beschaffen, brauchen sie den ganzen

Dreck und wenn sie erst einmal damit angefangen haben, brauchen sie immer mehr und dann immer stärkeres Zeug und dann brauchst du etwas, was dich von diesem Höllentrip wieder herunterholt ... Und du denkst die ganze Zeit, du hast alles im Griff, aber in Wahrheit bist du nichts weiter als ein Junkie. Ein widerlicher kleiner Süchtiger, der immer Tabletten in der Hosentasche hat, weil die Realität ihn einholen könnte. Das war ich, Cara, und das ist nur der Anfang.« Er atmete schwer und starrte mich an.

Ich wollte antworten, aber ich wusste nicht, was. Ich sah ihn stumm an und versuchte, seine Worte irgendwie einzuordnen.

»Nathan, der gute Mensch. Nathan, der immer Rat weiß. Nathan, der Retter in der Not. Ihr seht in mir einen anderen Menschen, als ich bin.« Wieder machte er eine Pause und sein Blick verdunkelte sich. »So hat mich schon einmal jemand genannt. Sie hat mir vertraut und ich hätte sie beschützen sollen. Aber ich habe sie mit hineingerissen in den Sumpf und zugesehen, wie sie nach unten gezogen wurde. Ich habe nichts getan, um sie zu retten.« Wieder atmete er schwer. Seine Augen glühten in einem schrecklichen Wahn. »Ich habe ein Leben auf dem Gewissen, Cara. Ein Leben, das mir anvertraut war. Ich bin eine Gefahr. Ich bin eine Gefahr für jeden, der mich liebt.«

Ich starrte ihn an und wusste, dass jedes Wort wahr sein musste. Seine Not war so groß, dass es mir fast das Herz zerriss. Wie lange hatte er das alles mit sich herumgetragen? Und wir hatten es nur noch schlimmer gemacht für ihn mit unseren so gut und wahr gemeinten Aussagen. Er war der beste Mensch, den ich kannte, egal, was und wer er früher gewesen war.

Er krümmte sich plötzlich, als hätte er körperliche Schmerzen. Ich tat, was mein Herz mir eingab: Ich stürzte nach vorne und schlang meine Arme um ihn. Und dann hielt ich ihn fest, bis er sich entspannte, bis ich spürte, wie sich seine Muskeln lockerten, die bei meiner Berührung sofort wieder hart und abwehrend geworden waren. Ich wartete, bis ein heiserer Schluchzer in ihm aufstieg und dann endlich auch Tränen folgten. Und dann wartete ich weiter, bis er sich langsam beruhigte.

»Erzähl es mir. Bitte, du musst darüber reden. Du hast zu mir gesagt, man kann ein anderer Mensch werden. Und wenn ich das kann, dann kannst du das auch. Du bist es schon. Bitte, du musst es mir erzählen. Lass nicht zu, dass es dich ganz kaputt macht. Lass nicht zu, dass es nun auch noch mein Leben kaputt macht.«

Kapitel 38

Nathan

»Ich war«, begann ich langsam und rieb mir die Hände wie ein alter Mann, der vorhatte, ein Märchen zu erzählen, »ich war einer dieser jungen Männer, die dachten, dass das Leben bunt und schnell ist und ihnen vor allem etwas schuldet. Ich war ehrgeizig und wollte ganz oben mitmischen.« Ich dachte einen Moment nach, dann holte ich tief Luft. Ich musste früher einsetzen, damit sie verstand, wie ich zu diesem Monster werden konnte, das ich gewesen war.

»Ich war ein ausgezeichneter Schüler, die Lehrer lobten meine Brillanz und meine schnelle Auffassungsgabe. Ich war beliebt bei meinen Mitschülern, weil ich ihnen half, den Stoff erklärte, wenn sie Schwierigkeiten hatten. Ich wurde zum Schulsprecher gewählt, weil ich neben den Zensuren auch immer die Schule als einen Ort des Miteinanders im Blick hatte. Das gefiel mir, es gab mir das Gefühl, etwas erreichen zu können, für die Mitschüler eine Stimme zu haben. An der Uni engagierte ich mich im Studentenausschuss. Nebenbei arbeitete ich hart, denn ich war ehrgeizig, in jedem Bereich meines Lebens. Als ich den Abschluss in der Tasche hatte, lagen zwei Angebote auf dem Tisch: Ich hätte an der Uni bleiben und einen Posten annehmen können, bei dem ich meine soziale Ader ausleben könnte, Studenten beraten und ihnen helfen. Oder aber in die Führungsetage eines weltbekannten Unternehmens einsteigen. Ich musste mich entscheiden und ich wählte den Erfolg. Ich wusste, dass das eine einmalige Chance war. Ich könnte weit aufsteigen, das hatte ich einmal zu oft gesagt bekommen. Auch dort, dachte ich, brauchte man Menschen, die nicht nur mit den Ellenbogen denken, und ich war zuversichtlich, dass es die richtige Entscheidung war.

Man hatte mich auch schnell auf dem Plan und ich bekam Jobs, nach denen sich die anderen die Finger leckten. Mein Ehrgeiz war geweckt, ich wollte nicht weniger als mein Bestes geben und die Erwartungen erfüllen, die in mich gesetzt wurden. Bald arbeitete ich sechzig, siebzig Stunden die Woche und ich verbiss mich in alles, was ich tat. Wenn ein anderer ein Problem nicht lösen konnte, dann landete es auf meinem Tisch. Und ich fand eine Möglichkeit und wenn ich noch länger arbeiten musste, dann tat ich es. Das funktionierte einige Jahre bestens. Ich war der kleine Prinz und ich musste nur zusehen, dass ich nicht nachließ.

Dann kam Abigail in die Firma. Sie war erst einundzwanzig und dennoch schon so stark und tough. In dieser Branche gibt es nur wenige Frauen, aber sie hatte Biss, sie wollte, wie ich, alles haben und geben. Das hat mich beeindruckt und es gefiel mir, wie sie zu mir aufsah. Ich war ihr Vorbild, ihr Mentor, ihr Führer in dieser Welt, die weitaus härter war, als sie ahnte. Und ich war es gerne. Ich teilte meine Erfahrungen, ich gab Tipps, ich gönnte den Kollegen den Erfolg. Ich wollte nur nicht mehr auf meinen eigenen verzichten.

Anfangs war es rein beruflich zwischen Abby und mir, aber irgendwann, als ich einen großen Deal an Land gezogen hatte, feierten wir und landeten im Bett. Ich mochte sie und ich wusste natürlich längst, dass sie in mich verliebt war. Ich selbst liebte sie zu dem Zeitpunkt nicht. Sie war verfügbar. Wenn du siebzig Stunden im Büro sitzt, bleibt nicht viel Zeit, um Frauen kennenzulernen.«

Wir saßen mittlerweile am Tisch. Die brennenden Kerzen am Weihnachtsbaum kamen mir unwirklich vor und völlig unangemessen. Und Caras Augen, die mich anblickten und nun leicht verdunkelten, als ich von Abby sprach, brachten mich fast dazu, aufzustehen und zu gehen. Und doch tat ich es nicht. Seit ich das erste Wort gesagt hatte, wusste ich, dass ich nicht wieder aufhören würde, bis ich ihr alles erzählt hatte. Und ich würde nichts beschönigen. Sie musste die Wahrheit wissen, damit sie verstand, dass ich nicht der war, den sie wollte.

»So sehr hatte ich mich damals schon verändert. Ich hatte keine Zeit und kein Interesse an einer Beziehung und ich hatte gerade einen großen Erfolg gefeiert. Das macht dich heiß. In jeder Weise. Es war ein Gefühl, als könne dich nichts und niemand stoppen. Du brauchst nur die Hand auszustrecken und dir nehmen, was du willst. Und in diesem Moment wollte ich Abby. Danach ist es noch ein paar Mal passiert und irgendwie hat es sich eingespielt. Es war praktisch und Abby war nett. Sie hat es verstanden, dass ich abends nicht um sechs aus dem Büro kam und auch am Wochenende arbeitete, wenn es sein musste. Schritt für Schritt habe ich mich in sie verliebt. Wir passten perfekt zueinander und nach wie vor hat sie mich angebetet.

Dann bekam ich einen Auftrag, der von vorneherein aussichtslos war. Natürlich war das keine Option für mich. Das Zeitfenster war viel zu eng bemessen, ich hätte Tag und Nacht daran arbeiten müssen, was nicht einmal ich schaffte, aber ich probierte es. Ich schüttete literweise Kaffee in mich hinein, doch zum ersten Mal kam ich an meine Grenzen. Und dann stand ich in der Firmentoilette, es war weit nach Mitternacht, und schaufelte mir kaltes Wasser ins Gesicht. Ich musste in dieser Nacht noch so vieles fertig bekommen und zum ersten Mal machte ich dabei schlapp. So fand mich ein Kollege. Einer, der schon älter war und mich anfangs sehr unterstützte, mich förderte und mir Tipps gab, als ich neu war. Einer, zu dem ich stets aufgeblickt hatte und dem ich vertraute. Er sah mich an und wusste, was los war. Er legte mir einen Arm um die Schulter und fragte: *Willst du es wirklich? Bist du bereit, alles dafür zu geben?*

Ich nickte und er griff in die Hosentasche und zog eine kleine weiße Tablette heraus.

Probier es, sagte er nur. Und ich tat es. Ohne nachzufragen, ohne nachzudenken.« Ich machte eine kleine Pause. Das Gefühl, das mich damals durchströmte, war mir noch zu vertraut.

»Es war wie ein Rausch. Ich war hellwach. Mein Kopf war klar und mein Verstand scharf. Um fünf Uhr in der Früh hatte ich das Problem gelöst.« Ich holte tief Luft. Cara sagte kein Wort, wofür ich dankbar war.

»Aber natürlich folgt auf einen Job der nächste und er bringt seine eigenen Herausforderungen mit. Eine Woche später stand ich in seinem Büro und bat um Nachschub. Er lachte, aber nicht gehässig. Statt einer Tablette schob er mir einen Zettel zu.

Hier sind ein paar nützliche Adressen, sagte er. *Ich empfehle die erste. Er ist ein Arzt, der weiß, was Männer brauchen. Gegen entsprechende Bezahlung bekommst du dort ein Privatrezept. Oder auch zwei oder drei. Ein Anruf genügt. Der Service ist großartig, er hat den schnellsten Fahrradkurier der Stadt, keine Angst. Wenn es besonders schnell gehen muss oder du etwas anderes brauchst, dann ruf Ma an. Ihr Name tut nichts zur Sache. Sie ist unsere Ma, verstanden? Dort bekommst du alles, was dein Herz begehren wird. Sie hat saubere Ware und sie ist zuverlässig und diskret. Kein stundenlanges Warten in dunklen Ecken. Ma bietet echten Service und sie ist jeden Penny wert, den sie verlangt.*

Ich hatte den Zettel genommen und nur genickt. Ein paar Minuten später hatte ich schon den Hörer in der Hand und den Arzt am Telefon. Es war zu einfach. Anruf, Kreditkarte und kurz darauf hielt ich ein Rezept in der Hand. Ich schaffte es gerade noch in eine Apotheke, ehe sie zumachte.

Für Ihren Sohn?, fragte die nette junge Dame, als sie mir das Ritalin gab. Ich nickte und steckte es ein.«

Ich unterbrach mich, als ich Caras fragende Miene bemerkte. »Ritalin ist ein Mittel, das man Kindern gibt, die unter ADHS leiden. Es macht sie ruhiger. Wenn aber ein gesunder Mensch das Zeug nimmt, wirkt es genau entgegengesetzt. Es macht wach, pusht auf, lässt dich stundenklar konzentriert arbeiten. Du bist fokussiert und nichts, was man dir vorsetzt, scheint unmöglich.

Natürlich war ich mir sicher, dass ich es nur in den entscheidenden Momenten einsetzen würde. Wenn der Abschluss kurz bevorstand oder wenn der Zeitplan zu eng wurde.« Ich lachte kurz auf und hörte selbst, wie bitter es klang. »Als ob er das jemals nicht war. Und je mehr man machte, je weiter es nach oben ging, desto mehr wurde erwartet. Es reichte nie und es war wie bei dem Esel, den man mit der Karotte an der Angel lockt. Aber ich hatte plötzlich ein Zaubermittel zur Hand. Und ich konnte unbegrenzt Nachschub besorgen. Eine Weile reichte es mir, wenn ich jeden zweiten Tag eine Tablette einschmiss. Und dann ... nahm ich sie täglich. Und es begann, anders zu werden. Abby beschwerte sich zunehmend, dass ich mich verändern würde. Sie beklagte sich, dass ich in der wenigen Zeit, die wir hatten, unkonzentriert sei und nicht auf sie eingehe. Ich konnte nicht mehr entspannen, war unruhig und gereizt, ständig unter Strom. Aber das konnte man in den Griff bekommen. Ma hatte alles, was ich brauchte, und ich merkte schnell, dass ich mir abends nur eine Valium gönnen musste oder Diazepam. Ein kleiner Downer, um abzuschalten. Ich dachte, ich sei unbezwingbar. Doch das bist du nicht. Das bist du nie. Irgendwo wartet der eine Job, der dich wieder klein bekommt. Aber ich hatte nicht so hart gearbeitet, um jetzt aufzugeben.« Ich konnte sie nicht ansehen. Ihr Gesicht war blass und angespannt. Wenn sie dachte, das Schlimmste hinter sich zu haben, würde sie nun eines Besseren belehrt werden.

»Als ich das erste Mal Kokain nahm, war das wie eine neue Welt. Besser, bunter, wirksamer als jede Pille. Damit war kein Berg zu hoch. Das Problem war nur, dass es dich verändert, noch mehr als die Tabletten. Ich hatte Stimmungsschwankungen und wenn die Wirkung nachließ, fühlte ich mich leer. Ängste griffen nach mir, die ich dadurch beherrschte, dass ich mir noch mehr Mist einwarf. Es ist erstaunlich, was es alles gibt, und ich probierte alles aus. Je nachdem gab es die eine oder andere Pille und immer öfter gönnte ich mir eine Line. Das Gefühl danach berauschte mich jedes Mal. Und als Abby durch meine Vermittlung ihren ersten großen Deal bekam und daran beinahe scheiterte, empfahl ich ihr Ritalin.« Ich machte eine Pause. Ich würde diesen Moment nie vergessen, ihren unsicheren Blick, ihre Bedenken. Und meine Versicherungen, dass es alle nahmen, dass es der Weg nach oben war. Und dass sie damit alles schaffen würde.

»Es dauerte nicht lange, bis sie zum ersten Mal mit mir kokste. Wir feierten die ganze Nacht, obwohl wir beide die komplette Woche bis weit nach Mitternacht gearbeitet hatten. In dieser Nacht waren wir Götter, so dachten wir. Nichts und niemand würde uns stoppen. Wir lebten auf der Überholspur. Und Abby war, nachdem sie einmal angefangen hatte, mehr als bereit, schnell tief in die Materie einzutauchen. Sie schluckte alles, was sie bekam, und wir hatten plötzlich Streit, weil sie an meine Vorräte gegangen war. In der Firma galt sie als der neue Superstar und wir als das Traumpaar. Doch der Traum hatte seinen Preis.« Ich stand auf und ging ruhelos im Raum umher. Ich konnte ihr nicht mehr gegenübersitzen und dieses starre Gesicht ansehen. »Ich brauchte mittlerweile für jede Lebenslage eine Pille. Schon vor einiger Zeit hatte ich Viagra zu meinem üblichen Mix hinzufügen müssen, weil ohne nichts mehr lief. Aber ich wollte immer noch nicht sehen, dass ich mitten auf den Abgrund zusteuerte. Du hältst dich für den größten Macker der Welt, aber du bist nur noch eine Marionette. Ich bekam Bluthochdruck, hatte oft Herzrasen und war manchmal depressiv. Ich hatte häufig Nasenbluten, für das ich mir eine Erklärung ausdenken musste, wenn es in der Öffentlichkeit passierte. Aber Abigail erwischte es noch schlimmer. Sie war viel zu empfänglich für das Zeug und warf sich immer mehr ein. Ich bekam es nicht mit. Wenn du selbst drinsteckst, hast du genug mit dir zu tun und du hast keine Energie, dich um andere zu kümmern. Und dann wurde sie schwanger. Das war nicht geplant und ehrlicherweise auch nicht gewollt.« Ich holte tief Luft. Noch heute schämte ich mich dafür, wie wenig ich dieses Kind zu diesem Zeitpunkt gewollt hatte. Wie sehr mich dieser ganze Dreck verändert hatte, denn es gab eine Zeit, in der ich mir eine Familie gewünscht hatte. Als ich noch nicht zu einem Medikamenten-Zombie geworden war, dessen einzige Angst es war, dass dieses Wesen mich zwingen könnte, auf meine geliebten Aufputscher zu verzichten. Dass es mich zwingen könnte, in den Spiegel zu sehen und zu erkennen, was aus mir geworden war. Was für ein Egoist ich doch war.

»Sie versuchte, mit dem Mist aufzuhören, und bat mich, es auch zu tun. Aber ich schaffte es nicht. Wenn ich nichts nahm, war ich ein Wrack, konnte auf der Arbeit keinen klaren Gedanken fassen, hatte Ängste, die mich fast umbrachten. Und um ehrlich zu sein, wollte ich es auch gar nicht, und damit hast du schon im Vorfeld keine Chance. Wir hätten uns Hilfe suchen müssen, aber dazu war keine Zeit. Ich war so weit gekommen und würde das jetzt für nichts und niemanden aufgeben. Schließlich war sie es, die schwanger geworden war, und es war ihr Körper, der clean sein musste.« Ich unterbrach mich kurz und hörte selbst, wie beschissen das klang. Genauso schrecklich und hart, wie ich gewesen war.

»Sie hielt es nicht lange aus. Was ich nicht wusste, war, dass sie viel tiefer in diesem Sumpf steckte, als ich ahnte. Ich hatte bei Kokain und Ecstasy aufgehört – Abby nicht. Und dann, als sie im Büro einen Deal verpatzte und ich einen weiteren zum Abschluss brachte, hat sie sich in der Toilette eingeschlossen und alles geschluckt, was sie in der Handtasche fand. Später sagte sie, sie wollte nur raus aus diesem schwarzen Loch, das sie verschluckte. Da lag sie im Krankenhaus, weil ihr Herz beinahe aufgegeben hätte. Und sie hatte das Kind verloren.«

Ich trat ans Fenster. Draußen war es dunkel und in der Scheibe sah ich die Reflexion meines Gesichts. Ich schloss die Augen. »Sie konnten sie dazu überreden, einen Entzug zu machen. Abby hatte wirklich Angst gehabt zu sterben und sie erkannte, dass es ihre Chance war. Sie stimmte zu und bekam sofort einen Platz. Später hat sie mir vorgeworfen, dass ich an allem schuld war. *Es war dein Kind, Nathan*, sagte sie mit unüberhörbarem Hass. *Das ist alles deine Schuld. Ich will nie mehr etwas mit dir zu tun haben.*«

Ich hörte, wie Cara die Luft einzog und ein seltsames kleines Geräusch machte. Aber es war zu spät, um jetzt zu stoppen. Ich drehte mich immer noch nicht um, wollte ihr Gesicht nicht sehen, den Abscheu, der darauf liegen würde, und die ungläubigen Augen.

»Sie zog aus und ich machte einfach weiter. Ich überdeckte jede Emotion mit meinen fabelhaften kleinen Mitteln. Schon längst war ich ein Roboter, der nur funktionierte, und wenn ich nicht schnell genug nachlegte, erlebte ich die Hölle. Also machte ich weiter, bis es mir eines Tages ging wie Abby. Ich lag im Bett, hatte Herzrasen und zitterte am ganzen Körper. Ich hatte Wahrnehmungsstörungen, dachte ständig, dass sich jemand in der Wohnung befand. Ich war mir sicher, dass ich sterbe, und hatte plötzlich eine Scheißangst, ganz alleine abzukratzen. Ich begann, um Hilfe zu schreien, aber niemand kam. Irgendwie schaffte ich es ans Handy, um einen Notruf abzusetzen. Allerdings konnte ich die Tür nicht mehr öffnen. Sie wurde eingeschlagen, wie in einem schlechten Film, und wie in einem schlechten Film lag ich zitternd und wimmernd da, als sie kamen, hilflos und am Ende.«

Kapitel 39

Cara

Ich hatte Nathan mit zunehmendem Entsetzen gelauscht. Das Bild, das er von sich zeichnete, erschreckte mich maßlos. Ich konnte es nicht mit dem Mann in Einklang bringen, den ich kannte, der so ruhig und selbstsicher und beherrscht war. Und so wunderbar zärtlich und hilfsbereit und liebevoll. Der immer ein offenes Ohr hatte und niemanden wegschickte, der von seinen Sorgen berichten wollte. Und doch sah ich in seinen Augen, dass jedes Wort wahr sein musste.

Er holte tief Luft. »Ich bin durch die Hölle gegangen. Ich wusste, dass ich beinahe gestorben wäre, und ich weiß bis heute nicht, wo ich die Kraft hernahm, mich noch tiefer in sie zu begeben. In jener Nacht dachte ich darüber nach, einfach alles, was ich noch zu Hause hatte, zu schlucken und es zu beenden. Ich tat es nicht, weil ich nicht mehr in der Lage war, mich zu bewegen. Stattdessen standen plötzlich diese Rettungssanitäter vor mir und haben mir die Entscheidung abgenommen. Ich wusste, das war meine Chance. Aber der Entzug war grauenhaft.«

Seine Stimme war so kalt, dass ich schauderte. Ich wollte etwas sagen, aber er machte weiter und ich spürte, dass ich ihn reden lassen musste.

»Die erste Zeit war ich in einer Klinik. Ich hatte offiziell einen Burn-out und die Firma sagte, ich solle mir Zeit nehmen, um wieder auf die Beine zu kommen. Nach dem körperlichen Entzug musste ich mich einer weiteren Herausforderung stellen. Eine Sucht hat nicht nur deinen Körper im Griff. Sie übernimmt auch deinen Kopf. Und ich musste lernen, damit umzugehen. Es ist eines, den Körper zu entwöhnen, aber in deinem Kopf bleibt dieses Wissen zurück, dass es etwas gibt, das du nur nehmen musst, wenn du wieder an einen Punkt kommst, an dem du nicht weiterkannst. Dieser Teil war deutlich schwieriger und zeitintensiver. Ich ging nach Schottland, um eine Therapie zu machen. Ich musste weg aus London, weg von allem, was mit meinem alten Leben zu tun hatte. Ich hatte das Glück, in eine sehr gute Einrichtung zu kommen. In der Psychotherapie gingen wir den Gründen für meine Sucht auf die Spur. In der Gruppentherapie ging es unter anderem um *Easier Living*, Genusstraining nannten sie es. *Was kann ich mir statt Kokain Gutes tun*, solche Sachen. Wir lernten, unser Selbstwertgefühl auf andere Weise zu stärken oder es überhaupt erst aufzubauen. Wir wurden mit Meditationstechniken vertraut gemacht und trieben viel Sport. Ich habe dort mit Yoga angefangen und praktiziere es bis heute. Und wir hatten einen großen Garten, in dem wir alles anbauten, was wir brauchten. Dort fand ich eine neue Welt und ganz langsam spürte ich, wie mein Leben wieder einen Sinn bekam. Im Garten konnte ich lernen, dass in der Ruhe, im Entschleunigen, eine große Kraft steckt. Wenn ich mit meinen Händen in der Erde wühlte, wurde ich ruhig. Aber ich brauchte lange. Ich war ein Jahr dort, ehe ich bereit war, wieder in die echte Welt zurückzukehren.«

»Wie lange ist das her?« Es war die erste Frage, die ich stellte, und meine Stimme klang zitterig.

»Seit meinem Zusammenbruch? Knapp vier Jahre.«

»Und seither …«

»Seither bin ich clean. Und ich danke dem Himmel jeden Tag dafür.«

Ich schluckte. »Und wie lange …«

Er drehte sich endlich um und sah mich an. »Sechs Jahre. Ich habe mich sechs Jahre lang mit diesem Zeug vergiftet und zugrunde gerichtet. Ich war dreißig, als ich anfing. Und als ich aufhörte, war ich ein alter Mann, körperlich gesehen.«

»Und nach dem Entzug … dein Job …«

»War schon lange nicht mehr meiner. Einen Burn-out darf man sich nur leisten, wenn man nicht zu lange braucht, um ihn zu kurieren. Die Geduld ist sehr begrenzt. Und der Nachschub stand bereit. Niemand ist unersetzlich, auch wenn ich das dachte. Abby hat meinen Job bekommen. Sie hat ihn immer noch.«

»Das ist …«, sagte ich und wusste nicht, wie es war.

»Ich habe keinen Kontakt mehr zu ihr. Zu niemandem aus dieser Zeit. Aber ich habe sie noch einmal gesehen. Und ich habe die Anzeichen gesehen, den Blick, die aufgedrehte Art, die viel zu laute Stimme. Ich habe sie da reingezogen und sie steckt heute noch drin. Ihr Entzug war nicht so erfolgreich wie meiner. Ein paar Monate hielt sie durch, bis sie zum ersten Mal wieder vor einer Aufgabe stand, die sie nicht anders zu bewältigen glaubte.«

Ich schluckte.

»Hast du nie mehr versucht, mit ihr zu reden?«

»Doch. Aber sie hat mich hinausgeworfen. Sie hat mir vorgeworfen, dass ich schwach bin. Dass ich den Biss verloren habe, nicht dafür gemacht bin, um bei den großen Jungs mitzuspielen.« Er lachte bitter. »Weißt du, was die letzten Worte waren, die sie zu mir sagte? *Es ist gut, dass du dich nicht fortgepflanzt hast. Ich hätte einen Weichling großziehen müssen.*«

»Nathan«, begann ich, aber er hob wieder eine Hand.

»Dieses Kind«, sagt er und klang hohl. »Es war nicht geplant, aber es war da. Es war dabei, heranzuwachsen, und ich hätte es beschützen müssen. Dieses Wissen bringt mich fast um.«

Ich konnte nicht mehr sitzen bleiben. Ich sprang auf und eilte zu ihm. Abwehrend streckte er mir die Hände entgegen, aber das war mir egal.

»Nathan«, sagte ich noch einmal und packte ihn an den Schultern, »es war nicht deine Schuld.«

»Doch. Ich habe sie mit dem Zeug vertraut gemacht. Abby war so jung, neun Jahre jünger als ich. Sie war anfällig, ich hätte es wissen müssen. Zigaretten, abends einen Drink oder zwei, sie war für Hilfsmittel empfänglich. Ich habe es gesehen. Aber es war bequemer, sie auch auf die Scheiße zu holen, als mir ihr stundenlanges Gejammer anzuhören, dass sie es nicht packte.«

»Es war ihre Entscheidung, es zu nehmen.«

»Sie hat mir vertraut.« Nathan wurde laut, etwas, das es bei ihm noch nie gegeben hatte. »Sie hat mich bewundert und zu mir aufgesehen.«

»Und dennoch war es ihre Entscheidung.«

»Verstehst du es nicht?« Er riss sich los und wanderte ziellos durch den Raum. Dann blieb er stehen, weit weg von mir. »Sie hat mich geliebt. Sie hat mir vertraut. Und ich habe sie in das Leben gezogen, das sie nun führt.« Er raufte sich in einer verzweifelten Geste die Haare, dann sah er mich an. Seine Augen waren wild. »Ich war plötzlich ein Mann, der ich nicht sein wollte. Die ganze Zeit war ich ein netter Kerl, trotz meiner Ambitionen. Ich war ein fairer Kollege, ich habe nichts mit fiesen kleinen Tricks oder Ellenbogen erreicht. Alles nur durch harte Arbeit. Meine Mutter sagte immer scherzhaft, dass ich entweder Premierminister werde oder Priester. Weil beides in mir schlummerte, der Wunsch, alles zu erreichen und gleichzeitig den Menschen zu helfen. Und wenn ich diesen Job nicht bekommen hätte, wer weiß, was aus mir geworden wäre? Aber es ging zu leicht und ich hatte Blut geleckt. Ich dachte, ich hätte mich entschieden. Aber das hatte ich nicht. Ich bin hineingerutscht und habe mich blenden lassen. Ich habe Abby geliebt, auf meine Art. Wenn alles normal gelaufen wäre, hätte ich irgendwann vielleicht erkannt, dass es nicht reichte, aber diese Chance hatten wir nicht. Sie hatte sie nicht. Ich hatte wieder mehr Glück als sie, weil ich in Schottland die Zeit bekam, den anderen Nathan wiederzufinden. Den kläglichen Rest von ihm, den es noch gab und der sehr lange brauchte, bis er wieder daran glaubte, dass er die Kontrolle über diesen schwachen Körper zurückbekommen könnte. Aber dieser andere Nathan trägt immer diese Geschichte mit sich. Und er hat immer diese Sucht bei sich. Mein Kopf wird nie vergessen, dass es diese kleinen bunten Pillen gibt, die irgendwo warten. Ich bin immer in Gefahr, es wieder zu tun. Jeder Tag kann die Herausforderung bringen, an der ich scheitere.«

Ich schüttelte langsam den Kopf. »Du hast es besiegt. Und du hast gebüßt, mehr als genug.«

»Es ist nie genug. Ich habe mir geschworen, dass ich nie wieder einen Menschen dieser Gefahr aussetze, die von mir ausgeht.«

»Du bist keine Gefahr, Nathan«, sagte ich bestimmt.

Ich sah es in seinen Augen, dass er mir nicht glaubte. Aber er holte tief Luft und nahm sich einen Moment Zeit.

»Ich hatte meinen Frieden gefunden«, sprach er schließlich etwas ruhiger weiter. »Soweit das möglich war. Ich kam zurück nach London, weil ich wusste, ich musste mich der Stadt stellen.

Ich bekam den Stand auf dem Markt und ich war glücklich. Ich war wieder zu Hause und doch in einer fremden Welt. Jeder Kontakt zu früher war abgerissen und ich war alleine und doch nicht, weil ich meine Kunden hatte.

Und dann kam Eliza und begann, sich in mein Leben zu schleichen. Schritt für Schritt überwand sie meine Distanz und ich ließ es zu, auch wenn ich dafür sorgte, dass sie mir nicht zu nahe kam. Ich spürte, dass ich dort in Notting Hill etwas Gutes tun konnte, den Menschen helfen, und half damit auch mir. Und es sollte meine Sühne sein. Ich dachte wirklich, dass ich den Rest meines Lebens so verbringen könnte. Bis du aufgetaucht bist.« Er sah mich an und endlich mischte sich Wärme in seine Augen. »Du hast mich genommen, wie ich war, und nie versucht, etwas zu erfahren, das ich nicht preisgeben wollte. Du hast mir klar gezeigt, dass du kein Interesse an mir als Mann hast, und ich habe mich in Sicherheit geglaubt. Doch das war ein Trugschluss. Du hast mich von Anfang an mehr fasziniert, als ich zugab. Du hast dich in mein Herz gestohlen und ich redete mir ein, dass ich so weit bin, eine Freundschaft einzugehen. Aber das ganze Gerede davon, wie gut ich sei, was für ein perfekter Mensch, das setzte mir zu. Dieses Bild, das ihr alle von mir hattet und wie es sich ändern würde, wenn ihr die Wahrheit wüsstet. Und ganz schlimm wurde es, als ich zu fürchten begann, dass du denselben Weg einschlagen könntest wie ich. Als ich sah, wie du dir eingeredet hast, dass du Alkohol brauchst, um schöner, begehrenswerter und schlagfertiger zu sein. Du bist perfekt, so wie du bist. So wie ich gut war, ohne die ganzen Pillen. Und doch habe ich sie genommen und ich sah plötzlich, was dir drohte. Ich wollte dir unbedingt klarmachen, dass du das nicht brauchst. Und ich habe dabei nicht nur meine Geschichte noch einmal durchlebt, sondern erkannt, dass du längst mehr warst als eine Freundin. Und dass du wie Abby in Gefahr bist, wenn ich dir zu nahe komme. Das, Cara, ist meine größte Angst und das, was ich nicht aus dem Kopf bekomme: Ich habe Menschen auf dem Gewissen. Ich konnte nicht einmal für mein Kind mit dieser Scheiße aufhören. Und ich konnte es nicht für die Frau, die mich liebte. Das steckt in Wahrheit in mir, dieser Zug ist ein Teil von mir. Ich war schwach und ich könnte es jederzeit wieder sein. Ich habe beide damals ohne zu zögern geopfert für meine Sucht, die ich nie ganz besiegen werde, weil sie wie ein Raubtier ständig darauf lauert, erneut zuzuschlagen. Du verdienst einen gesunden Mann, Cara, und keinen, der sich immer mit diesen Dämonen herumschlagen wird.«

Kapitel 40

Nathan

»Und was ist, wenn ich keinen anderen Mann will?«, fragte Cara leise. »Wenn ich genau diesen will, mit allem, was ihn ausmacht? Was ihn zu dem gemacht hat, was er ist?«

»Hast du noch nicht genug gehört«, begann ich verzweifelt, doch sie unterbrach mich barsch.

»Jeder Mensch hat eine Vergangenheit. Und jeder Mensch hat Fehler gemacht. Sieh mich an. Ich habe so lange alle Menschen abgewiesen. Ich hätte meine Freundinnen beinahe um ihre Existenz gebracht. Ich war auch kein netter Mensch, Nathan, aber ich habe das akzeptiert und ich arbeite daran, besser zu werden. Schau dir Ada an. Sie hat eine schlimme Schuld auf sich geladen, aber sie hat erkannt, dass man lernen muss, damit zu leben. Weiterzuleben. Weil es da draußen Menschen gibt, die dich brauchen. Und ich brauche dich. Du hast mich verändert.«

»Nein. Das hast du alleine gemacht.«

»Das habe ich nicht«, brauste sie auf. »Und du weißt das. Du kommst uns immer mit deinen schlauen Sprüchen, dass jeder eine zweite Chance verdient hat und dass sich Menschen ändern. Dass man ihnen vertrauen muss und sich selbst ebenfalls. Dass man für sein Glück kämpfen muss und dafür einstehen.«

»Das ist etwas anderes.«

»Das ist es nicht.« Sie funkelte mich an und stemmte die Hände in die Hüften. Als sie weitersprach, tat sie es sehr langsam und ließ mich nicht aus den Augen. »Vielleicht hast du recht. Vielleicht bist du nicht der, den wir in dir sehen. Du verkriechst dich in Selbstmitleid und in deiner Vergangenheit. Das hätte ich nicht von dir gedacht.«

Ich erstarrte. »Nein. Das tue ich nicht.«

»Und wie du das tust. Du behauptest, dass es dir leidtut und dass du das alles bereust. Dass du Abbys Leben ruiniert hast und dass du für sie verantwortlich gewesen bist. Und nun bist du dabei, mein Leben zu ruinieren.«

Ich starrte sie an. »Siehst du denn nicht, dass ich genau das Gegenteil versuche?«

»Indem du mich wegstößt? Ich liebe dich. Ich will dich. Ich bin stark genug für uns beide, wenn es sein muss. Und ich werde nicht zulassen, dass du uns diese Chance nimmst.« Sie kam wie ein Racheengel auf mich zu. »Ich werde nicht zulassen, dass du in diesem Selbstmitleid ertrinkst und mir das größte Glück nimmst, das ich je erlebt habe.«

Sie war jetzt bei mir und begann erneut, wie eine Verrückte auf mich einzuschlagen.

»Du verdammter Mistkerl, Nathan Bell. Jeder Mensch macht Fehler, aber wir lernen daraus. Und ich schwöre dir, wenn du mich verlässt, dann wirst du dir wünschen, wieder in der Entzugshölle zu sein. Verstehst du das? Ich liebe dich. Ich liebe dich. Ich liebe dich.« Sie war immer leiser geworden und hatte aufgehört, wie eine Irre meinen Brustkorb zu malträtieren. Am Ende war sie ganz still und sah mich nur an, mit diesen großen, verzweifelten Augen. Dann holte sie tief Luft.

»Ich liebe dich, genau so, wie du bist. Mit all deinen Dämonen«, sagte sie noch einmal. Und dieses Mal klang ihre Stimme so weich und fest und endgültig, dass ich die Augen schließen musste.

»Cara«, begann ich, doch sie unterbrach mich wieder.

»Du hast mir versprochen, dass ich ein wunderschönes Weihnachtsfest verbringen werde. Und das habe ich immer noch vor. Es ist mir scheißegal, was du vor zehn Jahren getan hast. Aber heute Nacht wirst du mich küssen und mit mir in ein neues Leben starten. Und glaub mir, es gibt keinen Dämon, den wir zusammen nicht bezwingen könnten.«

In meinen verbotenen Träumen hatte ich Cara sanft geküsst und ihr ganz langsam und genüsslich ihre Kleidung ausgezogen, bis sie in dieser Unterwäsche, die mich jede Nacht verfolgte, vor mir stand. Ich hatte langsam jeden Zentimeter ihrer Haut geküsst, bis sie sich stöhnend wand, und sie dann gemächlich und genießerisch geliebt. Endlos hatten wir uns geküsst und den Körper des anderen erkundet. Aber Cara hatte andere Pläne und sie war sehr überzeugend.

Schon ihr Kuss brachte den Damm zum Einsturz. Sie eroberte meinen Mund mit einer Leidenschaft, der sich ein stärkerer Geist als meiner nicht hätte widersetzen können. Und als sie dann ihre Hände zum zweiten Mal unter mein Shirt schob, war ich nicht mehr in der Lage, sie zu bremsen. Sie überrannte mich mit einer Energie, der ich nichts entgegensetzen wollte. Sie betrieb eine Teufelsaustreibung und ich hatte keine Chance, ihre Unterwäsche auch nur am Rande zu würdigen. Ich hatte seit Jahren mit keiner Frau mehr geschlafen und ich hatte auch nicht den Wunsch danach gehabt. Doch jetzt gab es nichts anderes mehr als sie. Ich war noch nie in meinem Leben so scharf auf eine Frau gewesen wie auf sie und noch nie hatte mich eine Frau freudiger willkommen geheißen. Lange Zeit hatte ich mir eingeredet, dass ich kein richtiger Mann mehr war, dass die Zeiten, in denen ich die Hilfe blauer Pillen brauchte, um mich mit einer im Bett zu vergnügen, nie mehr enden würden. Was für ein Irrtum. Keine Pille konnte es mit ihr aufnehmen. Keine Pille hatte mich jemals auch nur annähernd so berauscht wie der Geruch ihrer Haut, wie ihre Lippen auf meiner Haut oder ihre Stimme, die so wunderbare Geräusche machte, als ich mich nicht mehr beherrschen konnte und sie mit einer Leidenschaft nahm, die mich selbst überraschte. Als wir verschwitzt und außer Atem nebeneinander lagen und sie sich in meine Arme schmiegte, wusste ich, dass ich die Dämonen zur Hölle schicken konnte. Ich hatte endlich ein Mittel gegen sie gefunden. Ich hatte die beste Droge der Welt entdeckt und dieses Mal war sie nicht tödlich, sondern heilsam und mein Weg in das Leben, nach dem ich schon immer gesucht hatte.

Am nächsten Morgen war es dann schon eher wie in meiner Fantasie, auch wenn ich gar nichts dagegen gehabt hatte, was gestern Nacht passierte. Cara hatte mir die Entscheidung abgenommen und wie so oft war es nicht gekommen, wie man erwartet hatte.

Als ich aufwachte und Cara neben mir lag, ihren warmen Körper eng an meinen geschmiegt und ihr Haar so dicht an meinem Gesicht, dass es kitzelte, blickte ich auf sie hinab und dachte, dass jetzt meine letzte Chance zur Flucht wäre. Und dann schlich sich ein Lächeln auf mein Gesicht. Nein, ich wollte gar nicht entkommen und seltsamerweise war es auch nicht mehr nötig. Sie hatte recht, sie war stark für zwei und sie würde mir helfen, diesen ganzen Mist endlich wirklich hinter mir zu lassen. Angus, mein Therapeut in der Zeit in Schottland, hatte genau das vorhergesagt. Dass ich mich nicht ewig verstecken konnte und dass es zwar wichtig und richtig war, mein Leben neu zu ordnen, aber dass ich meine Vergangenheit niemals völlig ausblenden konnte. Er hatte mich darin bestärkt, mit dem alten Job zu brechen, weil meine Angst zu groß geworden war. Was er nie unterstützte, war mein Plan, auch mit allen zwischenmenschlichen Belangen zu brechen.

Du wirst dich dem Leben auf allen Ebenen stellen müssen. Du wirst dich wieder verlieben und dann lernen, zu vertrauen. Dir und ihr. Es ist der falsche Weg, sich komplett zu isolieren, hatte er gesagt.

Ich hatte genickt, damit er Ruhe gab. Und dann hatte ich beschlossen, dass ich mich von jeglichen Drogen fernhalten würde. Früher hatte ich geraucht und ab und zu auch gerne das eine oder andere Bier gezischt. Und ich wusste, dass das auch nicht generell verwerflich war. Ich wusste nur, dass ich in meinem Suchtverhalten anfälliger war. Ich wollte nicht riskieren, dass Alkohol mein nächstes Grab wurde. So gut ich mich in meinem neuen Leben eingerichtet hatte, gab es doch auch immer Momente, in denen es schwer war. In denen ich mir vorstellen konnte, dass ein Glas jetzt sehr hilfreich wäre. Meine Angst war zu groß, wieder in etwas zu rutschen. Auch das hatte mir Angus bestätigt.

Eine Sucht kann man nie ganz besiegen, das musst du dir klarmachen. Du wirst immer ein Süchtiger bleiben. Aber einer, der damit leben kann. Wir werden dir hier viele Mittel an die Hand geben, die dir dabei helfen. Und wir sind immer da, wenn du Hilfe brauchst. Es wird leichter werden mit der Zeit und dann werden wieder neue Herausforderungen kommen. Du hast bei uns Hilfe gesucht. Und du wirst über deinen Schatten springen und auch andere Hilfe annehmen müssen, irgendwann. Verbau dir das Leben nicht noch einmal.

Dieser Satz kam mir jetzt in den Sinn. Ich hatte ihn abgenickt und dann weggepackt in ein weit hinten liegendes Areal in meinem Kopf. Weshalb? Ich hatte in Angus den besten Wegbegleiter bekommen, den ich mir hätte vorstellen können. Ich hatte ihm vertraut, weil ich erlebte, wie mir seine Tipps, seine Techniken und seine Therapien halfen. Wie er langsam, aber sicher wieder den Mann in mir hervorbrachte, der ich war, ehe ich diesen verhängnisvollen Job antrat. Das Kind, das davon träumte, erfolgreich und glücklich zu werden, und das sich darum sorgte, dass auch die anderen dieses Ziel erreichten.

Cara bewegte sich leicht neben mir und seufzte zufrieden im Schlaf. Ich konnte nicht anders, ich küsste sie sanft und dann ließ ich meinen Mund langsam über ihren Körper wandern. Ich erforschte ihn ganz genüsslich und mit der Hingabe, die er verdient hatte. Als ich an ihren Busen kam, verwandelte sich ihr Seufzen in ein wollüstiges Stöhnen, den schönsten Laut, den ich je gehört hatte. Ihr Körper wölbte sich mir leicht entgegen und ich nahm die Herausforderung an.

»Das verstehst du also unter einem perfekten Weihnachtsfest?«, fragte sie mit einer Stimme, die ich noch nie gehört hatte, in Zukunft aber sehr oft hören wollte. Atemlos und tiefer als sonst und ein wenig frech.

»Ganz genau«, antwortete ich und küsste sie erneut.

»Und du hast verdammt recht.« Mit einem Mal wirkte sie deutlich wacher. »Meine Mutter würde tot umfallen. Oder zumindest lautstark ihr Missfallen bekunden.«

»Und sollte uns das interessieren?«

»Nein«, sagte sie und schlang ihre Arme um mich. »Absolut nicht.«

Wir erlebten den besten Weihnachtstag, den ich je hatte. Ich lernte, dass man zu ihrer geliebten Mariah Carey-CD nicht nur den Baum schmücken und ihre Mutter überleben konnte, sondern sich auch so lange lieben, bis man Schwierigkeiten hatte zu laufen. Wir aßen die Reste des gestrigen Mahls und machten uns nicht die Mühe, allzu viel anzuziehen. Ich war so glücklich, wie ich es noch nie gewesen war, und zum ersten Mal zuversichtlich, dass ich ein neues, herrliches Leben haben könnte. Und es auch verdient hatte. Zwischendurch redeten wir und ich erzählte ihr Dinge, für die es gestern nicht gereicht hatte. Hauptsächlich von meiner Zeit in Schottland, meinem Weg zurück ins Leben. Sie hörte zu und fragte nach, drängte mich aber nie, mehr zu sagen, als ich wollte. Es würde noch viele solcher Gespräche geben und irgendwann würde ich ihr auch mehr von der Zeit davor erzählen, von den Jahren, als ich auf der Überholspur die Kontrolle verlor. Wenn die Zeit reif war. Und sie würde zuhören und mich verstehen. Sie hatte ebenfalls ihre Dämonen, auch wenn die im Gegensatz zu meinen Kindergartenkinder waren. Aber sie verstand, dass man den falschen Weg einschlagen konnte, dass man auf alle anderen so unglaublich gefestigt wirken konnte und gleichzeitig in seinem Innern so unsicher und klein war, dass man Substanzen brauchte, um das zu übertünchen.

Irgendwann, es war schon wieder dunkel draußen, sah ich sie an. »Ich habe dir noch gar nicht dein Weihnachtsgeschenk gegeben.«

Sie lachte auf und bekam dann wieder diesen Gesichtsausdruck, der sofort dafür sorgte, dass mein Unterleib erwachte. »Nein? Ich dachte, ich habe es schon den ganzen Tag im Bett. Egal was du jetzt noch auspackst, es wird eine Enttäuschung sein, also lass uns beim anderen bleiben.« Ihre Hand begann, frech auf die Wanderschaft zu gehen. Es kostete mich einige Mühe, mich für einen kurzen Moment zu entziehen.

»Hier.« Ich hatte das kleine Päckchen noch in der Jackentasche gehabt und endlich geholt.

Sie warf mir einen fragenden Blick zu, dann öffnete sie es mit einer einzigen, raschen Geste. Sie klappte die Schachtel auf und sah auf die Ohrringe, die ich auf dem Weihnachtsmarkt gekauft hatte.

»Weißt du, dass ich noch einmal dort war? Du hattest recht, schon am nächsten Tag dachte ich, dass ich sie haben muss. Ich wollte sie unbedingt, als Erinnerung an den schönsten Tag in meinem Leben. An deinen Blick, als ich sie mir probeweise ansteckte und mich wirklich schön fühlte. Doch als ich hinkam, hatte sie schon jemand gekauft. Ich hätte mich in den Hintern beißen können.« Ihre Stimme verriet, wie sehr sie sich freute.

»Ich könnte das gerne für dich übernehmen«, bot ich zuvorkommend an und sie lachte laut.

»Ich habe auch etwas für dich.« Sie sprang auf und eilte davon. Kurze Zeit später drückte sie mir ein weiches Paket in die Hand. Ich löste die Verpackung deutlich sorgfältiger und langsamer als sie, was sie dazu brachte, unruhig zu zappeln. Und dann holte ich eine unfassbar weiche graue Mütze heraus und dazu passend einen Schal und Handschuhe mit halben Fingern, wie ich sie täglich trug.

»Das fühlt sich unglaublich gut an.«

»Das ist Kaschmir«, beschied sie. »Weich und leicht und superwarm. Ich wollte etwas, damit du jeden Tag an mich denken musst.«

»Als ob ich dazu etwas bräuchte. Aber du solltest nicht so viel Geld für mich ausgeben.«

»Du bist das Kostbarste, das ich in meinem Leben je hatte. Ich würde, ohne zu zögern, sogar mein Leben für dich geben«, sagte sie und ich wusste, dass sie das absolut ernst meinte.

Kapitel 41

Cara

»Nun mach schon. Wir sind spät dran.« Ich stand bereits an der Tür und sah Nathan zu, der sich in aller Ruhe seine Boots zuschnürte. »Du wirst doch jetzt nicht kneifen, oder?«

»Nein«, sagte er und erhob sich endlich. »Auf gar keinen Fall werde ich das wieder tun.« Dann zog er mich an sich und küsste mich.

»Gut. Ich kann dir nämlich versichern, dass ich nicht in der Lage bin, einen ganzen Abend lang meine Hände von dir zu lassen.«

»Dito«, raunte er und begann auf der Stelle damit, seine Hände nicht von mir zu lassen.

»Du Schuft«, sagte ich und musste lachen. »Das ist unfair. Jetzt komm, die warten bestimmt schon. Und du weißt, was mit Elizas Gemüse passiert, wenn wir nicht pünktlich sind.«

Heute war der Boxing Day, der sechsundzwanzigste Dezember, und wir waren bei Eliza eingeladen. Sie hatte beschlossen, dass wir diesen Tag alle zusammen feiern mussten, und ich gab ihr absolut recht. Was dieses Fest noch abrunden würde, wären ein paar gemeinsame Stunden mit Freunden, mit den besten Menschen der Welt, mit meinen Vorbildern und Leitfiguren. Mit den Menschen, die Schuld daran hatten, dass sich mein Leben so komplett veränderte und dass ich so unfassbar glücklich war. Die mir gezeigt hatten, dass es Menschen gab, die einfach auf ihr Herz hörten und den Mut hatten, ihm zu folgen. Und ohne die ich Nathan nie kennengelernt hätte.

Als wir ankamen, waren schon alle da. Kate, Ethan und Caleb, Allie, Shane und auch Ada standen beisammen und strahlten uns entgegen.

»Tante Ada. Es tut mir so leid.« Ich hatte ihr das natürlich schon gesagt, als ich die Zeit genutzt hatte, die Nathan unter der

Dusche verbrachte und ich sie angerufen hatte. Aber ich wollte es ihr direkt sagen und dabei sanft ihre runzelige, geliebte Wange küssen.

»Du kannst nichts dafür«, sagte sie. »Es ist nun einmal so, dass sie mir das nie verzeihen wird. Nächstes Jahr …«

»Nächstes Jahr feiern wir alleine. Ohne sie. Aber dafür mit Nathan«, sagte ich leise und sah sie fest an.

Ich sah, wie ihre Augen kurz zu ihm hinhuschten und dann aufleuchteten. »Bei diesen Aussichten muss ich unbedingt noch ein Jahr durchhalten«, antwortete sie mit einem Lächeln.

»Nicht nur deshalb. Du musst es auch tun, weil ich dich liebe. Weil du mir in den wenigen Jahren mehr Familie warst als meine Mutter in meinem ganzen Leben. Und weil es noch so vieles gibt, was ich von dir lernen will. Was wir beide von dir lernen müssen. Und nur, um das einmal auszusprechen: Sie hat unrecht. Ich habe es zu keinem Zeitpunkt getan, um mich bei dir einzuschleimen und irgendetwas zu ergattern. Ich will nichts von dir, außer noch ganz viel Zeit.«

In Adas Augen funkelten Tränen. »Danke«, sagte sie leise. »Du weißt, wie sehr ich mir eine Tochter gewünscht habe. Und nun habe ich sie bekommen und ich könnte mir nichts Schöneres vorstellen. Wenn unser Kind diese Welt hätte besuchen dürfen, hätte ich mir gewünscht, dass sie wie du wäre.«

Ich musste schlucken. Dann drückte ich ihre Hand und nickte. »Das wäre sie gewesen. Viel besser als ich. Aber ich werde mich bemühen.«

Eliza unterbrach uns. »Das Essen ist fast fertig. Doch vorher werde ich euch mit einer Grey'schen Familientradition bekannt machen. Mein Vater hat sie zwar erst vorletztes Jahr ins Leben gerufen, aber was soll's. Sie ist zu gut, um sie nicht zu teilen.«

Sie verschwand in der Küche und kam mit einem Tablett zurück, auf dem dampfende Gläser standen. »Der beste Eggnog der Welt«, verkündete sie und strahlte.

Ich sah zu Nathan, der entspannt lächelte.

»Und für alle, die das nicht wollen, eine ganz vorzügliche Vanillemilch. Das ist das Zeug in den rosafarbenen Gläsern.«

Sie ging herum und ließ uns wählen. Kate, die immer noch stillte, griff zur alkoholfreien Variante und auch ich wollte mir eines der Gläser nehmen. Doch Nathans Hand war schneller. Er nahm sich eines der Vanillemilchgläser und reichte mir einen Eggnog. Ich sah ihn an und er nickte kaum merklich.

Es war wirklich der beste Eierpunsch, den ich je getrunken hatte. Wir standen in Elizas Wohnzimmer, der Lärmpegel war unglaublich. Alle lachten und erzählten, wie sie die Feiertage verbracht hatten, zählten auf, was sie geschenkt bekommen hatten, und strahlten zufrieden. Der Weihnachtsbaum in der Ecke war so üppig behängt, dass ich Stunden brauchen würde, um alles zu entdecken, und überall standen Kerzen. Der Raum duftete nach Zimt, was ohne Zweifel von der Schale herrührte, die Allie mitgebracht hatte.

Dann rief uns Eliza zu Tisch und wir erlebten ein ganz anderes Weihnachtsmahl als zwei Tage zuvor. Es war laut, wir lachten und redeten durcheinander. Kate erzählte mit leuchtenden Augen vom ersten Fest, das sie als Familie gefeiert hatten, und Ethan unterbrach sie ständig, um etwas hinzuzufügen. Allie und Shane hatten alleine gefeiert und waren nicht besonders auskunftsfreudig. Ich konnte mir vorstellen, dass sie es ähnlich wie wir gehalten und die Zeit im Bett verbracht hatten. Ada war gestern bei Freunden gewesen und hatte einen geruhsamen Nachmittag verlebt. Dann kam die Runde an uns.

»Wie war es mit deiner Mutter?«, fragte Eliza und sah mich besorgt an.

»Schrecklich«, bekannte ich. »Es war ein schrecklicher Abend.«

Nathan drückte unter dem Tisch meine Hand.

»Das tut mir so leid«, sagte Eliza betreten.

»Ich bin eine große Enttäuschung für sie.« Ich sah aufgeräumt in die Runde. »Ich kann keine Gans zubereiten, ich bin zu weichherzig und ich weigere mich, mit Ada nur deshalb Kontakt zu haben, weil ich sie irgendwann beerben will. Das war der schlimmste Schlag, dass ich meine wunderbare Tante nicht nur deshalb eingeladen hatte. Nun, Mutter meinte auf alle Fälle, ich müsse mich entscheiden. Und das habe ich getan. Es hat keine zwei Sekunden gedauert.« Ich grinste zufrieden.

»Es tut mir so leid, dass du kein schönes Fest hattest«, sagte Eliza und ich sah, wie Tränen in ihren Augen glitzerten.

»Oh, das muss es nicht. Ich hatte dennoch das beste Weihnachtsfest meines Lebens. Und ich habe das beste Geschenk bekommen, das es gibt.«

»Ja?« Ihre Augen leuchteten hoffnungsvoll auf. »Das freut mich so. Aber wolltet ihr nicht gemeinsam feiern? Weshalb habt ihr das nicht getan?« Sie sah zu Nathan hinüber.

»Wir haben zusammen gefeiert«, sagte er. »Was man unter feiern versteht in dieser Familie.«

Ich verpasste ihm einen Schlag auf die Schulter. »Werd nicht frech. Ich denke, dass meine Art zu feiern sich ganz gut mit deiner Vorstellung deckt. Zumindest nachdem meine Mutter den Schauplatz verlassen hatte.«

Elizas Augen wurden groß und rund. »Was habt ihr getrieben? Sag jetzt nicht, dass ihr euch irgendwelche Gangsterfilme angesehen habt und so getan, als wäre es ein ganz normaler Tag.«

»Keine Gangsterfilme«, sagte ich grinsend. »Aber auch keine Weihnachtsfilme.«

»Aber was habt ihr dann getrieben?«, fragte sie noch einmal und ich sah einen Moment auf den Tisch. Auf meinem Teller lagen noch ein paar verkochte Erbsen in der wirklich guten Soße, die es zum Essen gegeben hatte.

»Nun, getrieben haben wir so einiges. Ich werde es allerdings nicht näher erläutern. Schließlich sind Kinder am Tisch.« Ich konnte ein Grinsen kaum noch unterdrücken.

»Aber«, begann Eliza und schien ausreichend verwirrt.

Kate neigte sich interessiert über den Tisch. »Ihr zwei«, sagte sie langsam und genüsslich und nickte wissend, während ihre Blicke zwischen uns hin und her huschten.

»Was?«, fragte Eliza und sah von ihr zu mir.

»Es tut mir leid, Eliza. Ich fürchte, dass du dir ein anderes Hobby suchen musst, als Nathan an die Frau zu bringen. Denn zu guter Letzt hat er das selbst ganz gut hinbekommen.«

Eliza war erst einmal sprachlos. Dann kreischte sie auf. »Ihr zwei habt … Ihr seid … Seid ihr zusammen oder was?«

»Exakt«, sagte Nathan grinsend. »Das sind wir endlich.« Und dann beugte er sich rüber und küsste mich unter dem ausbrechenden Jubel recht beherzt, um klarzumachen, dass es mehr war als ein freundschaftlicher Kuss.

»Das ist ja wunderbar«, jubelte Eliza und heulte dann unvermittelt los.

Es folgte eine ziemlich peinliche Phase, in der ich gedrückt und geküsst wurde und die Männer Nathan auf die Schulter schlugen und Sachen sagten wie: *Gut gemacht, Kumpel.*

Als wieder etwas Ruhe eingekehrt war, sah Eliza Nathan an und sagte langsam: »Ich dachte, du stehst auf Männer.«

»Es tut mir leid. Es war der einfachste Weg, dich davon abzubringen, mir deine gesamte weibliche Kundschaft vorzustellen.«

Sie verzog das Gesicht. »Ich wollte nur, dass du glücklich bist. Wie du es verdienst«, sagte sie leise und senkte den Kopf.

»Das bin ich. Ich bin so glücklich, dass es verboten werden müsste. Und du hast alles richtig gemacht, Eliza. Durch dich habe ich Cara kennengelernt. Du hast es am Ende geschafft. Du hast nicht lockergelassen und mich in dein Leben gezogen.« Er ließ kurz die Hand durch den Raum wandern. »In euer Leben. Du hast dafür gesorgt, dass ich mich einbringe und gar keine Chance mehr hatte, als die Frau meines Lebens vor mir stand.« Er beugte sich vor und küsste sie auf die Wange. »Danke, Eliza.«

Sie schlang ihm die Arme um den Hals. »Das freut mich so.« Dann löste sie sich und trat einen Schritt zurück. Sie kniff ein Auge zusammen und sah ihn an. »Was verheimlichst du mir noch alles? Dann bist du am Ende auch gar kein trockener Alkoholiker? Wie lange stehst du schon auf sie? Und wie zum Teufel bist du auf diesem Markt gelandet und …«

Nathan schüttelte sacht den Kopf und legte ihr dann kurz einen Finger auf den Mund. »Nein, Eliza«, sagte er mit seiner sanften Stimme. »Irgendwann wirst du es erfahren. Ich verspreche es dir. Aber für heute muss reichen, dass ich endgültig nicht mehr verkuppelt werden muss. Ich habe nämlich vor, den Rest meines Lebens mit der wunderbarsten Frau zu verbringen, die ich kenne.« Er zog mich an sich und sah auf mich hinab. Und ich schwöre, in diesem Moment ist ein Stückchen meines Herzens geschmolzen und nun für immer verloren.

Wir hatten darüber geredet, ob wir unsere Freunde sofort einweihen sollten oder nicht. Ich vertrat den Standpunkt, dass wir zu alt waren für Versteckspielchen und sowieso schon viel zu viel Zeit vergeudet hatten. Und dass ich nicht einen ganzen Abend in seiner Gesellschaft verbringen wollte und so tun müssen, als wolle ich ihn nicht ständig berühren und küssen. Ich meine, die anderen taten das auch ohne Scheu und Unterlass. Nun ja, nicht ständig, aber sie wechselten Blicke, die alles sagten. Sie waren dauernd irgendwie in Kontakt, ohne es zu merken, berührten sich an den Schultern, wenn sie aßen, küssten sich und zeigten ihr Glück ganz unbewusst, weil sie es gar nicht würden lassen können. Und ich wollte nicht dazwischen sitzen und es mir verkneifen müssen, nur um später zuzugeben, dass wir damals schon ein Paar waren.

Wir hatten aber entschieden, dass wir mit dem Rest nicht heute herausrücken würden. Ich wusste so gut wie er, dass Eliza, seit sie ihn kannte, darauf brannte, seine Geschichte zu erfahren. Aber das würde noch etwas warten müssen, bis er bereit war, sie auch mit ihnen zu teilen. Und als ich nun mit den anderen am Tisch saß, wusste ich, dass es die richtige Entscheidung gewesen war. Heute war unser Weihnachten, und das sollten alle so genießen, wie dieses Fest es verdient hatte.

»Ach nö. Jetzt regnet es. Warum kann es nicht einmal schneien zu Weihnachten?«, fragte Eliza und spähte aus dem Fenster.

»Weil das Leben kein Buch ist«, gab Kate trocken zurück.

»Denkst du«, sagte Eliza und sah recht kämpferisch drein. »Aber manchmal ist es verdammt nah dran, und das ist gut so.«

Ja, dachte ich, manchmal ist das Leben verdammt nahe an einem Buch. Jetzt zum Beispiel. Das hier war so schön, dass es schon fast kitschig war. Und doch war es das nicht. Wir saßen in diesem warmen, gemütlichen Raum mit Menschen zusammen, die sich liebten und gegenseitig unterstützten. Die für den anderen einstanden und alles für ihn taten, selbst wenn ihm das gerade zu viel war. Aber sie taten es aus den besten Gründen. Der Weihnachtsbaum funkelte in seiner üppigen Pracht wie in einem Film und in der Luft lag der Geruch von Tannennadeln, Gewürzen und Weihnachtsgebäck. Jedes Augenpaar, in das ich blickte, funkelte und im Hintergrund lief Weihnachtsmusik. Es war genau so eine Szene, bei der ich früher die Augen verdreht hätte und die ich jetzt aus ganzem Herzen genoss. Nathan hatte seinen Arm um meine Schulter gelegt, während er entspannt mit Charlie plauderte, und Eliza war überdreht und lachte über Kates trockene Kommentare. Allie saß mit sanftem Ausdruck daneben und befeuerte mal die eine, dann die andere, während Shane das Kinn aufgestützt hatte und sie einfach nur ansah. Und Ada plauderte mal mit diesem, mal mit jenem, genoss es, ein Teil des Ganzen zu sein, und nahm die Liebe, die ihr entgegengebracht wurde, an wie ein Geschenk.

Und dann verschwand Allie in der Küche, um eine zweite Runde Eggnog zuzubereiten. Als sie zurückkam, blieb sie überrascht am Fenster stehen.

»Seht euch das an!«

Wir sprangen auf und eilten zu ihr.

»Der Regen ist in Schnee übergegangen«, flüsterte sie und ich dachte einen Moment, dass es jetzt doch zu kitschig werden könnte.

»Wie wunderschön«, sagte Allie ehrfürchtig.

»Ich fürchte, es wird nicht liegen bleiben«, meinte Charlie sanft. »Es geht schon wieder langsam in Regen über.«

»Das ist egal«, gab Eliza leise zurück. »Es kommt darauf an, dass wir es gesehen haben. Dass wir im richtigen Moment am Fenster waren. So wie wir im Leben immer die Augen offenhalten müssen, damit wir im richtigen Moment unser Glück sehen.«

»Darauf trinken wir«, sagte Kate und hob ihr Glas mit der Eierpunsch-Alternative. »Auf offene Augen für die Chancen, die das Leben bereithält.«

»Ganz genau«, stimmte Ethan zu. »Und auf den Regen, der jederzeit zu Schnee werden kann.«

»Auf uns«, sagte Charlie.

»Auf die Liebe.« Elizas Stimme klang fast ein wenig brüchig vor Rührung.

»Auf die wunderbarsten Menschen, die ich kenne«, kam es von Ada.

»Auf all die Stunden, die wir zusammen verbringen durften.« Allie hob das Glas.

»Auf eure Freundschaft, in die ihr uns so herzlich aufgenommen habt«, sagte Shane.

»Auf die Hartnäckigkeit und die Herzlichkeit«, sagte Nathan und zwinkerte Eliza zu.

Dann sahen sie mich an. Langsam hob ich mein Glas und sah jedem von ihnen in die Augen.

»Ich trinke darauf, dass ihr mir eine Chance gegeben habt. Dass ihr mich nicht verurteilt habt und gesagt, dass es euch nicht interessiert, was aus mir wird. Ich trinke auf jeden Einzelnen von euch und auf alle Menschen, die nicht nur an Weihnachten an ihre Freunde und Familie denken. Ich wünsche jedem Menschen da draußen, dass er nicht aufgibt. Dass er die Hoffnung nie verliert, dass auch auf ihn das ganz große Glück wartet.« Ich machte eine kleine Pause, in der Nathan sein Glas abstellte und hinter mich trat. Seine Arme umschlossen mich fest und ich wusste, sie würden immer da sein und mich halten.

»Frohe Weihnachten«, sagte ich leise. »Frohe Weihnachten euch allen und allen Menschen da draußen. Wenn ich könnte, würde ich jetzt jeden Einzelnen umarmen. Aber vielleicht muss ich das gar nicht. Vielleicht spüren sie genau in diesem Augenblick, dass ihnen jemand alles Gute wünscht. Vielleicht lächeln sie genau jetzt, weil sie spüren, dass auch auf sie irgendwo eine Geschichte wartet, die sie sich nicht haben träumen lassen.«

Kapitel 42

Nathan

»Und? Wie kam das Weihnachtsessen an?«, fragte ich Darcy, als sie kurz vor Neujahr wieder an meinem Stand vorbeikam.

»Super«, sagte sie und errötete.

»Das freut mich. Ich hoffe, du hattest schöne Feiertage.«

»Danke ja. Und selbst?«, fragte sie und lächelte mich mit glänzenden Augen an, ehe sie den Blick senkte.

»Die besten überhaupt.« Ich zögerte kurz. Vielleicht hatte Cara ja doch recht gehabt, als sie mit zusammengekniffenen Augen behauptete, dass es ein offenes Geheimnis sei an diesem Ort, dass ich Single war, und man es zu einer Art Sport ausgerufen hatte, das zu ändern. Ihre Prophezeiung, dass mein Umsatz drastisch einbrechen würde, wenn all die jungen und nicht ganz so jungen Damen sich keine Hoffnung mehr machen durften, mit dem gesunden Hauptgang gleich auch die verbotenen, gefährlichen Früchte zum Nachtisch zu bekommen, schob ich aber nach wie vor weit von mir weg.

»Ich habe den Boxing Day mit meinem Nachbarn gefeiert«, brach es plötzlich aus Darcy heraus. »Er kam ganz überraschend vorbei und wollte sich nur ein paar Eier ausleihen. Und dann sind wir ins Plaudern geraten und ich sagte, dass ich noch Reste vom Weihnachtsessen habe, viel zu viel für mich alleine, und spontan haben wir beschlossen, dass er zum Essen bleiben könnte. Ich kann es mir gar nicht erklären«, ihre Augen sahen mich ungläubig an, »es war, als würde mir eine Stimme ins Ohr flüstern, dass ich es einfach sagen sollte. Und er hat sofort zugestimmt, als ich ihn eingeladen habe. Wir haben geredet und festgestellt, dass wir beide dieselben Filme mögen und beide gerne zum Indoor-Climbing gehen. Und dann«, sie errötete auf eine ganz bezaubernde Art, »hat er mich geküsst. Es war das allerschönste Weihnachtsfest der Welt. Es war, als ob eine ganz besondere Macht mich umhüllt und beschützt und stärkt.«

Ich musste schlucken. »Ich weiß, was du meinst«, sagte ich langsam. »Weil ich genau dasselbe erlebt habe.«

Sie hob den Kopf und sah mich an.

»Das allerbeste Weihnachtsfest der Welt. Mit dem schönsten Geschenk, das man je bekommen hat. Eines, das man für immer lieben wird, das sich nie abnutzt und das man für kein Geld der Welt kaufen kann.«

»Oh«, sagte sie und ein breites Lächeln zog sich über ihr Gesicht. »Glaubst du an Schicksal? An die Macht der Liebe?«

»Ja«, sagte ich bestimmt. »Seit ein paar Tagen glaube ich an beides.«

Überraschend griff sie über die Theke nach meinen Händen. »Ich wünsche dir alles Glück der Welt. Wenn es jemand verdient hat, dann du. Du hast keine Ahnung, wie froh ich bin, dass du immer so nett zu mir warst und mir jedes Mal das Gefühl gegeben hast, an deinem Stand willkommen zu sein. Du hast mir in den letzten Wochen sehr viel Mut gemacht, dass es auch Menschen gibt, die sich für die zweite Reihe interessieren.« Sie lächelte und beide dachten wir wohl kurz an jenen Abend bei Eliza zurück. »Ich hoffe, dass du noch sehr lange hier bist und immer glücklich bleibst, Nathan.«

Ich hatte nur genickt, aber es reichte ihr. Wenn sie wieder kam, konnte ich ihr sagen, dass ich ihr das ebenfalls wünschte. Falls das nötig war. Aber ich denke, dass es auch so passieren wird, dass sie ihr Glück festhalten und pflegen wird. Manche Menschen sind schlauer als ich. Sie brauchen nicht so lange, um daran zu glauben, dass es auch für sie eine zweite Chance gibt. Und sie scheuen sich nicht, ihr Glück mit der ganzen Welt zu teilen.

Für mich lag der Anfang meines Glückes hier auf diesem Markt. Ich habe hier gelernt, dass ich den Menschen helfen kann, nur weil ich da bin und ihnen zuhöre. Und dabei habe ich so viel von ihnen zurückbekommen, was ihnen gar nicht klar war. Ich habe hier erleben dürfen, dass mir Wertschätzung entgegengebracht wird. Nicht weil ich ein schickes Auto habe und eine coole Loft-Wohnung oder weil meine Anzüge teuer sind. Nicht weil ich wieder einen fetten Deal an Land gezogen habe oder einen Bonus kassiert, so unverschämt hoch, dass es mir fast peinlich war. Und auch nicht deshalb, weil ich mich künstlich hochschieße und dann eloquent und immer gut drauf bin. Hier wurde ich geschätzt, weil ich ich selbst war. Weil ich mir Zeit genommen habe, um zuzuhören, und nicht ständig hinter noch mehr Ruhm und Geld herlief. Ich bin, was das angeht, die schlechteste Partie, die Cara machen konnte, da hat ihre Mutter recht. Ich kann ihr nicht viel bieten, wenn man die finanzielle Seite in den Vordergrund rückt. Den Großteil der Kohle, die ich verdient habe, habe ich letzten Endes in das Gift gesteckt, das mich fast umbrachte. Hier verdiene ich einen Bruchteil, und doch fühle ich mich reicher als je zuvor. Manchmal sehe ich zufällig einen Bekannten aus der alten Clique und dann weiß ich, dass ich mich richtig entschieden habe. Wenn es nicht die Drogen gewesen wären, dann hätte mich das Leben dort am Ende geschafft. Jeder Mensch muss seinen Weg finden. Ich habe einen weiten und schmerzhaften Umweg eingelegt, aber ich kann endlich akzeptieren, dass er mich mit zu dem gemacht hat, der ich heute bin. Nur der Schmerz wegen Abby und dem Kind, das unschuldige Opfer in der ganzen Geschichte, wird nie vergehen. Ich werde lernen müssen, damit umzugehen.

Cara hat mir geraten, mit Ada zu sprechen. *Sie hat einen Weg gefunden, um mit ihren eigenen Dämonen zu leben, und sie wird dich verstehen*, hatte sie gesagt. *Und ich werde immer an deiner Seite sein*, fuhr sie ernst fort. *Ich und Eliza und Kate und alle anderen. Wir werden für dich da sein, wie du für uns alle da gewesen bist.*

Ich denke, dass ich mit Ada beginne. Sie ist eine weise und sehr empathische alte Dame und was Cara angedeutet hat, lässt darauf schließen, dass sie mit einer ähnlichen Geschichte klarkommen muss. Es wird mir helfen, sie anzuhören, falls Ada bereit ist, sie mir zu erzählen.

Ich selbst werde irgendwann meine Geschichte ebenfalls mit den anderen teilen. Besonders mit Eliza, die schon so lange darauf wartet. Und ich werde sie enttäuschen, denn sie hat so sehr gehofft, dass es eine romantische Geschichte ist und ihr die Tränen in die Augen treiben wird. Aber so langsam lernt auch Eliza, dass es im Leben eben manchmal anders kommt. Sie ist ein kluges Mädchen und sie wird es verstehen. Sie wird, wie ich es von ihr kenne, weiter hier auftauchen und ohne Unterlass plappern und mir frisch vom Herzen weg alles erzählen, was sie bewegt. Sie wird mich um Rat fragen und mir ihren ungefragt unterbreiten. Sie wird sich über Kate und Allie aufregen und die beiden dennoch von Herzen lieben. Sie wird Cara auch künftig darin unterrichten, ein wenig mutiger zu sein und an die Menschen zu glauben. Und sie wird mir auch weiterhin mit leuchtenden Augen erzählen, dass sie Cara zu einem Liebesroman anstelle eines Krimis überreden konnte und sie langsam wirklich den Gedanken zulässt, dass auch sie für die Liebe geschaffen ist. Dann werde ich nicken und lächeln, weil sie recht hat. Sie ist auf dem besten Weg, mein wunderbares Mädchen.

Und so blicke ich voll Zuversicht in das neue Jahr, das in wenigen Stunden anbrechen wird. Wir werden natürlich zusammen feiern, obwohl Cara kurzzeitig den durchaus berechtigten Einwand eingebracht hat, dass wir uns auch alleine ganz amüsant ins neue Jahr katapultieren könnten. Aber sie wäre enttäuscht gewesen, wenn ich sie nicht überredet hätte, Allies Einladung anzunehmen, und ihr dafür versprochen hätte, dass sie und ich danach ganz sicher noch eine kleine private Feier anhängen würden. Wie könnte ich es auch nicht tun? Cara entwickelt sich zu meiner neuen Superdroge und ich bin ihr absolut verfallen. Mit jedem Tag verliere ich ein wenig meine Angst, dass ich wieder rückfällig werden könnte. Kein Upper kann es mit ihr aufnehmen, kein Mittel hat mich so berauscht und so völlig ins Hier und Jetzt geholt wie sie. Mit nichts anderem waren meine Sinne so geschärft, wie wenn sie ihre Hand über meinen Körper gleiten lässt. Und kein Downer hat mich so beruhigt und mir eine so entspannte Nacht geschenkt wie ihr Atem, wenn sie neben mir liegt und ich ihren Geruch einatme, der besser ist als alles, was Allie zaubern kann. Und das will etwas heißen.

Ich sah auf, weil jemand schon von Weitem meinen Namen rief. Nun ja, fast meinen Namen.

»Nathan Bell, du verdammter Mistkerl«, schrie sie und kam mit eiligen Schritten auf mich zu.

»Was kann ich heute für dich tun?«, fragte ich grinsend.

»Du kannst aufhören, mich so verrückt zu machen, dass ich bald meinen Job verliere, weil ich nur noch grinsend dasitze und mich nicht mehr konzentrieren kann.« Cara lachte und strafte ihre barsche Begrüßung Lügen.

»Das wird nicht passieren. Die wissen genau, was sie an dir haben. Und du hast selbst gesagt, dass man sich bei euch alles leisten kann. Also werden die auch bei einer verliebten Personalchefin die Augen zudrücken.«

»Dein Wort in Gottes Ohr«, sagte sie und küsste mich. »Und ich habe mich übrigens getäuscht. Wieder einmal.« Sie verzog ihren schönen Mund.

»Hoffentlich nicht in Hinsicht auf mich«, fragte ich und zog sie in meine Arme.

»Nein. Aber in Hinsicht auf die Firmenpolitik, dass man nur erfolgreich genug sein muss, um sich alles erlauben zu können.« Sie holte tief Luft. »Wir trennen uns von Alfie McAllis.«

»Und weshalb?«

»Nun, er hat ein paar Mal zu oft seine Fantasie bei der Spesenabrechnung bemüht. Und er hat die Firma in ein schlechtes Licht gerückt, als er den falschen Kunden in einen Stripclub eingeladen hat. Das hat hohe Wellen geschlagen. Plötzlich hat sich die Geschäftsleitung dafür interessiert, dass es hausintern immer wieder Beschwerden gab, dass er manchen Kolleginnen zu nahe kam. Auf alle Fälle wurde er einberufen und man hat sich geeinigt, in Zukunft getrennte Wege zu gehen.«

»Du bist bestimmt froh.«

»Wegen Alfie? Schon. Aber ganz besonders freut es mich, dass ich in Zukunft keine zweifelhaften Etablissements mehr abnicken muss. Dass es endlich anders wird. Dass ich nicht mehr zusehen muss, dass Frauen so wenig wertgeschätzt werden. Dass wir uns wehren können und gehört werden.«

»Meine Kämpferin«, sagte ich und sie nickte.

»Und nun zu dir«, verkündete sie dann plötzlich.

»Was denn?«, gab ich zurück.

»Du hast es also endlich herausgefunden?«

»Das hatte ich schon lange. Ich habe es direkt nach dem Weihnachtsmarkt gegoogelt. Und seither weiß ich, das *Schnitzel* unter dem jungen Teil der Bevölkerung für einen gut aussehenden, heißen Mann verwendet wird.«

»Und?«

»Und ich habe im gleichen Moment beschlossen, dass ich gerne dein persönliches Schnitzel bin. Und du meine *Bengable* bist.«

»Ich bin durchs Büro gelaufen und habe alle gefragt, was das ist«, rief sie vorwurfsvoll.

»Und? Wer wusste es?«

»Finlay, unser Lehrling. Er ist beinahe erstickt, als ich ihn fragte, was es wohl heißen würde, wenn mich ein Kerl *seine Bengable* nennt.«

»Wieso hast du es nicht gegoogelt?«

»Weil ich doch nicht dachte, dass du mir so etwas schickst, mitten am Tag. Ich dachte, es hat was mit Kultur zu tun!«, rief sie fast empört.

»Und nun weißt du es besser?«, fragte ich und küsste sie, wie man eine Bengable küssen musste.

»Ja, jetzt weiß ich es«, sagte sie und sah recht zufrieden aus und ein wenig erhitzt. Und ein wenig so, als könne sie es nicht erwarten, bis ich endlich auch Feierabend hatte, was mir ganz besonders gut gefiel.

»Wie hat er es dir erklärt?«, fragte ich, als sie schon auf dem Sprung war.

»Eine heiße Braut, mit der man unbedingt und sofort pennen will, wenn man sie sieht. Jedes Mal«, antwortete sie und ahmte den Jugendslang gut nach.

»In meinem Lexikon der Jugendsprache stand: *eine attraktive Frau, mit der man schlafen möchte*. Aber er hat es gut formuliert«, sagte ich und sie warf mir eine Kusshand zu.

»Komm du mir nur nach Hause«, rief sie und lachte und ich nahm es als Versprechen.

Und so feierten wir zusammen in ein neues Jahr, später an diesem Abend. Neun Menschen, die das Schicksal hier zusammengeführt hatte. Neun Menschen, sie sich nie kennengelernt hätten, wenn es das Leben und seine verrückten, witzigen, traurigen und dramatischen Geschichten nicht gäbe. Die sich nicht gefunden hätten, wenn sie nur Augen für sich selbst gehabt hätten. Und die hier in diesem wunderschönen Stadtteil Londons ihr Heil gefunden haben. Selbst Ada, die Einzige in unserer Runde, die alleine war, hatte hier ihr Glück gefunden, weil Liebe nicht immer nur heißen muss, dass man sie mit einem einzigen Menschen und sehr intim teilt. Liebe kann auch andere Formen haben. Und wer weiß, vielleicht wird sie nächstes Jahr mit ihrem Rollator den eines charmanten alten Haudegens rammen und sich unsterblich verlieben? Vielleicht wird sich Kate noch stärker in ihre Hilfsorganisationen hängen und dort weitere Frauen kennenlernen, denen sie einen Job in ihrem Laden anbietet und deren Geschichten sich mit ihrer und damit mit unserer verweben werden? Vielleicht findet Allie jemanden, dem sie unbedingt helfen muss, weil er es verdient, und wird uns dann alle um Hilfe bitten? Oder in das kleine leer stehende Geschäft, unweit von Elizas Bücherladen, wird endlich neues Leben einziehen. So vieles war möglich und ich war bereit dafür. Denn auch wenn es jetzt im Moment perfekt war, wusste ich, dass es nicht so friedlich bleiben würde.

Cara griff nach meiner Hand und verschlang ihre Finger mit meinen, während sie mit den anderen Frauen diskutierte, was für einen neuen Besitzer man sich für die kleine Ladenfläche wünschte und was das Viertel bereichern würde.

»Warten wir es einfach ab«, sagte Allie schließlich und hob ihr Glas. »Was auch kommt, ich bin bereit.«

»Ich auch«, rief Eliza mit glitzernden Augen. »Ich kann nicht sagen, weshalb, aber ich weiß, uns steht ein wunderbares, aufregendes und großartiges neues Jahr bevor. Wir müssen nur ganz fest daran glauben. Ihr wisst ja, wie mein Motto lautet: Wenn es nicht gut ist, dann ist es noch nicht das Ende.«

»Dann«, sagte ich und hielt mich nicht länger zurück. Ich beugte mich über Cara und küsste sie, weil ich das schon seit mindestens zehn Minuten nicht mehr getan hatte. »Dann ist das also das Ende.«

»Das ist es«, gab mir Kate grinsend recht und die anderen nickten zustimmend. »Zumindest vorerst.«

Bevor wir uns verabschieden …

… möchte ich mich ganz herzlich bei Ihnen bedanken, dass Sie sich mit mir auf diese Reise nach Notting Hill begeben haben. Ich hoffe, dass Sie beim Lesen genauso viel Spaß hatten wie ich beim Schreiben dieser Geschichte.

Wenn Ihnen das Buch gefallen hat, würde ich mich über eine Rezension sehr freuen. Natürlich lebt ein Autor nicht nur von Rückmeldungen und Bewertungen, aber es ist für uns dennoch eine Art Grundnahrungsmittel und kann hin und wieder ein Stückchen Schokolade ersetzen. So gesehen danke nicht nur ich Ihnen, sondern auch und vor allem meine Hüften ;-) …

Weitere Bücher der Autorin:

- Vorlaute Blumen und andere Eskalationen
- Verliebte Bücher und andere Schlamassel
- Tanzende Törtchen und andere Herausforderungen
- Flamingo-Sommer
- Kolibri-Sommer
- Kakadu-Sommer
- Alles nur Ansichtssache ?!
- Alles nur Familiensache ?!
- Alles nur Vertrauenssache ?!
- Diese Sache mit Paris
- Von Muthasen, Fellnasen und dem ganz normalen Wahnsinn mit der Liebe
- 99 Tage mit Julie
- Verwünscht - Manchmal ist das Falsche richtig
- Drei Väter sind dann doch zu viel
- Maxi - Wer will schon einen Mann mit Porsche?
- Das Christkind wohnt in Hütte 7
- Das Glück wohnt in der Hütte 7
- Die Liebe wohnt in Hütte 7
- Believe - Mit dir kamen die Wunder (Sammelband)

Impressum

1. Auflage Oktober 2020

Cover-/Umschlaggestaltung: Buchgewand | www.buch-gewand.de
Verwendete Grafiken:
© irstone – depositphotos.com
© MarabuDesign – depositphotos.com
© HorenkO – depositphotos.com
© TonTonic – shutterstock.com
© Elena Medvedeva – shutterstock.com
© Glitterstudio – shutterstock.com
© Magenta10 – shutterstock.com
© Elena – stock.adobe.com

Korrektorat: Doris Eichhorn-Zeller | www.perfekte-texte-coburg.de

ISBN: 9798689148847
Imprint: Independently published

Franziska Erhard
Rosenstr. 21
76337 Waldbronn
franziska.erhard@gmx.de

Printed in Poland
by Amazon Fulfillment
Poland Sp. z o.o., Wrocław

81603937R00148